普通高等教育"十一五"电气信息类规划教材

传感器与检测技术
学习指导

胡向东　彭向华　李学勤　等编著
蔡　军　罗　萍　赵　双

机械工业出版社

本书可作为传感器与检测技术方面课程的学习指导。内容分为概述、章节学习辅导、典型应用案例与能力拓展、实验指导与课程设计、英语阅读材料、综合测试题及其参考答案。本书强调对传感器与检测技术知识的学习辅导与能力拓展，强调理论与实践的协调统一，强调专业技能的形成。本书与教材《传感器与检测技术》（机械工业出版社，2009 年出版）配合使用效果会更好。

本书可作为高等院校测控技术与仪器、自动化、电气工程与自动化、机械设计制造及其自动化、通信工程、计算机应用等专业师生的教学参考书，也可供从事传感器与检测技术相关领域应用和设计开发的研究人员、工程技术人员参考。

图书在版编目（CIP）数据

传感器与检测技术学习指导/胡向东等编著. —北京：
机械工业出版社，2009.5
普通高等教育"十一五"电气信息类规划教材
ISBN 978-7-111- 26702-7

Ⅰ. 传…　Ⅱ. 胡…　Ⅲ. 传感器-检测-高等学校-教学
参考资料　Ⅳ. TP212

中国版本图书馆 CIP 数据核字（2009）第 046190 号

机械工业出版社（北京市百万庄大街 22 号　邮政编码 100037）
策划编辑：于苏华　责任编辑：蔡家伦
版式设计：霍永明　责任校对：刘志文
封面设计：鞠　杨　责任印制：邓　博
北京中兴印刷有限公司印刷
2009 年 5 月第 1 版第 1 次印刷
184mm×260mm · 11.5 印张 · 282 千字
标准书号：ISBN 978-7-111- 26702-7
定价：20.00 元

凡购本书，如有缺页、倒页、脱页，由本社发行部调换
销售服务热线电话：(010)68326294
购书热线电话：(010)88379639　88379641　88379643
编辑热线电话：(010)88379728
封面无防伪标均为盗版

前　言

先进的信息技术和自动化系统已成为引领和衡量各个国家迈向高度现代化的支撑性技术之一。"传感器与检测技术"已成为众多电气信息类相关专业的核心课程。本书是教材《传感器与检测技术》（机械工业出版社，2009 年出版）的配套学习指导，是作者在深知学生学习需求的条件下，对该课程长期教学经验和教学成果积累的集中展示，该课程为重庆市级精品课程。

本书内容分为概述、章节学习辅导、典型应用案例与能力拓展、实验指导与课程设计、英语阅读材料、综合测试题及其参考答案几部分。本书通过"学习指导"强调对传感器与检测技术知识的扎实掌握与能力拓展，强调理论与实践的协调统一，强调专业技能的形成。

本书可作为高等院校测控技术与仪器、自动化、电气工程与自动化、机械设计制造及其自动化、通信工程、计算机应用等专业师生的教学参考书，也可供从事传感器与检测技术相关领域应用和设计开发的研究人员、工程技术人员参考。

本书由重庆邮电大学胡向东教授组织编写。第 1、4、5 章由胡向东、张玉函、柏润资编写，第 2 章由彭向华、胡向东、罗萍、赵双、李锐等编写，第 3 章由彭向华、胡向东、蔡军、崔屏编写，第 6 章由彭向华、李学勤等编写，附录 A 由彭向华整理，附录 B 由胡向东、李学勤和彭向华撰写；胡向东负责全书的统稿。

这里要特别感谢参考文献中所列各位作者，包括众多未能在参考文献中一一列出的文献作者。他们在各自领域的独到见解和特别的贡献为本书作者提供了宝贵的参考资料，使作者能够在总结现有成果的基础上，汲取各家之长，形成一套具有自身特色的传感器与检测技术精品课程系列教材。

本书的编写得到了重庆市教委教育教学改革研究重点项目（0824120/0825115）、重庆市教委科技研究项目（KJ070518）和重庆邮电大学教育教学改革研究项目（XJG0706）的资助。

传感器与检测技术内容丰富、应用广泛，且技术本身处于不断地发展进步中，如何学好传感器与检测技术是"仁者见仁、智者见智"的一件事，对本书的编写是作者在此领域的一次努力尝试，限于作者的水平和学识，书中难免存在疏漏和错误之处，诚望批评指正，让更多的读者获益。本书作者电子邮箱：huxd@ cqupt. edu. cn。

作 者
2008 年 12 月

目　录

第1章 概 述

1.1 课程知识结构与体系

随着传感器与检测技术的不断发展以及教学要求与培养目标的变化，其教学内容的适时更新和重新组合显得尤为重要。优化后的"传感器与检测技术"课程内容分为传感器原理与应用、检测技术和检测系统三大模块。每一个模块设置了对应的原理性知识介绍和应用能力培养（如图1-1所示）。传感器部分主要包括传感器的基本特性、各类传统与新型传感器（电阻式、电感式、电容式、压电式、磁敏式、热电式、光电式、辐射与波式；化学传感器、生物传感器、微传感器等）的工作原理与应用；检测技术主要包括参数检测、微弱信号检测、软测量、多传感器数据融合、测量不确定度与回归分析等；检测系统主要包括虚拟仪器和自动检测系统等。以上部分构成了一个相对完整的传感器与检测技术知识结构体系，力图更好地满足国民经济与社会发展对本领域应用创新型人才的需要。

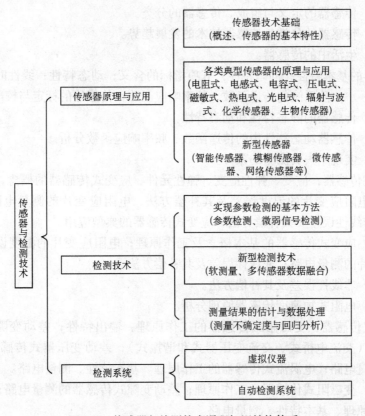

图 1-1　传感器与检测技术课程知识结构体系

1.2 课程教学大纲

1. 适用专业

自动化、测控技术与仪器、电气工程与自动化、机械设计制造及其自动化、计算机应用、通信工程、信息工程等电气信息类专业。

2. 课程性质与任务

"传感器与检测技术"是普通高等学校的机械、机电一体化、汽车、电气、自动化、智能楼宇、仪表仪器、计算机、电子信息等专业方向的必修专业基础课程。本课程的主要任务是使学生获得在工业、科研等领域中常用传感器的工作原理、特性参数、测量电路和典型综合应用等方面的知识，掌握信息获取与处理的基本概念、测试数据处理、测量不确定度与回归分析、检测系统的静态与动态特性、参数检测方法、现代测试系统设计以及智能仪器、虚拟仪器等在检测系统中的应用等方面的基本知识和基本技能，具备将所学到的自动检测技术灵活地应用于生产实践的能力。

3. 课程知识模块

（1）理论教学模块

1）概述：课程简介；传感器的定义与组成、传感器的分类、传感器技术发展趋势。

本章重点：传感器的定义与组成、传感器的分类。

本章难点：传感器的分类、传感器技术的发展趋势。

能力拓展：生活中的传感器。

2）传感器的基本特性：静态特性：五项指标的含义；动态特性：线性时不变系统的两个重要性质，一、二阶系统的传递函数，频率响应函数；传感器的标定与校准。

本章重点：传感器的静态特性和动态特性。

本章难点：传感器动态特性中的传递函数、频率响应函数分析。

能力拓展：实现不失真测量的条件。

3）电阻式传感器：应变、弹性应变、弹性元件、应变式传感器的概念，应变式传感器的工作原理，电阻应变片的温度误差及其补偿方法，电阻应变片的测量电路（直流电桥、交流电桥），非线性误差及其补偿方法，应变式传感器的典型应用。

本章重点：应变式传感器的基本概念及工作原理；电阻应变片的温度误差及其补偿方法；电阻应变片的测量电路；非线性误差及其补偿方法。

本章难点：非线性误差及其补偿方法。

能力拓展：电阻式加速度传感器原理分析。

4）电感式传感器：变磁阻式传感器的工作原理、输出特性；差动变隙式传感器的特性、测量电路（交流电桥式、交流变压器式和谐振式）；差动变压器式传感器的工作原理、基本特性、测量电路；电涡流式传感器的工作原理、基本特性、测量电路。

本章重点：变磁阻式传感器的工作原理；差动变隙式传感器的测量电路；差动变压器式传感器的工作原理、基本特性、测量电路。

本章难点：电涡流式传感器的工作原理、基本特性和测量电路。

能力拓展：电涡流式安全门应用调查与原理分析。

5）电容式传感器：电容式传感器（变间隙型、变面积型、变介质型）的工作原理与结构、电容式传感器的灵敏度及非线性分析、测量电路、典型应用（电容式压力传感器、加速度传感器、测厚传感器）。

本章重点：电容式传感器的工作原理、灵敏度及非线性分析、测量电路。

本章难点：电容式传感器的灵敏度及非线性分析。

能力拓展：工业生产料位测量方案设计。

6）压电式传感器：压电式传感器的测量电路、压电式传感器的应用；磁电式传感器的工作原理、基本特性、测量电路、应用。

本章重点：压电式传感器的测量电路；磁电式传感器的工作原理、基本特性、测量电路。

本章难点：磁电式传感器的工作原理、测量电路。

能力拓展：压电式传感器在汽车中的应用。

7）磁敏式传感器：磁敏式传感器工作原理、基本特性、测量电路；霍尔效应，霍尔元件的测量误差及其补偿。

本章重点：磁敏式传感器的工作原理、测量电路；霍尔效应，霍尔元件的测量误差及其补偿。

本章难点：霍尔元件的测量误差及其补偿。

能力拓展：基于霍尔元件的油气管道的无损探伤系统设计。

8）热电式传感器：热电偶的基本原理、结构、热电偶的冷端温度补偿方法、实用测温电路；热电阻的分类（铂热电阻、铜热电阻）、特点与工作原理、测量电路；热敏电阻的温度特性。

本章重点：热电偶的基本工作原理、热电偶的冷端温度补偿方法、实用测温电路；热电阻的工作原理、测量电路；热敏电阻的温度特性。

本章难点：热电阻的测温电路。

能力拓展：火灾探测报警系统设计。

9）光电式传感器：光电效应及其分类、光电器件及其基本特性、CCD 的工作原理、光纤的基本特性、光纤传感器的基本结构、工作原理；光电式编码器的分类与工作原理；计量光栅的工作原理、测量电路。

本章重点：光电效应、光电器件；CCD 的工作原理；光纤传感器的工作原理、基本特性；光电式编码器的工作原理；计量光栅的工作原理。

本章难点：CCD 的工作原理；光电式编码器的测量电路；计量光栅的测量电路。

能力拓展：光电式传感器应用调查；手机生产线表面安装元件的定位检测与控制系统设计。

10）辐射与波式传感器：红外传感器的工作原理、典型应用；微波传感器的工作原理、组成及其特点；超声波传感器的工作原理及其典型应用。

本章重点：红外传感器、微波传感器、超声波传感器的工作原理。

本章难点：红外热释电传感器的工作原理、红外气体分析仪的工作原理。

能力拓展：入侵探测报警系统设计。

11）化学传感器：气敏传感器的概念、分类和工作原理；电介质与半导体陶瓷湿敏传感器的工作原理。

本章重点：气敏传感器的概念、分类和工作原理；电介质与半导体陶瓷湿敏传感器的工作原理。

本章难点：电介质与半导体陶瓷湿敏传感器的工作原理。

能力拓展：防止酒后开车控制器设计。

12）生物传感器：生物传感器的概念、特点、分类和应用；生物传感器的工作原理；生物芯片；生物传感器的发展。

本章重点：生物传感器的概念、特点；生物传感器的工作原理；生物芯片的概念。

本章难点：生物传感器的分类。

能力拓展：生物传感器的应用状况调查。

13）新型传感器：智能传感器；模糊传感器；微传感器；网络传感器。

本章重点：智能传感器；网络传感器。

本章难点：模糊传感器；微传感器。

能力拓展：新型传感器发展前景预测。

14）参数检测：参数检测的基本概念；参数检测的一般方法；检测技术的发展趋势。

本章重点：参数检测的基本概念；参数检测的一般方法。

本章难点：参数检测的一般方法。

能力拓展：同一被测量的不同检测方法比较。

15）微弱信号检测：微弱信号检测的概念；噪声及其来源；微弱信号检测的方法。

本章重点：微弱信号检测的概念；微弱信号检测的方法。

本章难点：微弱信号检测的方法（相关检测法、同步积累法）。

16）软测量：软测量的概念、软测量的方法、软测量的适用条件与意义。

本章重点：软测量的概念、软测量的方法。

本章难点：软测量的方法。

17）多传感器数据融合：数据融合的相关概念；数据融合的基本原理；数据融合的方法；数据融合系统的应用。

本章重点：数据融合的相关概念；数据融合的方法。

本章难点：数据融合的基本原理。

18）测量不确定度与回归分析：测量误差的基本概念及其表示方法；测量误差的数据处理方法；测量不确定度及其评定方法；最小二乘法与回归分析。

本章重点：测量误差的基本概念及其表示方法；测量误差的数据处理方法；最小二乘法。

本章难点：测量不确定度的评定方法。

19）虚拟仪器：虚拟仪器的相关概念；虚拟仪器系统的开发环境；虚拟仪器系统的数据采集实现；虚拟仪器的应用方法。

本章重点：虚拟仪器的相关概念；虚拟仪器系统的开发环境；虚拟仪器系统的数据采集方法。

本章难点：虚拟仪器的开发环境；虚拟仪器的典型应用开发。

能力拓展：虚拟仪器的设计实践。

20）自动检测系统：自动检测系统的组成；自动检测系统的基本设计方法；典型自动检测系统；自动检测系统的发展。

本章重点：自动检测系统的组成；自动检测系统的基本设计方法。

本章难点：自动检测系统的基本设计方法。

能力拓展：液体点滴速度监控装置设计；无线温度采集系统设计；智能环境的设想。

（2）实践教学与课程设计模块

详见第4章内容。

4. 学时分配建议

标准课内学时：56

序号	授课内容摘要	课内学时	重点及要求
1	概述	2	课程简介；传感器的定义与组成、传感器的分类、传感器技术发展趋势
2	传感器的基本特性	2	静态特性：五项指标的含义；动态特性：线性时不变系统的两个重要性质，一、二阶系统的传递函数，频率响应函数
3	电阻式传感器	4	应变式传感器的基本概念及工作原理；电阻应变片的温度误差及其补偿方法；电阻应变片的测量电路；非线性误差及其补偿方法
4	电感式传感器	5	变磁阻式传感器的工作原理；差动变隙式传感器的测量电路；差动变压器式传感器的工作原理、基本特性、测量电路
5	电容式传感器	5	电容式传感器的工作原理、灵敏度及非线性分析、测量电路
6	压电式传感器	2	压电式传感器的工作原理、测量电路
7	磁敏式传感器	4	磁敏式传感器的工作原理、测量电路；霍尔效应，霍尔元件的测量误差及其补偿
8	热电式传感器	5	热电偶的基本工作原理、冷端温度补偿方法，实用测温电路；热电阻的工作原理、测量电路；热敏电阻的温度特性
9	光电式传感器	6	光电效应、光电器件；CCD的工作原理；光纤传感器的工作原理、基本特性；光电式编码器的工作原理；计量光栅的工作原理
10	辐射与波式传感器	2	红外传感器工作原理、微波传感器的工作原理、超声波传感器的工作原理
11	化学传感器	2	气敏传感器的概念、分类、工作原理；电介质与半导体陶瓷湿敏传感器的工作原理
12	生物传感器	2	生物传感器的概念、特点和工作原理；生物芯片的概念
13	新型传感器	2	智能传感器；网络传感器
14	参数检测	2	参数检测的基本概念；参数检测的一般方法
15	微弱信号检测	2	微弱信号检测的概念；微弱信号的检测方法
16	软测量	1	软测量的概念、软测量的方法
17	多传感器数据融合	1	数据融合的相关概念；数据融合的方法
18	测量不确定度与回归分析	3	测量误差的基本概念及其表示方法；测量误差的数据处理方法；最小二乘法
19	虚拟仪器	2	虚拟仪器的相关概念；虚拟仪器系统的开发环境；虚拟仪器系统的数据采集方法
20	自动检测系统	2	自动检测系统的组成；自动检测系统的基本设计方法

5. 说明

（1）先修课程及教材

1）先修课程：高等数学、概率论与数理统计、电路分析基础、电子电路、数字电路与逻辑设计、单片机原理及其应用等。

2）推荐教材：胡向东、刘京诚、余成波等编著的《传感器与检测技术》，北京：机械工业出版社，2009年。

3）主要教学参考书：

［1］胡向东，徐洋，冯志宇，等. 智能检测技术与系统［M］. 北京：高等教育出版社，2008年.

［2］Ramon Pallas- Areny，John G Webster. 传感器和信号调节［M］. 2版. 张伦，译. 北京：清华大学出版社，2003.

［3］强锡富. 传感器［M］. 3版. 北京：机械工业出版社，2004.

［4］王化祥. 传感器原理及应用［M］. 天津：天津大学出版社，2007.

［5］叶湘滨，等. 传感器与测试技术［M］. 北京：国防工业出版社，2007.

［6］吴道悌. 非电量检测技术［M］. 3版. 西安：西安交通大学出版社，2004.

［7］于彤. 传感器原理及应用［M］. 北京：机械工业出版社，2008.

［8］张玉莲. 传感器与自动检测技术［M］. 北京：机械工业出版社，2007.

［9］Ernest O Doebelin. 测量系统应用与设计［M］. 北京：机械工业出版社，2005.

（2）教学建议

1）对学生的要求。本课程具有鲜明的实践性特征。要求学生在搞好课堂学习、认真完成课后作业的同时，注意理论联系实际，注重传感器的实际应用，充分利用实验室设备和实验平台锻炼自己的综合实践能力。

要经常参加相关的学术报告，上网浏览有关传感器与检测技术发展的新知识和文献资料，注意及时跟踪自动检测技术的新发展。

要独立认真完成课后作业和课程设计，从而有效培养自己对传感器应用与检测系统综合设计的能力。

2）对教师的要求。教师在教学中要积极改进教学方法，注意理论联系实际，注重传感器的实际应用，注重科研的教学转化工作。要求教师积极从事本专业的科研和实验设备的制作，要经常参观有关的技术展览，阅读有关传感器与检测技术发展的新知识和文献资料，注意根据自动检测技术的新发展及时将新的知识点补充到课堂教学中去。要高度重视科研转化教学工作对提高本课程教学质量的重要作用：

第一，体现在教师队伍建设方面。强调以"科研促教学"的教师队伍在职培训模式，通过组织教师，特别是青年教师参加各级各类科研课题，进入"产学研"合作平台，对推动教学团队建设具有十分明显的促进作用，可以确保这些教师了解本领域的最新发展和前沿技术，并获得丰富的科学研究与工程实践体验，在自己科研能力增强的同时，教学能力、向学生传授新知识和科研方法的能力都得以快速提高，讲课有深度、有拓展，加强了对学生动手实践能力和创新能力的引导。

第二，体现在课程建设方面。基于教师所完成的科学研究成果和教学研究成果，从人才培养方案、信息获取与处理系列课程内容体系优化、课程教学大纲规范、课堂内容讲授组织、实验（实践）方案的设计等方面进行全面、系统的梳理，将经过总结和整理得到的较为成熟的科研成果及时地反映到课程教学中去，加强课程建设。

第三，体现在教材建设方面。充分认识到优秀教材对人才培养的重要性和积极作用，将及时系统地总结的科研成果和课程内容体系优化成果固化形成专著或教材出版，以更好地为人才培养服务。

第四，体现在学生适度参与科研和毕业设计题目的设置方面。为了充分体现科研的人才培养作用，教学团队成员所负责的科研课题吸收不同数量的本科生参与其研究，使学生得到一定程度的科研训练，学会从事科学研究的一般方法。如所设置的毕业设计题目具有科研背景，学生便可通过完成这些题目，间接地参与科研实践，接触到本领域的一些前沿技术，将所学的理论知识与技术现实紧密结合起来，并对本领域的技术现状和发展趋势有一个较清晰的认识。

第五，体现在对学生课外科技活动的指导和条件提供方面。科研活动锻炼了教师队伍，为教师得心应手地指导学生的课外科技活动提供了方便；同时，科研活动所积累的实验设备和仪器系统也为学生参加课外科技活动提供了良好条件。

第六，体现在人才培养模式改革方面。高度重视与企业、相关研究机构的"产学研"合作是进行人才培养模式改革的一项重要内容，利用本领域知名企业的研发生产平台，将科研与教学有机地结合在一起，学生直接接触生产实践，动手能力将得到明显增强。

最后，综合体现在学科和专业建设方面。进行学科和专业建设是提高人才培养质量的必由之路和基本保障。科研活动锻炼了教师队伍，提高了学术水平，催生了学术著作，为人才培养提供了良好的教学设备和环境，自然也就充实了学科和专业建设的基本内容，为人才培养奠定了坚实的基础。

3）作业完成方式建议。课程作业作为巩固和深化课堂学习效果的一种重要手段，为了减少或杜绝目前存在的作业抄袭现象，建议使用分小组作业完成方式。即一个班按人数平均分为若干个小组（最后一个小组允许人数不足平均数），每个小组的人员随机确定，每个小组提交一份作业答案，全班总分一定，根据每个小组的答案质量确定等级（分为 A、B、C、D、E 五等，分别对应评分加权系数 1.0、0.8、0.6、0.4 和 0.2，也可按百分制计分加权；如果有小组不交答案，则评为 F，对应加权系数 0.0），然后换算成分数；小组内组员的成绩首先由小组内成员互评确定等级（参照小组成绩评定方法，不参与答案讨论的学生评为 F 等级），确定等级结果在上交作业答案的同时提交，并由小组内每个成员的签名确认，再根据小组的总分换算成个人得分（如果最后一个小组的组成人数未达平均数，则将小组总评成绩做一个加权变换）。这样有助于避免组间的抄袭（否则自己的评分将降低），也有利于小组内的监督，同时锻炼了学生的学术交流能力、团队协作能力，并激发了学生的竞争意识。为了进一步鉴别作业完成的真实性，建议在作业评讲前随机抽问学生回答对本次作业的完成细节，并辅以相应的惩罚措施（如回答情况与其本人的作业完成自评等级情况明显不符，则可认定为抄袭，对本人所在小组的全体成员进行评阅成绩降级处理），以此督促较好地完成作业。

4）课程考核方式建议。通过考勤、听课状态、课堂提问、学生作业、实验、课程设计及期末考试等情况综合评价学生的学习成绩，平时成绩占 40%、期末考试成绩占 60%。课程考试使用题库。

期末考试建议采用开卷与闭卷结合的形式。闭卷占总分的 70%，主要考核学生对基本概念和基础知识的掌握程度，考核学生的识记和理解能力；开卷占总分的 30%，主要考核学生利用所学知识解决实际问题的综合应用能力。

1.3 学习要求与能力培养目标

1. 学习要求

本课程定位于为工程研究应用型专业学生提供传感器与检测技术领域的基础知识和基本技能训练。具体的课程知识单元、知识点与要求如表 1-1 所示。

表 1-1 "传感器与检测技术"课程的知识单元、知识点及要求

知识单元		知识点	掌握程度
信息获取与处理的基本概念	检测方法与原理	检测系统的结构与基本类型	熟练掌握
		直接与间接测量	熟练掌握
		接触与非接触测量	熟练掌握
		静态与动态测量	熟练掌握
	传感器	传感器的定义、组成	熟练掌握
		传感器的分类	掌握
测量不确定度与回归分析	基本概念	真值、测量准确度的定义	掌握
		误差的来源、分类及其表示方法	掌握
	误差的处理与真值的估计	随机误差的估算与修正	掌握
		间接测量中误差的传递算法，误差合成与分配的基本方法	掌握
		真值的最佳估计值与不确定度	掌握
	回归分析	最小二乘法	掌握
		一元线性拟合	掌握
		多元线性拟合	了解
		曲线拟合	了解
检测系统的静、动态特性	检测系统的特性	静、动态特性的概念	熟练掌握
		一般数学模型：微分方程，传递函数，频率响应	熟练掌握
	静、动态特性指标	静态特性基本参数与指标	熟练掌握
		动态响应的特性指标与分析	掌握
		频率响应的特性指标与分析	掌握
	静态校准和动态校准	静态标定与校准的基本方法	了解
		动态标定与校准的基本方法	了解
检测变换原理与传感器	传感器工作原理及应用	电阻式传感器	掌握
		电感式传感器	掌握
		电容式传感器	掌握
		光电式传感器	掌握
		磁敏式传感器	掌握

（续）

知识单元	知识点		掌握程度
检测变换原理与传感器	传感器工作原理及应用	热电式传感器	掌握
		压电式传感器	掌握
		波式传感器	了解
		射线式传感器	了解
		化学传感器	了解
		生物传感器	了解
参数检测	过程参数	温度、压力、流量、物位、成分及物性等参数的概念	掌握
		常用的检测方法	掌握
	机械量参数	位移、转速、速度、振动及厚度等参数的检测方法	掌握
	其他参数	同一被测参数的不同检测方法的性能比较	了解
自动检测系统初步设计	自动检测系统	组成与基本设计方法	掌握
		传感器的选型	掌握
		微处理器、A/D 转换器选择	掌握
		采样周期的确定	掌握
		标度变换的概念	掌握
	检测信号处理的基本方法	测量数据处理的基本软件方法	掌握
		自动检测系统的设计步骤与方法	了解
	检测领域新技术	软测量技术	了解
		多传感器数据融合	了解
		模糊传感器	了解
		智能传感器	了解
		网络传感器	了解

2. 能力培养目标

"传感器与检测技术"课程的能力培养目标：学生学习本课程后，应掌握传感器与检测技术方面的基础知识和基本技能，具备检测技术工程师的基本素质与能力，能应对生产和科研中遇到检测系统的设计以及传感器的选型、调试、数据处理等方面的基本问题，初步形成解决科研、生产实际问题的能力。

（1）基本知识目标

1）了解信息获取与处理的基本概念。

2）掌握测量误差及其数据的处理方法。

3）掌握传感器与检测系统的基本特性。

4）掌握常用非电量的测量方法。

5）掌握常用传感器的工作原理、结构、测量电路和典型应用。

6）了解自动检测系统的组成及其设计方法。

7）了解虚拟仪器等技术在检测系统中的应用。

（2）基本技能目标

1）能独立完成实验大纲规定的实验。

2）能正确地观察、记录并处理实验中出现的现象、有关数据，并通过分析、比较得到正确的结论。

3）能正确地掌握常用非电量测量方法的选择原则。

4）能阅读和分析常用传感器的结构图及转换电路的框图。

5）能根据测量任务正确地选用传感器，设计测量系统。

6）能够准确识别和把握测量系统的关键环节。

7）能完成本课程规定的课程设计。

第2章　章节学习辅导

2.1　绪论

2.1.1　知识要点与重难点说明

1. 本章知识要点:

传感器的定义;传感器的共性;传感器的基本组成和典型组成;传感器的两个基本功能;传感器的分类(特别要注意掌握按传感器的输入量、输出量、工作原理的分类方法);传感器技术的发展趋势。

2. 本章重点:传感器的定义与组成、传感器的分类。

3. 本章难点:传感器的分类、传感器技术的发展趋势。

4. 能力拓展:生活中的传感器。通过观察身边的各类传感器的应用实例,结合生产生活实际,了解传感器的广泛应用,建立起对传感器的初步的感性认识。

2.1.2　强化练习题

一、选择题

1. 下列不属于按传感器的工作原理进行分类的传感器是(　　)。

    A. 应变式传感器   B. 化学型传感器

    C. 压电式传感器   D. 热电式传感器

2. 随着人们对各项产品技术含量要求的不断提高,传感器也朝向智能化方面发展。其中,典型的传感器智能化结构模式是(　　)。

    A. 传感器 + 通信技术   B. 传感器 + 微处理器

    C. 传感器 + 多媒体技术   D. 传感器 + 计算机

3. 传感器主要完成两方面的功能:检测和(　　)。

    A. 测量   B. 感知   C. 信号调节   D. 转换

4. 传感技术的作用主要体现在:(　　)。

    A. 传感技术是产品检验和质量控制的重要手段

    B. 传感技术在系统安全经济运行监测中得到了广泛应用

    C. 传感技术及装置是自动化系统不可缺少的组成部分

    D. 传感技术的完善和发展推动着现代科学技术的进步

5. 传感技术的研究内容主要包括:(　　)

    A. 信息获取   B. 信息转换   C. 信息处理   D. 信息传输

二、填空题

1. 传感器是能感受被测量并按照_____转换成可用输出信号的器件或装置,通常由直接响应于被测量的_____、产生可用信号输出的_____以及相应的_____组成。

2. 传感器技术的共性，就是利用物理定律和物质的_____，将_____转换成_____。

3. _____是人们为了对被测对象所包含的信息进行定性了解和定量掌握所采取的一系列技术措施。

三、简答题

1. 什么是传感器？传感器的基本组成包括哪两大部分？这两大部分各自起什么作用？

2. 请谈谈你对传感技术发展趋势的看法。

2.2 传感器的基本特性

2.2.1 知识要点与重难点说明

1. 本章知识要点：传感器基本特性的含义；传感器所测物理量的两种基本形式；传感器的静态特性和动态特性的定义；衡量传感器静态特性的主要指标及其各自的含义；产生迟滞和重复性问题的原因。传感器动态特性的分析方法；线性时不变系统的叠加性和频率保持特性。一、二阶传感器的频率特性分析；传感器标定和校准的含义；传感器的标定方法。

2. 本章重点：传感器的静态特性和动态特性。

3. 本章难点：传感器动态特性中的传递函数、频率响应函数分析。

4. 能力拓展：实现不失真测量的条件。一个理想的传感器就是要确保被测信号（或能量）的无失真转换，使检测结果尽量反映被测量的原始特征，用数学语言描述就是其输出 $y(t)$ 和输入 $x(t)$ 满足下列关系：

$$y(t) = Ax(t - t_0) \tag{2.1}$$

式中 A 和 t_0 都是常数，表明该系统输出的波形和输入的波形精确一致，只是幅值放大了 A 倍及时间上延迟了 t_0，在此条件下的传感器被认为具有不失真测量的特性。通过推导实现不失真测量的幅频特性和相频特性条件，可以进一步掌握一、二阶传感器的动态特性要求。

2.2.2 强化练习题

一、选择题

1. 一阶传感器输出达到稳态值的 90% 所需的时间是（ ）。

　　A. 延迟时间　　　　B. 上升时间　　　　C. 峰值时间　　　　D. 响应时间

2. 传感器的下列指标全部属于静态特性的是（ ）。

　　A. 线性度、灵敏度、阻尼系数

　　B. 幅频特性、相频特性、稳态误差

　　C. 迟滞、重复性、漂移

　　D. 精度、时间常数、重复性

3. 传感器的下列指标全部属于动态特性的是（ ）。

　　A. 迟滞、灵敏度、阻尼系数　　　　　　B. 幅频特性、相频特性

　　C. 重复性、漂移　　　　　　　　　　　D. 精度、时间常数、重复性

4. 已知某温度传感器为时间常数 $\tau = 3s$ 的一阶系统，当受到突变温度作用后，传感器输出指示温差的三分之一所需的时间为（　）s。

A. 3　　　　B. 1　　　　C. 1.2　　　　D. 1/3

二、填空题

1. 要实现不失真测量，检测系统的幅频特性应为_____，相频特性应为_____。

2. 某位移传感器，当输入量变化 5mm 时，输出电压变化 300mV，其灵敏度为_____。

3. 某传感器为一阶系统，当受阶跃信号作用时，在 $t = 0$ 时，输出为 10mV；$t \to \infty$ 时，输出为 100mV；在 $t = 5s$ 时，输出为 50mV。则该传感器的时间常数为_____。

三、简答题

什么是传感器的基本特性？传感器的基本特性主要包括哪两大类？解释其定义并分别列出描述这两大特性的主要指标。（要求每种特性至少列出 2 种常用指标）

四、计算题

1. 用某一阶环节的传感器测量 100Hz 的正弦信号，如要求幅值误差限制在 ±5% 以内，时间常数应取多少？如果用该传感器测量 50Hz 的正弦信号，其幅值误差和相位误差各为多少？

2. 在某二阶传感器的频率特性测试中发现，谐振发生在频率为 216Hz 处，并得到最大幅值比为 1.4:1，试估算该传感器的阻尼比和固有角频率的大小。

3. 试计算某压力传感器的迟滞误差和重复性误差（一组测试数据见表 2-1）。

表 2-1　压力传感器测量数据

行程	输入压力/（10^5Pa）	输出电压/mV		
正行程	2.0	190.9	191.1	191.3
	4.0	382.8	383.2	383.5
	6.0	575.8	576.1	576.6
	8.0	769.4	769.8	770.4
	10.0	963.9	964.6	965.2
反行程	10.0	964.4	965.1	965.7
	8.0	770.6	771.0	771.4
	6.0	577.3	577.4	578.4
	4.0	384.1	384.2	384.7
	2.0	191.6	191.6	192.0

2.3　电阻式传感器

2.3.1　知识要点与重难点说明

1. 本章知识要点：概念：应变、弹性应变、弹性元件、应变式传感器、灵敏系数。

应变式传感器的基本工作原理；常用电阻应变片的种类；产生电阻应变片温度误差的主要原因及其补偿方法（特别是电桥补偿法）；减小或消除非线性误差的方法；差动电桥对非线性误差和电压灵敏度的改善分析；采用交流电桥的原因、交流电桥的平衡条件、交流差动电桥的输出电压与电阻应变片阻值间的线性关系。

2. 本章重点：应变式传感器的基本概念及其工作原理；电阻应变片的温度误差及其补偿方法；电阻应变片的测量电路；非线性误差及其补偿方法。

3. 本章难点：非线性误差及其补偿方法。

4. 能力拓展：电阻式加速度传感器的原理分析。通过对电阻式加速度传感器工作原理的分析，可以了解电阻应变敏感元件在加速度测量中的应用方法和测量系统的组成，进一步了解电阻应变片的工作原理。

2.3.2　强化练习题

一、选择题

1. 影响金属导电材料应变灵敏系数 K 的主要因素是（　　）。

A. 导电材料电阻率的变化　　　　　B. 导电材料几何尺寸的变化

C. 导电材料物理性质的变化　　　　D. 导电材料化学性质的变化

2. 电阻应变片的线路温度补偿方法有（　　）。

A. 差动电桥补偿法　　　　　　　　B. 补偿块粘贴补偿应变片电桥补偿法

C. 补偿线圈补偿法　　　　　　　　D. 恒流源温度补偿电路法

3. 当应变片的主轴线方向与试件轴线方向一致，且试件轴线上受一维应力作用时，应变片灵敏系数 K 的定义是（　　）。

A. 应变片电阻变化率与试件主应力之比

B. 应变片电阻与试件主应力方向的应变之比

C. 应变片电阻变化率与试件主应力方向的应变之比

D. 应变片电阻变化率与试件作用力之比

4. 由（　　）、应变片以及一些附件（补偿元件、保护罩等）组成的装置称为应变式传感器。

A. 弹性元件　　　　B. 调理电路　　　　C. 信号采集电路　　　　D. 敏感元件

5. 电阻应变式传感器具有悠久的历史，是应用最广泛的传感器之一。将电阻应变片粘贴到各种弹性敏感元件上，可构成测量各种参数的电阻应变式传感器，这些参数包括（　　）。

A. 位移　　　　B. 加速度　　　　C. 力　　　　D. 力矩

二、填空题

1. 单位应变引起的_____称为电阻丝的灵敏系数。

2. 金属丝在外力作用下发生机械形变时它的电阻值将发生变化，这种现象称_____效应；固体受到作用力后电阻率要发生变化，这种现象称_____效应。

3. 应变式传感器是利用电阻应变片将_____转换为_____变化的传感器，传感器由在弹性元件上粘贴_____元件构成，弹性元件用来_____，_____元件用来_____。

4. 要把微小应变引起的微小电阻变化精确地测量出来，需采用特别设计的测量电路，通常采用_____或_____。

5. 减小或消除非线性误差的方法有_____和采用差动电桥。其中差动电桥可分为

_____和_____两种方式。

三、简答题

1. 什么叫应变效应？利用应变效应解释金属电阻应变片的工作原理。

2. 试简要说明使电阻应变式传感器产生温度误差的原因，并说明有哪几种补偿方法。

3. 在传感器测量电路中，直流电桥与交流电桥有什么不同，如何考虑应用场合？用电阻应变片组成的半桥、全桥电路与单桥相比有哪些改善？

四、计算题

1. 如果将 100Ω 的应变片贴在弹性试件上，若试件截面积 $S = 0.5 \times 10^{-4}\,\text{m}^2$，弹性模量 $E = 2 \times 10^{11}\,\text{N/m}^2$，若由 $5 \times 10^4\,\text{N}$ 拉力引起的应变片电阻变化为 1Ω，试求该应变片的灵敏系数？

2. 一个量程为 10kN 的应变式测力传感器，其弹性元件为薄壁圆筒轴向受力，外径 20mm，内径 18mm，在其表面粘贴 8 个应变片，4 个沿轴向粘贴，4 个沿周向粘贴，应变片的电阻值均为 120Ω，灵敏度为 2.0，泊松比为 0.3，材料弹性模量为 $2.1 \times 10^{11}\,\text{Pa}$，要求：

（1）绘出弹性元件贴片位置及全桥电路；

（2）计算传感器在满量程时，各应变片电阻变化；

（3）求桥路的供电电压为 10V 时，传感器的输出电压。

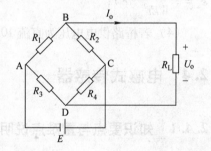

3. 图 2-1 中，设负载电阻为无穷大（开路），图中 $E = 4\text{V}$，$R_1 = R_2 = R_3 = R_4 = 100\Omega$。

（1）R_1 为金属应变片，其余为外接电阻，当 R_1 的增量 $\Delta R_1 = 1.0\Omega$ 时，试求电桥的输出电压 U_o；

（2）R_1，R_2 都是应变片，且批号相同，感应应变的极性和大小都相同，其余为外接电阻，试求电桥的输出电压 U_o；

图 2-1　应变片电桥

（3）R_1，R_2 都是应变片，且批号相同，感应应变的大小为 $\Delta R_1 = \Delta R_2 = 1.0\Omega$，但极性相反，其余为外接电阻，试求电桥的输出电压 U_o。

4. 图 2-2 为等强度梁测力系统，R_1 为电阻应变片，应变片灵敏系数 $K = 2.05$，未产生应变时，$R_1 = 120\Omega$。当试件受力 F 时，应变片承受平均应变 $\varepsilon = 800\mu\text{m/m}$，求：

（1）应变片电阻变化量 ΔR_1 和电阻相对变化量 $\Delta R_1/R_1$；

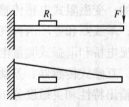

（2）将电阻应变片 R_1 置于单臂测量电桥，电桥电源电压为直流 3V，求电桥的输出电压及电桥非线性误差；

图 2-2　等强度梁测力系统

（3）若要减小非线性误差，应采取何种措施？并分析其电桥输出电压及非线性误差大小。

五、综合分析设计题

1. 采用四个性能完全相同的电阻应变片（灵敏系数为 K），将其贴在薄壁圆筒式压力传感元件外表圆周方向，弹性元件圆周方向应变 $\varepsilon = \dfrac{2-\mu}{2(D-d)E}p$。式中，$p$ 为待测压力，μ 为泊松比，E 为杨氏模量，d 为筒内径，D 为筒外径。现采用直流电桥电路，供电电源为 U。

要求满足如下条件：①该压力传感器有温度补偿作用；②桥路输出电压灵敏度最高。

试画出应变片粘贴位置和相应桥路原理图并写出桥路输出电压表达式。

2. 图 2-3 为一悬臂梁式测力传感器结构示意图，在其中部的上、下两面各贴两片电阻应变片。已知弹性元件各参数分别为 $l = 25\text{cm}$；$t = 3\text{cm}$；$x = \frac{1}{2}l$；$W = 6\text{cm}$；$E = 70 \times 10^5\text{Pa}$；电阻应变片灵敏系数 $K = 2.1$，且初始电阻阻值（在外力 $F = 0$ 时）均为 $R_0 = 120\Omega$。

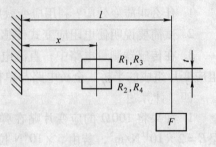

图 2-3　悬臂梁式测力传感器结构

（1）设计适当的测量电路，画出相应电路图；

（2）分析说明该传感器测力的工作原理（配合所设计的测量电路）；

（3）当悬臂梁一端受一向下的外力 $F = 0.5\text{N}$ 作用时，试求四个应变片的电阻值（提示：$\varepsilon_x = \frac{6\ (l - x)}{WEt^2}F$）；

（4）若桥路供电电压为直流 10V 时，计算传感器的输出电压及其非线性误差。

2.4　电感式传感器

2.4.1　知识要点与重难点说明

1. 本章知识要点：电感式传感器建立在电磁感应基础上，它可以把输入的物理量（如位移、振动、压力、流量、比重）转换为线圈的自感系数 L 或互感系数 M 的变化，并通过测量电路转换为电压或电流的变化，从而实现对非电量的测量。电感式传感器可分为变磁阻式（自感式）、变压器式和涡流式（互感式）等。

变磁阻式传感器的工作原理；它是如何通过测量电感的变化确定衔铁位移量的大小和方向的；变磁阻式电感传感器的输出特性和灵敏度；差动变隙式电感传感器的输出特性和灵敏度；单线圈和差动两种气隙式电感传感器的特性比较；电感式传感器的交流电桥、变压器式交流电桥和谐振式测量电路三种测量电路。

互感式传感器、差动变压器式传感器、螺线管式差动变压器的含义；变隙式差动变压器的输出特性和灵敏度分析；变隙式差动变压器零点残余电压的现象及其产生的原因、消除零点残余电压的方法；差动变压器的输出特性分析；差动变压器中常用差动整流电路和相敏检波电路的原因、工作原理。

电涡流、电涡流式传感器的含义；电涡流式传感器线圈的等效阻抗及其影响因素；电涡流传感器的调频式、调幅式两种测量电路；电涡流式传感器的典型应用（包括位移测量、振幅测量、转速测量、无损探伤等）。

2. 本章重点：变磁阻式传感器的工作原理；差动变隙式传感器的测量电路；差动变压器式传感器的工作原理、基本特性、测量电路。

3. 本章难点：电涡流式传感器的工作原理、基本特性和测量电路。

4. 能力拓展：电感式传感器在滚珠直径分选中的应用和电涡流式安全门应用调查与原理分析。通过能力拓展项目，可以更深入全面地了解电感式传感器和电涡流式传感器的工作原理与应用方法。

2.4.2　强化练习题

一、选择题

1. 电感式传感器的常用测量电路不包括（　　）。
   A. 交流电桥　　　　　　　　　B. 变压器式交流电桥
   C. 脉冲宽度调制电路　　　　　D. 谐振式测量电路
2. 下列说法正确的是（　　）。
   A. 差动整流电路可以消除零点残余电压，但不能判断衔铁的位置。
   B. 差动整流电路可以判断衔铁的位置和运动方向。
   C. 相敏检波电路可以判断位移的大小，但不能判断位移的方向。
   D. 相敏检波电路可以判断位移的大小和位移的方向。
3. 电感式传感器可以对（　　）等物理量进行测量。
   A. 位移　　　　B. 振动　　　　C. 压力　　　　D. 流量
4. 零点残余电压产生的原因是（　　）。
   A. 传感器的两个次级绕组的电气参数不同
   B. 传感器的两个次级绕组的几何尺寸不对称
   C. 磁性材料磁化曲线的非线性
   D. 环境温度的升高

二、填空题

1. 电感式传感器是建立在_____基础上的，电感式传感器可以把输入的物理量转换为_____或_____的变化，并通过测量电路进一步转换为电量的变化，进而实现对非电量的测量。
2. 与差动变压器传感器配用的测量电路中，常用的有两种：_____电路和_____电路。
3. 变磁阻式传感器由_____、_____和_____ 3 部分组成，其测量电路包括交流电桥、_____和_____。
4. 差动变压器结构形式有_____、_____和_____ 等，但它们的工作原理基本一样，都是基于_____的变化来进行测量的，实际应用最多的是_____差动变压器。
5. 电涡流传感器的测量电路主要有_____式和_____式。电涡流传感器可用于位移测量、_____、_____和_____。

三、简答题

1. 何谓电涡流效应？怎样利用电涡流效应进行位移测量？
2. 试比较自感式传感器与差动变压器式传感器的异同。
3. 简述电感式传感器的基本工作原理和主要类型。

四、计算题

1. 已知变气隙电感传感器的铁心截面积 $S = 1.5\text{cm}^2$，磁路长度 $L = 20\text{cm}$，相对磁导率

$\mu_i = 5000$，气隙 $\delta_0 = 0.5\,\text{cm}$，$\Delta\delta = \pm 0.1\,\text{mm}$，真空磁导率 $\mu_0 = 4\pi \times 10^{-7}\,\text{H/m}$，线圈匝数 $W = 3000$，求单端式传感器的灵敏度 $\Delta L/\Delta\delta$，若做成差动结构形式，其灵敏度将如何变化？

2. 图 2-4 为气隙式电感传感器，铁心截面积 $S = 4 \times 4\,\text{mm}^2$，气隙总长度 $l_\delta = 0.8\,\text{mm}$，衔铁最大位移 $\Delta l_\delta = \pm 0.08\,\text{mm}$，激励线圈匝数 $W = 2500$ 匝，导线直径 $d = 0.06\,\text{mm}$，电阻率 $\rho = 1.75 \times 10^{-6}\,\Omega \cdot \text{cm}$，当激励电源频率 $f = 4000\,\text{Hz}$ 时，忽略漏磁及铁损，要求计算：

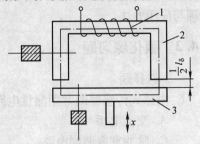

（1）线圈电感值；

（2）电感的最大变化量；

（3）线圈直流电阻值；

（4）线圈的品质因数。（$\mu_0 = 4\pi \times 10^{-7}\,\text{H/m}$）。

图 2-4　气隙式电感传感器结构示意图

2.5　电容式传感器

2.5.1　知识要点与重难点说明

1. **本章知识要点**：平板电容的电容量表示；电容式传感器的三种类别；变面积型电容器的分类及其测量原理；变介质型电容式传感器的测量原理；变极距型电容式传感器的测量原理、灵敏度及其相对非线性误差分析；差动变极距型电容式传感器的测量原理、灵敏度及其相对非线性误差分析。

电容式传感器的测量电路（调频电路、运算放大器、变压器式交流电桥、二极管双 T 型交流电桥、脉冲宽度调制电路等）。

2. **本章重点**：电容式传感器的工作原理、灵敏度及非线性分析、测量电路。

3. **本章难点**：电容式传感器的灵敏度及非线性分析。

4. **能力拓展**：工业生产料位测量方案设计。通过该能力拓展项目，可以进一步了解变介质型电容式传感器的工作原理及其应用方法，学会结合电容式传感器及其工作电路搭建实用的测量系统。

2.5.2　强化练习题

一、选择题

1. 如将变面积型电容式传感器接成差动形式，其灵敏度将（　　）。

　　A. 保持不变　　　　B. 增大一倍　　　　C. 减小一倍　　　D. 增大两倍

2. 当变间隙式电容传感器两极板间的初始距离 d 增加时，将引起传感器的（　　）。

　　A. 灵敏度增加　　　B. 灵敏度减小　　　C. 非线性误差增加　　　D. 非线性误差不变

3. 用电容式传感器测量固体或液体物位时，应该选用（　　）。

　　A. 变间隙式　　　　　　　　B. 变面积式

　　C. 变介电常数式　　　　　　D. 空气介质变间隙式

4. 电容式传感器中输入量与输出量的关系为线性的有（　　）。

　　A. 变面积型电容传感器　　　B. 变介质型电容传感器

    C. 变电荷型电容传感器　　　D. 变极距型电容传感器

5. 关于差动脉冲宽度调制电路的说法正确的是（　　　）。

    A. 适用于变极板距离和变介质型差动电容传感器

    B. 适用于变极板距离差动电容传感器且为线性特性

    C. 适用于变极板距离差动电容传感器且为非线性特性

    D. 适用于变面积型差动电容传感器且为线性特性

二、填空题

1. 电容式传感器利用了将非电量的变化转换为_____的变化来实现对物理量的测量。

2. 变极距型电容式传感器单位输入位移所引起的灵敏度与两极板初始间距成_____关系。

3. 移动电容式传感器动极板，导致两极板有效覆盖面积 A 发生变化的同时，将导致电容量变化，传感器电容改变量 ΔC 与动极板水平位移成_____关系、与动极板角位移成_____关系。

4. 变极距型电容传感器做成差动结构后，灵敏度提高了_____倍，而非线性误差转化为_____关系而得以大大降低。

5. 电容式传感器信号转换电路中，_____和_____用于单个电容量变化的测量，_____和_____用于差动电容量变化的测量。

三、简答题

1. 根据电容式传感器工作原理，可将其分为几种类型？每种类型各有什么特点？各适用于什么场合？

2. 图 2-5 左是电容式差压传感器，金属膜片与两盘构成差动电容 C_1、C_2，两边压力分别为 F_1、F_2。图 2-5 右为二极管双 T 型电路，电路中电容是左图中差动电容，电源 E 是占空比为 50% 的方波。试分析：

（1）当两边压力相等 $F_1 = F_2$ 时负载电阻 R_L 上的电压 U_0 值；

（2）当 $F_1 > F_2$ 时负载电阻 R_L 上电压 U_0 的大小和方向（正负）。

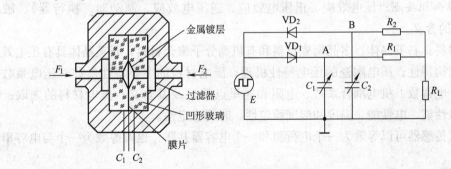

图 2-5　电容式差压传感器的结构与测量电路

3. 试分析圆筒型电容式传感器测量液面高度的基本原理。

四、计算题

1. 一个圆形平板电容式传感器，其极板半径为 5mm，工作初始间隙为 0.3mm，空气介质，所采用的测量电路的灵敏度为 100mV/pF，读数仪表灵敏度为 5 格/mV。如果工作时传

感器的间隙产生 $2\mu m$ 的变化量，则读数仪表的指示值变化多少格？

2. 如图 2-6 为电容式传感器的双 T 型电桥测量电路，已知 $R_1 = R_2 = R = 40k\Omega$，$R_L = 20k\Omega$，$E = 10V$，$f = 1MHz$，$C_0 = 10pF$，$C_1 = 10pF$，$\Delta C_1 = 1pF$。求 U_L 的表达式及对应上述已知参数的 U_L 值。

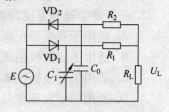

图 2-6　双 T 型测量电路

3. 已知两极板电容传感器，其极板面积为 A，两极板间介质为空气，极板间距 1mm，当极距减少 0.1mm 时，求其电容变化量和传感器的灵敏度？若参数不变，将其改为差动结构，当极距变化 0.1mm 时，求其电容变化量和传感器的灵敏度？并说明差动传感器为什么能提高灵敏度并减少非线性误差。

五、综合分析设计题

如图 2-7 为二极管环形检波测量电路。C_1 和 C_2 为差动式电容传感器，C_3 为滤波电容，R_L 为负载电阻，R_0 为限流电阻，U_P 为正弦波信号源。设 R_L 很大，并且 $C_3 \gg C_1$，$C_3 \gg C_2$。

（1）试分析此电路工作原理；

（2）画出输出端电压 U_{AB} 在 $C_1 = C_2$、$C_1 > C_2$、$C_1 < C_2$ 三种情况的波形；

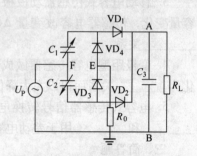

图 2-7　二极管环形检波测量电路

（3）推导 $\bar{U}_{AB} = f(C_1, C_2)$ 的数学表达式。

2.6 压电式传感器

2.6.1　知识要点与重难点说明

1. 本章知识要点：压电效应、正压电效应、逆压电效应、制动器（执行器）、敏感器（检测器）的含义。

压电材料：石英晶体、多晶陶瓷材料和有机高分子聚合材料；石英晶体具有压电效应特性的分子结构特性；压电陶瓷的压电特性机理；压电材料的主要特性参数（压电系数、弹性系数、介电常数、机电耦合系数、电阻和居里点等）及其含义；压电材料的选取：转换性能、机械性能、电性能、温度和湿度稳定性、时间稳定性。

压电式传感器可以等效为一个电荷源和一个电容器并联；也可等效为一个与电容串联的电压源。

压电式传感器的测量电路通常需要接入一个高输入阻抗的前置放大器。其作用为：①把它的高输入阻抗（一般 1000MΩ 以上）变换为低输出阻抗（小于100Ω）；②对传感器输出的微弱信号进行放大。前置放大器有两种形式：电荷放大器和电压放大器。

与单片时相比，压电元件并联时，正负电极上的电荷量增加了一倍，总电容量增加了一倍，其输出电压与单片时相同；压电元件串联时，电荷量 Q 与单片时相同，总电容量为单片时的一半，输出电压增大了一倍。

2. 本章重点：压电式传感器的工作原理、测量电路。

3. 本章难点：压电式传感器的工作原理、测量电路。

4. 能力拓展：压电式传感器在汽车中的应用。

2.6.2　强化练习题

一、选择题

1. 对石英晶体，下列说法正确的是（　　　）。

　A. 沿光轴方向施加作用力，不会产生压电效应，也没有电荷产生

　B. 沿光轴方向施加作用力，不会产生压电效应，但会有电荷产生

　C. 沿光轴方向施加作用力，会产生压电效应，但没有电荷产生

　D. 沿光轴方向施加作用力，会产生压电效应，也会有电荷产生

2. 石英晶体和压电陶瓷的压电效应对比正确的是（　　　）。

　A. 压电陶瓷比石英晶体的压电效应明显，稳定性也比石英晶体好

　B. 压电陶瓷比石英晶体的压电效应明显，稳定性不如石英晶体好

　C. 石英晶体比压电陶瓷的压电效应明显，稳定性也比压电陶瓷好

　D. 石英晶体比压电陶瓷的压电效应明显，稳定性不如压电陶瓷好

3. 用于厚度测量的压电陶瓷器件利用了（　　　）原理。

　A. 磁阻效应　　　　　　　　B. 压阻效应

　C. 正压电效应　　　　　　　D. 逆压电效应

4. 石英晶体在沿电轴 X 方向的力作用下会（　　　）。

　A. 不产生压电效应　　　　　B. 产生逆向压电效应

　C. 产生横向压电效应　　　　D. 产生纵向压电效应

5. 以下因素在选择合适的压电材料时必须考虑的有（　　　）。

　A. 转换性能　　　　B. 电性能　　　　C. 时间稳定性　　　　D. 温度稳定性

二、填空题

1. 压电式传感器可等效为一个_____和一个_____并联，也可等效为一个与_____相串联的电压源。

2. 压电式传感器是一种典型的_____传感器（或发电型传感器），其以某些电介质的_____为基础，来实现非电量检测的目的。

3. 压电式传感器使用_____放大器时，输出电压几乎不受连接电缆长度的影响。

4. 压电式传感器的输出须先经过前置放大器处理，此放大电路有_____和_____两种形式。

5. 某些电介质当沿一定方向对其施力而变形时内部产生极化现象，同时在它的表面产生符号相反的电荷，当外力去掉后又恢复不带电的状态，这种现象称为_____效应；在介质极化方向施加电场时电介质会产生形变，这种效应又称_____效应。

三、简答题

1. 压电元件在使用时常采用多片串联或并联的结构形式。试述在不同联结下输出电压、电荷、电容的关系，它们分别适用于何种应用场合？

2. 简述压电式传感器分别与电压放大器和电荷放大器相连时各自的特点。

3. 为什么压电式传感器通常用来测量动态或瞬态参量？

四、计算题

将压电式传感器与一只灵敏度为 S_v 且可调的电荷放大器连接，然后接到灵敏度为 $S_x = 20\text{mm/V}$ 的光线示波器上记录，现知压电式压力传感器灵敏度为 $S_p = 5\text{pc/Pa}$，该测试系统的总灵敏度为 $S = 0.5\text{mm/Pa}$，试问：

（1）电荷放大器的灵敏度 S_v 应调为何值（V/pc）？

（2）用该测试系统测 40Pa 的压力变化时，光线示波器上光点的移动距离是多少？

2.7 磁敏式传感器

2.7.1 知识要点与重难点说明

1. 本章知识要点：磁敏式传感器、磁电感应式传感器、霍尔式传感器的含义。

磁电感应式传感器的基本工作原理、分类（恒磁通式和变磁通式）。恒磁通式传感器分为动圈式和动铁式两种结构类型；变磁通磁电感应式传感器可分为开磁路和闭磁路两种结构。

磁电感应式传感器可以直接输出感应电动势信号，不需要高增益放大器。磁电感应式传感器只用于测量动态量，可以直接测量线速度或角速度，在其测量电路中接入积分电路或微分电路后还可以测量位移或加速度。

霍尔效应的含义；霍尔电动势的产生原理；霍尔元件常制成薄片形状的原因；霍尔式传感器的基本测量电路。

2. 本章重点：磁敏式传感器的工作原理、测量电路；霍尔效应、霍尔元件的测量误差及其补偿。

3. 本章难点：霍尔元件的测量误差及其补偿。

4. 能力拓展：基于霍尔元件的油气管道无损探伤系统设计。

2.7.2 强化练习题

一、选择题

1. 制造霍尔元件的半导体材料中，目前用的较多的是锗、锑化铟、砷化铟，其原因是这些（　　）。

　　A. 半导体材料的霍尔常数比金属的大

　　B. 半导体中电子迁移率比空穴高

　　C. 半导体材料的电子迁移率比较大

　　D. N 型半导体材料较适宜制造灵敏度较高的霍尔元件

2. 磁电式传感器测量电路中引入微分电路是为了测量（　　）。

　　A. 位移　　　　B. 速度　　　　C. 加速度　　　　D. 光强

3. 霍尔电动势与（　　）成反比。

　　A. 激励电流　　B. 磁感应强度　　C. 霍尔元件宽度　　D. 霍尔元件长度

二、填空题

1. 通过_____将被测量转换为电信号的传感器称为磁电式传感器。

2. 磁电感应式传感器是利用导体和磁场发生相对运动而在导体两端输出_____的原理进行工作的。

3. 当载流导体或半导体处于与电流相垂直的磁场中时，在其两端将产生电位差，这一现象被称为_____。

4. 霍尔元件的零位误差主要包括_____和_____。

5. 霍尔传感器的灵敏度与霍尔系数成正比而与_____成反比。

三、简答题

1. 简述变磁通式和恒磁通式磁电传感器的工作原理。

2. 磁电式传感器的误差及其补偿方法是什么？

3. 结合图 2-8（假设控制电流垂直于纸面流进或流出并且恒定）证明霍尔式位移传感器的输出电动势 U 与位移 x 成正比关系。除了测量位移外，霍尔式传感器还有哪些应用？

四、计算题

某霍尔元件的尺寸 l，b，d 分别是 1.0cm，0.35cm，0.1cm，沿 l 方向通以电流 $I = 1.0$mA，在垂直 lb 面的方向加有均匀磁场 $B = 0.3$T，传感器的灵敏系数为 22V/（A · T），试求其输出霍尔电动势及载流子浓度。

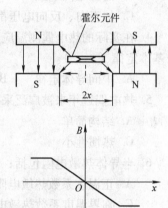

图 2-8　霍尔式传感器测位移

2.8　热电式传感器

2.8.1　知识要点与重难点说明

1. **本章知识要点**：热电式传感器、热电效应的含义；热电偶、热电阻和热敏电阻的结构、大致测温范围。

热电偶的特点、热电偶的基本定律、标准化热电偶、分度表。热电偶的冷端温度补偿方法主要有补偿导线法、冷端恒温法、冷端温度校正法、自动补偿法等。热电偶的实用测温线路包括：测量单点的温度、测量两点间的温度差（反极性串联）、测量多点的平均温度（同极性并联或串联）。

热电阻最常用的材料是铂和铜，它们各自的特点；热电阻的测温线路（两线制、三线制和四线制）。

热敏电阻的含义及其特点；热敏电阻可分为三类，即负温度系数热敏电阻（NTC）、正温度系数热敏电阻（PTC）和临界温度系数热敏电阻（CTR）。

2. **本章重点**：热电偶的基本工作原理、热电偶的冷端温度补偿方法、实用测温电路；热电阻的工作原理、测量电路；热敏电阻的温度特性。

3. **本章难点**：热电阻的测温电路。

4. **能力拓展**：火灾探测报警系统设计。

2.8.2 强化练习题

一、选择题

1. 热电偶的基本组成部分是（　　　）。
    A. 热电极 　　　　　　 B. 保护管 　　　　　　 C. 绝缘管 　　　　　　 D. 接线盒
2. 为了减小热电偶测温时的测量误差，需要进行的温度补偿方法不包括（　　　）。
    A. 补偿导线法 　　　 B. 电桥补偿法 　　　 C. 冷端恒温法 　　　 D. 差动放大法
3. 热电偶测量温度时（　　　）。
    A. 需加正向电压 　　　　　　　　　 B. 需加反向电压
    C. 加正向、反向电压都可以 　　　　 D. 不需加电压
4. 在实际的热电偶测温应用中，引用测量仪表而不影响测量结果是利用了热电偶的哪个基本定律（　　　）。
    A. 中间导体定律 　　 B. 中间温度定律 　　 C. 标准电极定律 　　 D. 均质导体定律
5. 热电偶近年来被广泛采用，以下属于热电偶具有的优点有（　　　）。
    A. 结构简单 　　　　　　　　 B. 精度高
    C. 热惯性小 　　　　　　　　 D. 可测局部温度、便于远距离传送与集中检测
6. 半导体热敏电阻包括：（　　　）
    A. 正温度系数热敏电阻 　　　　　　 B. 负温度系数热敏电阻
    C. 临界温度系数热敏电阻 　　　　　 D. 非温度系数热敏电阻

二、填空题

1. 热电动势来源于两个方面，一部分由两种导体的＿＿＿＿＿＿＿＿＿＿＿＿构成，另一部分是单一导体的＿＿＿＿＿＿＿＿＿＿。

2. 补偿导线法常用作热电偶的冷端温度补偿，它的理论依据是＿＿＿＿＿＿＿＿＿定律。

3. 常用的热电式传感元件有＿＿＿＿＿＿＿＿＿＿＿＿、＿＿＿＿＿＿＿＿＿＿＿和热敏电阻。

4. 在各种热电式传感器中，以将温度转换为＿＿＿＿或＿＿＿＿的方法最为普遍，例如热电偶是将温度变化转换为＿＿＿＿＿＿＿＿的测温元件，热电阻和热敏电阻是将温度转换为＿＿＿＿变化的测温元件。

5. 热电阻最常用的材料是＿＿＿和＿＿＿，工业上被广泛用来测量＿＿＿＿温区的温度，在测量温度要求不高且温度较低的场合，＿＿＿＿电阻得到了广泛应用。

6. 热电阻引线方式有三种，其中＿＿＿＿＿＿适用于工业测量，一般精度要求场合；＿＿＿＿＿适用于引线不长，精度要求较低的场合；＿＿＿＿＿适用于实验室测量，精度要求高的场合。

三、简答题

1. 热电阻传感器主要分为哪两种类型？它们分别应用在什么场合？

2. 要用热电偶来测量 2 点的平均温度，若分别用并联和串联的方式，请简述其原理，指出这两种方式各自的优缺点是什么？

3. 请简单阐述一下热电偶与热电阻的异同。

四、计算题

1. 一热敏电阻在0℃和100℃时，电阻值分别为200kΩ和10kΩ。试计算该热敏电阻在20℃时的电阻值。

2. 某测量者想用两只K型热电偶测量两点温度，其连接线路如图2-9所示，已知$t_1 = 420℃$，$t_0 = 30℃$，测得两点的温度电动势为15.132mV。但后来经检查发现t_1温度下的那只热电偶错用为E型热电偶，其他都正确，试求两点的实际温差？（可能用到的热电偶分度表数据见表2-2和表2-3，最后结果可以只保留到整数位）

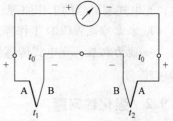

图2-9 热电偶测温线路

表2-2 K型热电偶分度表（部分）

（参考端温度为0℃）

测量端温度/℃	30	50	60	70
	热电动势/mV			
0	1.203	2.022	2.436	2.850
300	13.456	14.292	14.712	15.132

表2-3 E型热电偶分度表（部分）

（参考端温度为0℃）

测量端温度/℃	20	30	40
	热电动势/mV		
0	1.192	1.801	2.419
400	30.546	31.350	32.155

3. 现用一支镍铬-铜镍热电偶测某换热器内的温度，其冷端温度为30℃，而显示仪表机械零位为0℃，这时指示值为400℃，若认为换热器内的温度为430℃，对不对？为什么？已知$E(400, 0) = 28.943mV$，$E(30, 0) = 10801mV$，则换热器内的温度正确值如何得到？

2.9 光电式传感器

2.9.1 知识要点与重难点说明

1. **本章知识要点**：光电式传感器的含义及其分类；光电式传感器的四种基本形式。

爱因斯坦光电效应方程；光电效应及其分类、含义、典型器件；光电器件的工作原理、主要特性。

电荷耦合器件（CCD）的特点、组成、基本功能；CCD的电荷转移原理。

光纤的结构、光纤的入射临界角、全反射的条件、光纤的数值孔径；光纤的分类及各自的特点；引起光纤传输损耗的主要原因；光纤传感器的基本工作原理。

光电式编码器的结构（码盘式和脉冲盘式）、工作原理；二进制码、循环码的相互转化方法；脉冲盘式编码器的辨向原理。

莫尔条纹的含义及其特点；计量光栅的分类、组成、辨向和细分技术。

2. 本章重点：光电效应、光电器件；CCD 工作原理；光纤传感器的工作原理、基本特性；光电式编码器的工作原理；计量光栅的工作原理。

3. 本章难点：CCD 工作原理；光电式编码器的测量电路；计量光栅的测量电路。

4. 能力拓展：光电式传感器应用调查；手机生产线表面安装元件的定位检测与控制系统设计。

2.9.2 强化练习题

一、选择题

1. 当光电管的阳极和阴极之间所加电压一定时，光通量与光电流之间的关系称为光电管的（　　）。

    A. 伏安特性　　　　　　B. 光照特性　　　　　　C. 光谱特性　　　　　　D. 频率特性

2. 下列关于光敏二极管和光敏晶体管的对比不正确的是（　　）。

    A. 光敏二极管的光电流很小，光敏晶体管的光电流则较大

    B. 光敏二极管与光敏晶体管的暗电流相差不大

    C. 工作频率较高时，应选用光敏二极管；工作频率较低时，应选用光敏晶体管

    D. 光敏二极管的线性特性较差，而光敏晶体管有很好的线性特性

3. 光纤传感器一般由三部分组成，除光纤之外，还必须有光源和（　　）两个重要部件。

    A. 反射镜　　　　　　B. 透镜　　　　　　C. 光栅　　　　　　D. 光探测器

4. 光纤传感器用的光纤主要有两种：（　　）

    A. 单模光纤　　　　　　B. 多模光纤　　　　　　C. 单晶光纤　　　　　　D. 多晶光纤

5. 光纤传感器中常用的光探测器有以下哪几种？（　　）

    A. 光敏二极管　　　　B. 光电倍增管　　　　C. 光敏晶体管　　　　D. 固体激光器

6. 当两块光栅的夹角很小时，光栅莫尔条纹的间距（　　）。

    A. 与栅线的宽度成正比　　　　　　　　　　B. 与栅线间宽成正比

    C. 与夹角近似成正比　　　　　　　　　　　D. 与栅距近似成正比

7. 现有一个采用 4 位循环码码盘的光电式编码器，码盘的起始位置对应的编码是 0011，终止位置对应的编码是 0101，则该码盘转动的角度可能会是（　　）。

    A. 45°　　　　　　B. 60°　　　　　　C. 90°　　　　　　D. 120°

8. 计量光栅的特点是（　　）。

    A. 测量精度高　　B. 成本低　　C. 非接触式　　D. 对环境要求不高

二、填空题

1. CCD 的突出特点是以_____作为信号。

2. 光纤工作的基础是_____。

3. 按照工作原理的不同，可将光电式传感器分为_____、红外热释电传感器、固体图像传感器和_____。

4. 按照测量光路组成，光电式传感器可以分为_____、_____、辐射式和开关式光电传感器。

5. 光电传感器的理论基础是光电效应。通常把光线照射到物体表面后产生的光电效应分为三类。第一类是利用在光线作用下光电子逸出物体表面的_____效应，这类元件有_____；第二类是利用在光线作用下使材料内部电阻率改变的_____效应，这类元件有_____；第三类是利用在光线作用下使物体内部产生一定方向电动势的光生伏特效应，这类元件有光电池、光电仪表。

6. 采用 4 位二进制码盘能分辨的角度为_____。

7. 光栅测量原理是以移过的莫尔条纹的数量来确定位移量的，其分辨率为_____。

8. 目前为止，数字式传感器最主要的两种类型是_____和_____。

9. 编码器按结构形式可分为_____和_____两大类，分别用于测量_____和_____。

10. 计量光栅是利用光栅的_____现象，以线位移和_____为基本测试内容，应用于高精度加工机床、光学坐标镗床、制造大规模集成电路的设备及检测仪器等。

三、简答题

1. 什么是光电式传感器？光电式传感器的基本工作原理是什么？

2. CCD 的电荷转移原理是什么？

3. 光在光纤中是怎样传输的？对光纤及入射光的入射角有什么要求？

4. 简述计量光栅的结构和基本原理。

5. 什么是数字式传感器？数字式传感器与模拟式传感器相比有何优点？

四、计算题

1. 试计算 $n_1 = 1.46$，$n_2 = 1.45$ 的阶跃折射率光纤的数值孔径值。如光纤外部介质的 $n_0 = 1$，求最大入射角 θ_c 的值。

2. 若某光栅的栅线密度为 50 线/mm，主光栅与指标光栅之间夹角 $\theta = 0.01 \, \mathrm{rad}$。求：

（1）其形成的莫尔条纹间距 B_H。

（2）若采用四只光敏二极管接收莫尔条纹信号，并且光敏二极管响应时间为 $10^{-6} \mathrm{s}$，问此时光栅允许最快的运动速度 v 是多少？

2.10　辐射与波式传感器

2.10.1　知识要点与重难点说明

1. **本章知识要点**：红外辐射的含义。红外传感器的组成。红外探测器的分类：热探测器和光子探测器。热释电探测器、光子探测器的工作原理。

微波的特点与分类。微波传感器的基本测量原理（反射式和遮断式）、主要组成部分（微波发生器或称微波振荡器、微波天线及微波检测器）及其特点。

超声波的特性；压电式超声波传感器的工作原理。

2. **本章重点**：红外辐射的概念、红外传感器的组成、热释电探测器的工作原理；微波传感器的基本测量原理、主要组成部分；超声波的特性、压电式超声波传感器的工作原理。

3. **本章难点**：红外热释电传感器、红外气体分析仪的工作原理。

4. **能力拓展**：入侵探测报警系统设计。

2.10.2 强化练习题

一、选择题

1. 在红外技术中，一般将红外辐射分为四个区域，即近红外区、中红外区、远红外区和（　　）。这里所说的"远近"是相对红外辐射在电磁波谱中与可见光的距离而言。

    A. 微波区　　　　　B. 微红外区　　　　　C. X 射线区　　　　　D. 极远红外区

2. 红外技术广泛应用于工业、军事等领域中，以下应用目前采用了红外技术的有（　　）。

    A. 焊接缺陷的无损检测　　　　　　　B. 疲劳裂纹探测

    C. 军事侦察　　　　　　　　　　　　D. 夜晚视觉功能

3. 下列关于微波传感器的说法中正确的是（　　）。

    A. 不能用普通电子管与晶体管构成微波振荡器

    B. 可采用普通天线发射微波

    C. 用电流-电压特性呈线性的电子元件做探测微波的敏感探头

    D. 微波的绕射能力很好，在传输过程中受烟雾、灰尘等因素的影响较小

4. 以下属于非接触式传感器的有（　　）。

    A. 微波传感器　　　B. 红外传感器　　　C. 超声波传感器　　　D. 光纤传感器

5. 若已知超声波传感器垂直安装在被测介质底部，超声波在被测介质中的传播速度为 1480m/s，测量时间间隔为 200us，则物位高度为（　　）。

    A. 296mm　　　　　B. 148mm　　　　　C. 74mm　　　　　D. 条件不足，无法求出

6. 以下属于超声波测流量的方法有（　　）。

    A. 时差法　　　　　B. 相位差法　　　　　C. 频率差法　　　　　D. 多普勒法

二、填空题

1. 红外辐射俗称红外线，它是一种人眼看不见的光线，但实际上它与其他光线一样，也是一种客观存在的物质。任何物质，只要它的温度高于＿＿＿＿＿＿＿＿＿，就会向周围空间辐射红外线。

2. 根据波长特征，微波可以细分为＿＿＿＿＿、＿＿＿＿＿和＿＿＿＿＿三个波段。

3. 超声波测量物位是根据超声波在两种介质的分界面上的＿＿＿＿＿特性而工作的。

三、简答题

1. 简述光子探测器型红外传感器的原理、主要特点和分类。

2. 微波传感器的定义及分类。

3. 简述超声波测量厚度的工作原理。

2.11　化学传感器

2.11.1　知识要点与重难点说明

1. **本章知识要点**：化学传感器的定义；气敏传感器的含义、主要参数和特性、类型、特点。

半导体式气敏传感器的定义、分类（电阻式和非电阻式）。半导体式气敏传感器的工作

原理：当氧化型气体吸附到 N 型半导体（如 SnO_2、ZnO）上，或还原型气体吸附到 P 型半导体（如 MoO_2、CrO_3）上时，将使多数载流子（价带空穴）减少，电阻增大。相反，当还原型气体吸附到 N 型半导体上，或氧化型气体吸附到 P 型半导体上时，将使多数载流子（导带电子）增多，电阻下降。

电阻式气敏传感器的结构（烧结型、薄膜型和厚膜型）及其特点。

湿度的含义与表示方法（绝对湿度、相对湿度和露点）。湿敏传感器的定义、主要参数及特性；电阻式湿敏传感器的分类（电解质式、陶瓷式和高分子式）、工作原理。

2. 本章重点：气敏传感器的概念、分类、工作原理；电介质与半导体陶瓷湿敏传感器工作原理。

3. 本章难点：电介质与半导体陶瓷湿敏传感器工作原理。

4. 能力拓展：防止酒后开车控制器设计。

2.11.2　强化练习题

一、选择题

1. 当 H_2 吸附到 MoO_2 上时，下列说法正确的是（　　）。

　　A. 载流子数下降，电阻增加　　　　　　B. 载流子数增加，电阻增加

　　C. 载流子数增加，电阻减小　　　　　　D. 载流子数下降，电阻减小

2. 气敏传感器中的加热器是为了（　　）。

　　A. 去除吸附在表面的气体　　　　　　　B. 去除吸附在表面的油污和尘埃

　　C. 去除传感器中的水分　　　　　　　　D. 起温度补偿作用

3. 湿度传感器是指能将湿度转换为与其成一定比例关系的（　　）输出的器件式装置。

　　A. 电流　　　　　　B. 电压　　　　　　C. 电量　　　　　　D. 电阻

4. 半导体气体传感器，是利用半导体气敏元件同气体接触，造成（　　）发生变化，借此检测特定气体的成分及其浓度的。

　　A. 半导体电阻　　　B. 半导体上的电流　　　C. 半导体上的电压　　　D. 半导体性质

5. 大气湿度有两种表示方法：（　　）。

　　A. 绝对湿度　　　　　B. 实际湿度　　　　　C. 理论湿度　　　　　D. 相对湿度

二、填空题

1. 半导体气敏传感器可分为＿＿＿＿＿＿和＿＿＿＿＿＿两类。

2. 感湿特性为湿敏传感器特征量（如：＿＿＿＿、＿＿＿＿等）随湿度变化的特性。

3. 电阻式湿敏传感器可分为＿＿＿＿＿、＿＿＿＿＿和＿＿＿＿＿三类。

三、简答题

1. 气敏传感器的性能必须满足哪些基本条件？

2. 简要说明一个理想的湿敏器件所应具备的性能。

2.12　生物传感器

2.12.1　知识要点与重难点说明

1. 本章知识要点：生物传感器的含义、基本结构、特点、分类、基本工作原理。

生物芯片的作用；几种主要的生物芯片（基因芯片、蛋白质芯片、细胞芯片、组织芯片）。

生物传感器的发展方向：①开发新材料，采用新工艺；②研究仿生传感器；③研究多功能集成的智能式传感器；④成本低、高灵敏度、高稳定性、高寿命和微型化生物传感器。

2. 本章重点：生物传感器的概念、特点；生物传感器的工作原理；生物芯片的概念。

3. 本章难点：生物传感器的分类。

4. 能力拓展：生物传感器的应用状况调查。

2.12.2 强化练习题

一、选择题

1. 生物传感器的分子识别元件包括以下哪几种？（ ）

    A. 酶膜   B. 全细胞膜   C. 组织膜   D. 细胞器膜

2. 以下哪些属于生物传感器？（ ）

    A. 酶传感器   B. 组织传感器   C. 微生物传感器   D. 免疫传感器

二、填空题

1. 生物传感器的主要组成包括＿＿＿＿＿＿＿＿＿、＿＿＿＿＿＿＿＿＿及信号转换。

2. 生物传感器的两大特点为＿＿＿＿＿＿和＿＿＿＿＿＿。

3. 根据敏感物质不同，生物传感器可分为＿＿＿＿＿＿、＿＿＿＿＿＿、＿＿＿＿＿＿、＿＿＿＿＿＿等。

三、简答题

简要说明生物传感器的特点。

2.13 新型传感器

2.13.1 知识要点与重难点说明

1. 本章知识要点：智能传感器的含义、特点、作用、实现方式。

模糊传感器的含义、模糊传感器中"智能"的体现及其突出特点、基本功能（学习、推理、联想、感知和通信功能）。

MEMS 器件制造中的四种主流技术（超精密加工及特种加工、表面微加工、体微加工、LIGA 技术）、微传感器的特点（空间占有率小，灵敏度高、响应速度快，便于集成化和多功能化，可靠性提高，消耗电力小、节省资源和能量，价格低廉）。

网络传感器的含义、组成、分类、应用方向。

2. 本章重点：智能传感器；网络传感器。

3. 本章难点：模糊传感器；微传感器。

4. 能力拓展：新型传感器发展前景预测。

2.13.2 强化练习题

一、选择题

1. 模糊传感器的"智能"之处在于：它可以模拟人类感知的全过程，核心在于知识性，知识性的最大特点是（　　）。

    A. 信息化   B. 模糊性   C. 智能性   D. 系统性

2. 模糊传感器的基本功能包括（　　）。

    A. 学习功能   B. 推理联想功能   C. 感知功能   D. 通信功能

3. 网络传感器特别适于（　　）。

    A. 集中检测   B. 远程分布测量和监控   C. 局部监测   D. 无人监测

4. 网络传感器的核心是（　　）。

    A. 构成网络   B. 分布式测量   C. 使传感器实现网络通信协议   D. 多节点

二、填空题

1. 智能传感器较传统传感器最大的变化就是将＿＿＿＿＿＿＿＿和＿＿＿＿＿＿相结合。

2. 所谓的智能式传感器就是一种带有＿＿＿＿＿＿的，兼有信息检测、信号处理、信息记忆、＿＿＿＿＿＿的传感器。

3. 模糊传感器是在传统数据检测的基础上，经过＿＿＿＿＿＿＿＿，以模拟人类自然语言符号描述的形式输出测量结果的一类智能传感器。

4. 完整的 MEMS 是由＿＿＿＿＿、＿＿＿＿＿、＿＿＿＿＿＿、通信接口和电源等部件组成的一体化的微型器件系统。

5. MEMS 器件制造中的四种主流技术是＿＿＿＿＿＿、＿＿＿＿＿、＿＿＿＿＿和＿＿＿＿＿。

6. 网络传感器就是能与＿＿＿＿连接或通过＿＿＿＿使其与微处理器、计算机或仪器系统连接的传感器。

7. 网络传感器主要是由＿＿＿＿＿＿、＿＿＿＿＿＿及＿＿＿＿＿＿组成。

8. 目前，主要有基于＿＿＿＿＿＿的网络传感器和基于＿＿＿＿＿＿＿的网络传感器两大类。

三、简答题

1. 列举至少六种智能式传感器的特点。

2. 智能式传感器的主要作用是什么？

3. 试画出模糊传感器的一般结构？

4. 简述微传感器的特点。

5. 简述 IEEE1451 的智能变送器接口标准的主要目标。

6. 试画出网络传感器测控系统的结构。

2.14 参数检测

2.14.1 知识要点与重难点说明

1. **本章知识要点**：测量、测量方法、测量系统、参数测量的概念；测量通常包括两个过程（能量转换过程、比较过程）；测量方法的分类；测量系统的组成与基本类型。

过程参数检测主要掌握温度、压力、流量、物位、成分等的检测方法。机械量参数检测主要掌握位移、转速、速度、振动、厚度的检测。

检测技术的发展主要表现为以下四个方面：测量质量不断提高；新型测量技术不断涌现；测量系统的网络化。

2. 本章重点：参数检测的基本概念；参数检测的一般方法。

3. 本章难点：参数检测的一般方法。

4. 能力拓展：同一被测量的不同检测方法比较。

2.14.2　强化练习题

一、选择题

1. 测量通常包括哪两个过程（　　　）。
　　A. 能量形式的一次或多次转换过程　　B. 将被测变量与标准量进行比较的过程
　　C. 信号获取的过程　　　　　　　　　D. 结果显示的过程

2. 根据测量方式的不同，测量方法可以分为（　　　）。
　　A. 直接测量、间接测量和组合测量　　B. 偏差式测量、零位式测量和微差式测量
　　C. 等精度测量和非等精度测量　　　　D. 静态测量和动态测量

3. 下列测量方法属于组合测量的是（　　　）。
　　A. 用电流表测量电路的电流　　　　　B. 用弹簧管压力表测量压力
　　C. 用电压表和电流表测量功率　　　　D. 用电阻值与温度关系测量电阻温度系数

4. 用不同精度的仪表或不同的测量方法，或在环境条件不同时，对同一被测量进行多次重复测量，这样的测量称为（　　　）。
　　A. 动态测量　　　　B. 静态测量　　　　C. 组合测量　　　　D. 不等精度测量

二、填空题

1. 测量是以＿＿＿＿＿＿＿＿＿为目的的一系列操作。

2. 目前，流量测量的方法一般可分为三类：＿＿＿＿＿流量检测方法、＿＿＿＿＿流量检测方法和＿＿＿＿＿流量检测方法。

三、简答题

1. 试写出至少五种参数检测的一般方法。

2. 简述物位测量的主要方式有哪些？

3. 试述转速检测的主要方法与特点。

4. 检测技术的发展趋势是什么？

2.15　微弱信号检测

2.15.1　知识要点与重难点说明

1. 本章知识要点：微弱信号和噪声的概念、微弱信号检测的任务、目的。噪声的自相关函数、噪声的互相关函数。

微弱信号的检测方法：相关检测法（相关检测分为自相关检测和互相关检测）、相干检测。

锁相放大器的工作原理、同步积累器的工作原理。

2. 本章重点：微弱信号检测的概念；微弱信号的检测方法。

3. 本章难点：微弱信号的检测方法（相关检测法、同步积累法）。

2.15.2　强化练习题

一、选择题

1. 微弱信号检测的目的是（　　　）。

    A. 从噪声中提取出有用信号

    B. 提取小信号

    C. 用一些新技术和新方法来提高检测系统输入输出信号的信噪比

    D. 发现噪声

2. 噪声是一种（　　　）。

    A. 离散型随机变量　　　　　　　　　B. 连续型随机变量

    C. 离散型确定变量　　　　　　　　　D. 连续型确定变量

3. 以下说法正确的是（　　　）。

    A. 电子线路的噪声大都是一种平稳随机过程

    B. 互相关与几个噪声同时形成干扰有关

    C. 自相关是随机平稳过程的一个重要特征

    D. 绝大多数噪声是相互独立的

4. 相关检测分为（　　　）两种情形。

    A. 自相关检测　　　B. 互相关检测　　　C. 弱相关检测　　　D. 强相关检测

5. 锁相放大器具有极强的抑制噪声的能力。锁相放大器是一种利用（　　　）设计的同步相干检测仪。

    A. 互相关原理　　　B. 自相关原理　　　C. 弱相关原理　　　D. 强相关原理

6. 以下利用了同步积累法制作的是（　　　）。

    A. 同步积分器　　　B. 取样积分器　　　C. 数字多点平均器　　　D. 锁相放大器

二、填空题

1. 微弱信号是相对背景噪声而言，其_____的一类信号。

2. 微弱信号检测的任务是采用电子学、信息论、计算机及物理学、数学的方法，分析_____，研究被测信号的特点与相关性，对被噪声淹没的微弱有用信号进行_____。

3. 所谓相关检测就是利用_____的特点，通过_____的计算，达到从噪声中检测出微弱信号目的的一种技术。

4. 同步积累法利用了信号的_____和噪声的_____。

三、简答题

1. 简述自相关检测的原理。

2. 简述互相关检测的原理。

3. 简述相干检测的原理。

2.16 软测量

2.16.1 知识要点与重难点说明

1. 本章知识要点：软测量的概念、基本思想、基本处理方法。

软测量过程主要包括辅助变量选择、输入数据处理、软测量模型建立和在线校正等步骤。

软测量的适用条件。

2. 本章重点：软测量的概念、软测量的方法。

3. 本章难点：软测量的方法。

2.16.2 强化练习题

一、选择题

1. 软测量过程主要包括（　　）步骤。

　　A. 辅助变量选择　　　B. 输入数据处理　　　C. 软测量模型建立　　　D. 在线校正

2. 软测量的输入数据处理包括（　　）两个方面。

　　A. 换算　　　　　　B. 比较　　　　　　C. 数据误差处理　　　　D. 质量评估

3. 对软测量模型进行在线校正一般采用的方法是（　　）。

　　A. 及时校正　　　B. 定时校正　　　C. 满足一定条件的校正　　　D. 按需校正

二、填空题

1. 软测量就是选择与被估计变量相关的一组可测变量，构造某种以_____为输入、_____为输出的数学模型，通过_____实现对无法直接测量的重要过程变量的估计。

2. 软测量是一种利用_____和_____去估计不可测或难测变量的方法。

3. 辅助变量的选择包括_____、_____和_____三个方面。

三、简答题

1. 简述建立软测量模型的方法有哪些？

2. 简述软测量的意义。

3. 简述软测量的适用条件。

2.17 多传感器数据融合

2.17.1 知识要点与重难点说明

1. 本章知识要点：数据融合的目的、定义。

数据融合的特性包括：时空特性、数据融合的系统性。

数据融合的优点：准确性和全面性、冗余性和容错性、互补性、可靠性、实时性和经济性。

数据融合的层次：原始层（或数据层）、特征层和决策层。

数据融合的模型可分为功能模型和结构模型。数据融合过程的两个步骤。多传感器数据融合的结构：并联融合、串联融合和混合融合。

数据融合的关键技术包括数据转换、数据相关、态势数据库、融合计算等。

数据融合的常用方法基本上可概括为随机和人工智能两大类。前者包括加权平均法、Bayes 概率推理法、Dempster-Shafer 证据推理、卡尔曼滤波和产生式规则；后者包括模糊逻辑推理、神经网络方法、智能融合方法等。

2. 本章重点：数据融合的相关概念；数据融合的方法。

3. 本章难点：数据融合的基本原理。

2.17.2　强化练习题

一、选择题

1. 按照在处理层次中的信息抽象程度，可以把融合层次大致分为（　　）。

 A. 原始层   B. 特征层   C. 决策层   D. 抽象层

2. 多传感器数据融合的结构可分为（　　）情形。

 A. 并联融合 B. 串联融合 C. 混合融合 D. 网状融合

3. 以下属于随机融合方法的是（　　）。

 A. 加权平均法 B. 模糊逻辑推理 C. 卡尔曼滤波法 D. 神经网络方法

二、填空题

1. 多传感器数据融合是对来自于不同传感器的信息进行分析和综合，以产生对被测对象统一的_____。

2. 数据融合的最终目的是_____。

3. 数据融合就是充分利用不同时间与空间的多传感器信息资源，采用计算机技术对按时序获得的多传感器观测信息在一定准则下加以自动分析、综合、支配和使用，获得_____，以完成所需的_____任务，使系统获得比它的各组成部分更优越的性能。

4. 数据融合系统的功能主要有_____、_____、_____、_____和_____。

三、简答题

1. 简述数据融合的特性和优点。

2. 简述 Bayes 概率推理法。

2.18　测量不确定度与回归分析

2.18.1　知识要点与重难点说明

1. 本章知识要点：量、量值、精度的概念。量值可分为理论真值和约定真值还可分为实际值、标称值和指示值。

精度与误差的关系。精度可分为准确度、精密度和精确度。测量误差的主要来源可归纳为测量环境误差、测量装置误差、测量方法误差、测量人员误差。误差可分为：系统误差、随机误差和粗大误差。测量误差来表示常用绝对误差、相对误差、引用误差、基本误差和附加误差等来表示。数字仪表的基本误差的两种表示方式。

对粗大误差的判断准则：3σ 准则、肖维勒准则、格拉布斯准则。

随机误差的正态分布"三特征"：单峰性、有界性和对称性。

算术平均值、贝塞尔公式、算术平均值的标准差的计算方法。

测量结果的两种常用表示方法。

分析系统误差的产生原因一般从以下五个方面着手：所用测量仪表或元件本身是否准确可靠，测量方法是否完善，传感器或仪表的安装、调整、放置等是否正确合理，测量仪表的工作环境条件是否符合规定条件，测量者的操作是否正确。

系统误差的发现与判别可用实验对比法、残余误差观察法、准则检查法（马利科夫准则和阿贝准则）。

间接测量中误差传递的概念；绝对误差的传递、相对误差的传递、随机误差的传递表达式。

误差合成、误差分配的概念。

测量不确定度的概念、测量不确定度与误差的相同点与区别。测量不确定度的两类评定方法。

最小二乘法、回归分析（特别是一元线性回归）的数据处理方法。

2. 本章重点：测量误差的基本概念及其表示方法；测量误差的数据处理方法；最小二乘法。

3. 本章难点：测量不确定度的评定方法。

2.18.2　强化练习题

一、选择题

1. 量值可分为（　　　　）。

    A. 理论真值　　　　B. 约定真值　　　　C. 实际值或标称值　　　　D. 指示值

2. 测量者在处理误差时，下列哪一种做法是无法实现的？（　　　）

    A. 消除随机误差　　　　　　　　　　B. 减小或消除系统误差

    C. 修正系统误差　　　　　　　　　　D. 剔除粗大误差

3. 测量结果偏离真值的程度由（　　　）反映。

    A. 准确度　　　　　B. 精密度　　　　　C. 精确度　　　　D. 精度

4. 下列属于测量误差的有（　　　　）。

    A. 相对误差　　　　B. 绝对误差　　　　C. 引用误差　　　　D. 基本误差

5. 检定一台满量程 $A_m = 5A$ 的电流表，测得在 2.0A 处其绝对误差 $\Delta = 0.1A$，则该表的精度等级为（　　　）时是合格的。

    A. 2.5　　　　　B. 2.0　　　　　C. 1.5　　　　D. 1.0

二、填空题

1. 随机误差有三个特征：_____、_____和_____。

2. 仪表的精度等级是用仪表的_____（①相对误差，②绝对误差，③引用误差）来表示的。

3. 在同一测量条件下，多次测量被测量，其绝对值和符号保持不变或按照一定规律出现的误差称为_____。

4. 某测量系统由传感器、放大器和记录仪组成，各环节的灵敏度分别为：$S_1 = 0.2mV/℃$、$S_2 = 2.0V/mV$、$S_3 = 5.0mm/V$，则系统总的灵敏度为_____。

5. 测量不确定度是指对测量结果_____的评价，是表征被测量的真值在某个量值范围的一个估计，测量结果中所包含的测量不确定度用以表示被测量值的_____。

三、简答题

1. 试分析误差的来源。

2. 试比较测量不确定度与误差。

四、计算题

1. 已知某金属棒的长度和温度之间的关系为 $L_t = L_0 (1 + \alpha t)$。在不同温度下，测得该金属棒的长度见表 2-4。请用最小二乘法估计 0℃时金属棒的长度和金属的线膨胀系数 α。

表 2-4　金属棒长度

$t_i/℃$	10.0	40.0	70.0	100.0
L_{ti}/mm	20.0	21.0	23.0	24.0

2. 两只电阻 $R_1 = 500\Omega$ 和 $R_2 = 500\Omega$ 并联，设 $\Delta R_1 = -2\Omega$，$\Delta R_2 = 3\Omega$。求并联后电阻 R 的总误差。

2.19　虚拟仪器

2.19.1　知识要点与重难点说明

1. 本章知识要点：虚拟仪器的概念、构成、特点、设计方法与实现步骤。

目前最具有代表性的虚拟仪器开发平台：LabWindows/CVI 和 LabVIEW。

虚拟仪器系统的数据采集实现包括基于 LabWindows/CVI 的数据采集和基于 LabVIEW 的数据采集两种主要方式。

虚拟仪器的应用方法与实践。

2. 本章重点：虚拟仪器的相关概念；虚拟仪器系统的开发环境；虚拟仪器系统的数据采集方法。

3. 本章难点：虚拟仪器的开发环境；虚拟仪器的典型应用开发。

4. 能力拓展：虚拟仪器设计实践。

2.19.2　强化练习题

一、选择题

1. 虚拟仪器主要由（　　）组成。

A. 前面板　　　　　B. 框图程序　　　　　C. 图标和连结器　　　　　D. 传感器

2. 目前常用的虚拟仪器开发环境包括（　　　）。

    A. LabWindows/CVI　　　　B. LabVIEW　　　　C. Matlab　　　　D. NI

二、填空题

1. 虚拟仪器就是在以_____为核心的硬件平台上，由用户设计定义具有虚拟面板，其测试功能由_____实现的一种计算机仪器系统。

2. 虚拟仪器由_____和_____两个部分构成。

三、简答题

1. 简述虚拟仪器的特点。

2. 简述选用数据采集卡时要考虑的主要因素。

3. 简述 LabWindows/CVI 编程基本步骤。

2.20　自动检测系统

2.20.1　知识要点与重难点说明

1. 本章知识要点：自动检测系统的概念、组成（硬件、软件）。常用的数据采集系统结构形式（基本型、同步型、并行型）。

自动检测系统的设计步骤与方法。

2. 本章重点：自动检测系统的组成；自动检测系统的基本设计方法。

3. 本章难点：自动检测系统的基本设计方法。

4. 能力拓展：液体点滴速度监控装置设计；无线温度采集系统设计；智能环境的设想。

2.20.2　强化练习题

一、选择题

1. 对前置放大器要求（　　　）。

    A. 高增益　　　　B. 低噪声　　　　　C. 高输入阻抗　　　　D. 高共模抑制比

2. 采样/保持器由（　　　）组成。

    A. 模拟开关　　　　B. 保持电容　　　　C. 控制电路　　　　D. 前置放大器

3. 数据采集系统的结构可分为（　　　）。

    A. 混合型　　　　B. 基本型　　　　C. 同步型　　　　D. 并行型

4. 在进行传感器选型时，通常应考虑（　　　）。

    A. 测试条件　　　B. 传感器性能指标　　　C. 测量环境　　　D. 购买与维修因素

二、填空题

1. 自动检测系统的各项检测任务是在_____控制下自动完成的。

2. 自动检测系统的硬件主要包括传感器、数据采集系统、_____、_____等。

3. 输入输出通道的基本任务是_____。

4. 自动检测系统的软件一般可分为_____、_____和_____。

5. 将 ADC 输出的一系列数字转换成带有量纲的数值的过程称为_____。

三、简答题

1. 简述自动检测系统的一般设计步骤。

2. 系统总体设计应遵循的基本原则是什么?

3. 简述自动检测系统的发展方向。

四、计算题

1. 某烟厂用计算机采集烟叶发酵室的温度变化数据,该室温度测量范围为 $20 \sim 80℃$,所得模拟信号为 $1 \sim 5V$,采用铂热电阻(线性传感元件)测量温度。用 8 位 A/D 转换器进行数字量转换,转换器输入 $0 \sim 5V$ 时输出是 000H $\sim$ 0FFH。某一时刻计算机采集到的数字量为 0B7H,试对其作标度变换。

2. 设计一个数字化 Pt_{100} 铂热电阻温度传感器的测温系统如图 2-10 所示。已知铂热电阻温度系数即灵敏度 $A = 3.85 \times 10^{-3}/℃$;恒流源电流 $I_0 = 2.0mA$;差分放大器的放大倍数为 50;如果要求测温系统的测温范围为 $0 \sim 100℃$,分辨率不小于 $0.01℃$,试选择 A/D 转换器。

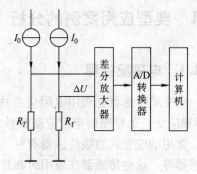

图 2-10　铂热电阻温度传感器测温系统

第3章 典型应用案例与能力拓展

3.1 典型应用案例的分析

3.1.1 电磁配铁秤

应变式传感器是利用电阻应变片将应变转换为电阻值变化的传感器。它由在弹性元件（感知应变）上粘贴的电阻应变敏感元件（将应变转换为电阻变化）构成，常用于称重和测力。常用的应变式力敏传感器有柱（筒）式力敏传感器、环式力敏传感器、悬臂梁式力敏传感器等。这些传感器在应用时都是弹性元件在外力作用下产生形变，该弹性形变由粘贴在其表面的电阻应变片转换为电阻变化，由此确定力的大小。

电磁配铁秤是应变式力敏传感器的一个典型应用案例，它是铸造车间常用的设备，一般用于冲天炉的配料。下面具体分析其工作原理。

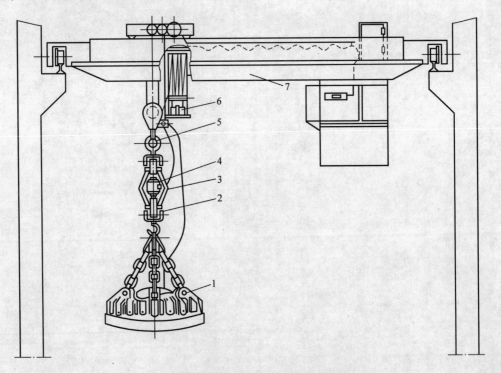

图 3-1　电磁配铁秤工作状态示意图

1—电磁盘　2—万向接头　3—防扭连杆　4—应变式拉力传感器

5—吊环　6—滑轮式绕电缆装置　7—起重机

电磁配铁秤的作用是用电磁盘称出所需质量的铁料，并将其进行输送，其工作状态如图 3-1 所示。在电磁盘和吊车（起重机）的吊环之间安装一个拉力传感器，它可以检测出电磁盘以及铁料的总质量。为了确保传感器所受的拉力通过其中心轴线，通常在传感器的两头配装万向接头，同时还安装有防扭连杆以防止传感器受力时产生扭转应力。

1. 应变式拉力传感器基本原理

图 3-2 为电磁配铁秤所用应变式拉力传感器的结构示意图。由于传感器一般需承受很大的载荷，因此传感器的弹性元件通常采用空心圆柱体结构构成应变筒。在应变筒外部是铝制的保护壳，两者之间在下部由紧固螺钉连接在一起，上部则由磷青铜膜片相连接，以降低横向力的作用。在各连接处均安装有耐油橡胶密封垫圈，起防尘、防潮的作用。

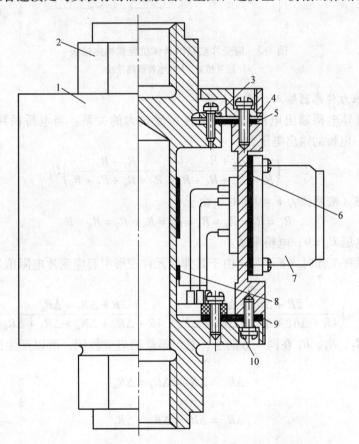

图 3-2　应变式拉力传感器结构示意图
1—外壳　2—应变筒　3—圆压环　4—膜片　5、6、9—耐油橡胶密封垫
7—七芯插座　8—电阻应变片　10—接线座

为了提高测量精度，一般将完全相同的八片电阻应变片对称地粘贴在应变筒外壁应力分布较均匀的部位上，具体的贴片位置如图 3-3a 所示。其中 $R_1 \sim R_4$ 四个应变片的粘贴位置与受力方向一致，以测量轴向应变，$R_5 \sim R_8$ 四个应变片的粘贴位置与受力方向垂直，以感受径向应变。当电磁配铁秤工作时，传感器的应变筒在荷重的作用下产生形变，此时，轴向应变片 $R_1 \sim R_4$ 被拉伸，电阻增加，径向应变片 $R_5 \sim R_8$ 被压缩，电阻减小。将八个电阻应变片接入相应测量电桥，电桥桥路如图 3-3b 所示，

由于桥臂电阻值发生变化，使得电桥的输出电压跟随发生改变，因此输出电压的变化量最终反映了被测力的大小。

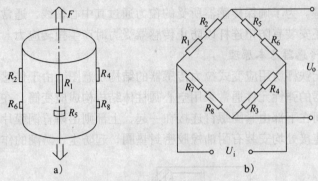

图 3-3 应变片粘贴的具体位置和桥路接法

a）贴片位置 b）电桥桥路接法

2. 应变式拉力传感器输入、输出关系

下面具体推导电桥输出电压与弹性元件所受拉力的关系。当电桥桥路负载无穷大时（相当于开路），电桥的输出电压为：

$$U_o = \left(\frac{R_1 + R_2}{R_1 + R_2 + R_5 + R_6} - \frac{R_7 + R_8}{R_3 + R_4 + R_7 + R_8} \right) U_i \qquad (3\text{-}1)$$

在初始状态（被测拉力 $F = 0$）时，由于

$$R_1 = R_2 = R_3 = R_4 = R_5 = R_6 = R_7 = R_8 = R \qquad (3\text{-}2)$$

所以输出电压 $U_o = 0$，电桥平衡。

当电磁配铁秤工作时（$F \neq 0$），由于其弹性元件变形引起应变片电阻值发生变化，此时输出电压为：

$$U_o = \left(\frac{2R + \Delta R_1 + \Delta R_2}{4R + \Delta R_1 + \Delta R_2 + \Delta R_5 + \Delta R_6} - \frac{2R + \Delta R_7 + \Delta R_8}{4R + \Delta R_3 + \Delta R_4 + \Delta R_7 + \Delta R_8} \right) U_i \qquad (3\text{-}3)$$

因为 R_1、R_2、R_3、R_4 在同一方向上，它们感受的应变相同，所以产生的电阻变化量相等，即

$$\Delta R_1 = \Delta R_2 = \Delta R_3 = \Delta R_4 \qquad (3\text{-}4)$$

同理

$$\Delta R_5 = \Delta R_6 = \Delta R_7 = \Delta R_8 \qquad (3\text{-}5)$$

所以

$$U_o = \left(\frac{2R + 2\Delta R_1}{4R + 2\Delta R_1 + 2\Delta R_5} - \frac{2R + 2\Delta R_5}{4R + 2\Delta R_1 + 2\Delta R_5} \right) U_i \qquad (3\text{-}6)$$

由于 $\Delta R << R$，因此可忽略分母中的 ΔR_1 和 ΔR_5，整理上式得到：

$$U_o = \frac{\Delta R_1 - \Delta R_5}{2R} U_i = \frac{U_i}{2} \left(\frac{\Delta R_1}{R} - \frac{\Delta R_5}{R} \right) \qquad (3\text{-}7)$$

根据应变片的工作原理，可知 $\Delta R / R = K\varepsilon$，故

$$U_o = \frac{K U_i}{2} (\varepsilon_x - \varepsilon_y) \qquad (3\text{-}8)$$

式中，K 为应变片灵敏系数；ε_x 为轴向应变；ε_y 为径向应变。

因为 $\varepsilon_y = -\mu\varepsilon_x$（$\mu$ 为材料泊松比），所以

$$U_o = \frac{KU_i}{2}（\varepsilon_x + \mu\varepsilon_x）= \frac{KU_i}{2}（1 + \mu）\varepsilon_x \tag{3-9}$$

又因为：

$$\varepsilon_x = \frac{\sigma}{E} = \frac{F/S}{E} = \frac{F}{SE} \tag{3-10}$$

式中，F 为弹性元件所受轴向拉力；S 为截面积；E 为弹性模量。

所以：

$$U_o = \frac{KU_i}{2}（1 + \mu）\frac{F}{SE} = \frac{K（1 + \mu）U_i}{2SE}F \tag{3-11}$$

由上式可以看出，传感器制作好后，K、μ、E、S 都成为定值。当电桥供电电压 U_i 一定时，输出电压 U_o 与弹性元件所受拉力 F 成正比关系，因此根据输出电压 U_o 可测定 F 的大小。

3. 电磁配铁秤工作原理

图 3-4 为电磁配铁秤的工作原理框图。由前面介绍可知应变式拉力敏传感器检测到的是电磁盘和铁料所产生的总的重力，因此一般须采用自重调零装置以补偿电磁盘自身产生的重力，从而称出所需铁料的质量。图中稳压电源是应变式拉力传感器和自重调零装置的共用电源，电子电位差计最终对称重结果进行显示。

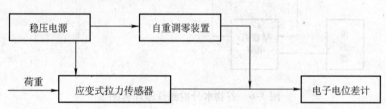

图 3-4　电磁配铁秤工作原理框图

3.1.2　谷物水分检测仪

谷物水分检测仪是根据变介质型电容式传感器的基本原理而制成。图 3-5 为传感器测量谷物水分含量的原理图。测量时，将谷物装入圆筒形的储罐中，中间插入一根金属电极，作为圆筒形电容式传感器的内电极，储罐作为圆筒形电容式传感器的外电极，谷物作为两电极之间的介质，这样罐壁和电极间就形成一个电容器。当谷物水分含量发生变化时，其介电常数也会随之改变，从而导致传感器的电容量发生变化，因此只需检测出电容量的变化值，就可间接获得谷物水分含量的大小。

如图 3-6 所示为谷物水分检测仪的原理框图。图中，脉冲发生器和单稳态电路均由一块 556 时基电路芯片组成，具体电路图如

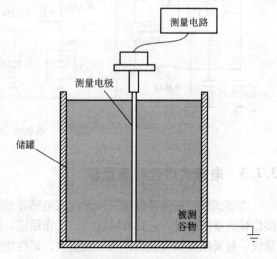

图 3-5　电容式传感器测量谷物水分含量原理图

图3-7所示。其中，IC_{1a}组成占空比为50%、频率为8kHz的方波发生器，其输出的方波信号（波形如图3-8中的A波形所示）经C_3、R_2组成的微分电路输出尖脉冲（波形如图3-8中的B波形所示）。尖脉冲再经VD_1去掉正向脉冲，由负向脉冲触发IC_{1b}（组成单稳态电路）发生翻转，单稳态电路恢复的时间由R_3及电容式传感器CH的值决定。从IC_{1b}的9脚输出频率不变、脉冲宽度随传感器电容值变化的矩形波（波形如图3-8中的C波形所示）。该矩形波和IC_{1a}的5脚输出的方波共同输入到由R_4、VD_2、VD_3组成的与门电路，由与门将两个波形中脉宽不同的部分检出（输出信号波形如图3-8中的D波形所示），再经VD_4隔离加到由R_5、RP_2及C_5等组成的积分电路，最终从E端输出与被测谷物水分含量相对应的平均直流电压信号。该电压信号可以采用数字电压表显示水分，也可以采用$100\mu A$的电流表显示水分。当使用电流表显示时，应串入一个电阻，把电压信号转变为电流信号。该谷物水分检测仪的灵敏度为10mV/1%。

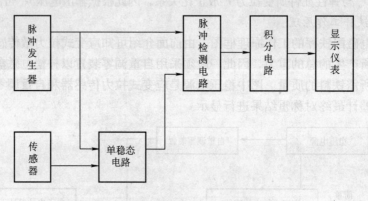

图3-6 谷物水分检测仪原理框图

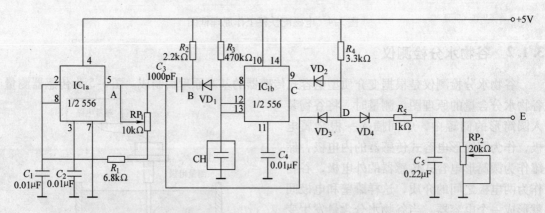

图3-7 谷物水分检测仪电路图

3.1.3 电感式微位移测量仪

电感式微位移测量仪是采用轴向式电感传感器作为测量元件，利用线圈的电感变化来实现微位移测量的装置。它具有精度高、工作稳定、结构简单等特点。由于传统的电感式微位移测量仪一般采用模拟式仪表作为二次仪表，其性能受到一定的限制。以下介绍一种基于单片机的电感式微位移测量仪，它以单片机为中心，采用液晶汉字显示与按键，具有良好的人机交互能

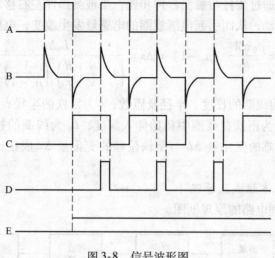

图 3-8 信号波形图

力。此外该仪器引入了数字滤波与查表插值技术，使仪器具有较高稳定性与测量精度。

1. 测量仪的基本结构

电感式微位移测量仪由电源、电感式传感器、信号处理电路板、单片机控制板、液晶显示器、嵌入式微型打印机和键盘等组成，其结构原理如图 3-9 所示。

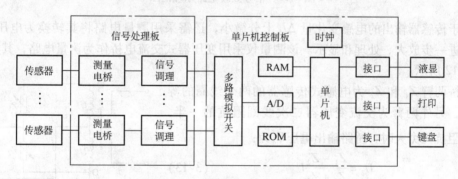

图 3-9 测量仪结构原理框图

测量时首先由敏感元件——轴向式电感传感器感应被测量并将其转换成电感的变化量，再送入信号处理电路进行转换、放大，输出相应直流电压信号，然后经多路开关选通输入到 A/D 转换器进行模-数转换，模-数转换后得到的数字信号送入单片机，经单片机处理（包括数字低通滤波等）后最终将测量结果显示在液晶显示器上。

下面重点介绍轴向式电感传感器及相应信号处理电路的基本原理。

2. 轴向式电感传感器基本测量原理

测量仪所采用的核心元件——轴向式电感传感器的任务是将被测部件位置的微小变化转换为电感 L 的变化，其基本结构如图 3-10所示。传感器采用差动结构，其电感线圈呈管状，活动衔铁置于电感线圈的中部。

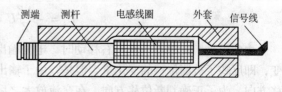

图 3-10 轴向式电感传感器结构图

测量时，活动衔铁通过测杆与被测部件相连，当被测部件左右移动时，带动测杆及衔铁以相同的位移量左右移动，从而引起电感线圈的电感量发生改变，电感的变化量为：

$$\Delta L = \frac{\mu_0 \pi W^2}{l^2} (\mu_r - 1) \, r^2 \Delta x = \frac{L_0 \Delta x}{\left[1 + \frac{l}{x_0} \left(\frac{R}{r} \right)^2 \left(\frac{1}{\mu_r - 1} \right) \right] x_0} \tag{3-12}$$

式中，l、R 和 W 分别为线圈的长度、半径及匝数；r 为衔铁的半径；μ_0 和 μ_r 分别为空气和衔铁的相对磁导率；x_0 为衔铁在线圈中初始伸入深度；L_0 为线圈的初始电感量。由上式可以看出，传感器线圈电感的变化量 ΔL 与衔铁位移的变化量 Δx 成正比，即与被测部件位移的变化量成正比。

3. 信号处理电路基本组成及原理

图 3-11 为信号处理电路的原理框图。

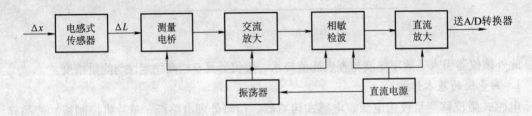

图 3-11　信号处理电路原理框图

由于传感器输出的电感变化量 ΔL 十分微小，还需采用测量电路将其转换为电压信号，以方便进一步放大、处理和显示。该测量仪采用变压器式交流电桥作为测量电路，其原理图如图 3-12 所示。

电桥两臂 Z_1 和 Z_2 为电感式传感器的两个线圈的等效阻抗，另外两臂为交流变压器二次线圈阻抗的一半。当负载阻抗无穷大时，桥路输出电压 $\dot{U}_o$ 为：

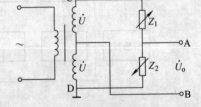

$$\dot{U}_o = \frac{Z_1 - Z_2}{Z_1 + Z_2} \dot{U} \tag{3-13}$$

当传感器的衔铁位于中间位置时，两线圈的阻抗相

图 3-12　变压器式交流电桥

等，即 $Z_1 = Z_2 = Z$，此时输出电压 $\dot{U}_o = 0$，电桥处于平衡状态。当传感器衔铁随被测部件左右移动时，两线圈的阻抗发生变化，其中一个线圈阻抗增加，另一个阻抗减小，假设衔铁左移时 $Z_1 = Z + \Delta Z$，$Z_2 = Z - \Delta Z$，则在高 Q 值情况下有：

$$\dot{U}_o = \frac{\Delta Z}{Z} \dot{U} = \frac{\Delta L}{L_o} \dot{U} \tag{3-14}$$

反之，当衔铁右移同样位移时，结果刚好相反，即

$$\dot{U}_o = -\frac{\Delta Z}{Z} \dot{U} = -\frac{\Delta L}{L_o} \dot{U} \tag{3-15}$$

由此可见，传感器衔铁左右移动时，电桥输出电压相位相反，大小随衔铁的位移变化而改变，即反映了被测位移的变化量。但是，由于输出信号为交流电压，根据输出指示无法判断位移方向。为了正确判断位移方向，在交流放大之后加一级相敏检波电路，将交流电压转换成直流电压，再经一级直流放大，最后送入 A/D 转换器转换成单片机所能接收和处理的信号。

3.1.4　自动尺寸检测系统

自动尺寸检测系统是一种典型的工业现场检测系统。在工业生产中，常需要根据规定尺寸对加工工件自动进行分选以确定其是否合格。整个系统要求无需专门的检测时间，能在物体传送过程中自动完成测量和分选的任务，从而达到节省人力，提高生产效率的目的。

根据测量要求的不同，一般有两种应用场合：①根据物体长度要求判别是否合格；②根据物体长度要求判别物体小于还是大于规定尺寸。

下面分别介绍上述两种不同应用场合下的自动检测系统基本原理：

1. 仅需区分合格与不合格两类产品

在这种情况下，不必测出物体的精确尺寸（如长度），只需大致判断物体是大于或小于某规定尺寸，通常有两种检测系统。

（1）采用单传感器

此检测系统是采用光电检测法在线检测物体长度并达到分选目的的，其测量及控制方法简单实用，一般应用在对测量精度要求不高的场合。

图 3-13 为采用单个传感器测量的基本原理图。测量时，待测物体 1 与传送带 2 一起移动，要求两者之间不能有相对运动。光源 3 和光敏电阻 4 分别置于被测物体的两侧。系统的控制电路图如图 3-14 所示。当被测物体通过光敏电阻 R_G 时，光源 GY 射到光敏电阻 R_G 的光线被遮断，通过它的光电流减小，继电器 K1 释放，其常闭触点 K1 闭合，电容器 C 充电。设传送带的运动速度 v 为常数，被测物体规定长度为 l_0，则物体遮光的时间即为 $t = l_0/v$。假设物体长度大于 l_0 为合格，小于 l_0 为不合格，则只要适当调节电位器 RP 及电容 C 的数值，延时 t 秒后 C 两端的电压刚好足以使继电器 K2 吸合，它的常开触点 K2 闭合，电磁铁 DT 通电而动作，就能把大于要求长度的物体分选出来。若物体长度小于规定尺寸 l_0，则电容 C 两端的电压无法使继电器 K2 吸合，因此常开触点 K2 断开，电磁铁 DT 不动作。

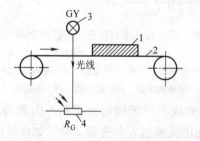

图 3-13　单传感器测量原理图

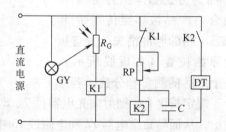

图 3-14　延时控制电路图

采用这种方式测量，要求传送速度 v 必须保持恒定，时间 t 的测量要准确，这样就对设备提出了较高要求。下面介绍另一种与物体运动速度 v 基本无关的检测方法。

（2）采用双传感器

图 3-15 和图 3-16 为利用两个光电传感器来判别物体长度的基本原理及相应控制电路图。测量时，待测物体随传送带一起移动，光敏电阻 R_{G1}、R_{G2} 和光源 GY_1、GY_2 分别放置于物体的两侧。沿着传送带方向两光电传感器光轴间的距离等于物体所要求的长度 l_0。若被测物体大于所需长度 l_0，则当物体随传送带通过光源时，会遮断光源 GY_1、GY_2 分别射向光敏

电阻 R_{G1} 和 R_{G2} 的光线，因此继电器 K1 和 K2 的线圈中的电流将同时减小，继电器释放，其常开触点 K1 和 K2 同时闭合，电磁铁 DT 有电流通过并产生相应的动作；若物体的长度小于 l_0，则射向光敏电阻 R_{G1} 和 R_{G2} 的光线不能同时被遮断，两组继电器的常开触点 K1 和 K2 不能同时闭合，电磁铁无电流通过，因此利用电磁铁动作即可按长度 l_0 把物体区分开来。

由于继电器的动作慢、体积大、寿命短等原因，目前普遍采用半导体电路来代替它。

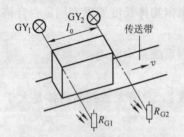

图 3-15 双传感器测量原理图

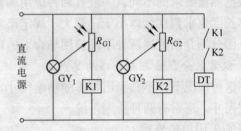

图 3-16 继电器控制电路图

如图 3-17 所示，在传送带 3 的两边，分别放置两个光源 5、6 与光电器件 7、8。调整两光电器件光轴间的距离，使之等于产品所规定的长度 l_0（假设长度大于 l_0 为合格品，小于 l_0 为不合格品）。

若产品大于规定长度 l_0，则从光源射向光电器件 7、8 的光线将被同时遮断。设光电器件黑暗时输出为高电位"1"，则与门电路 9 将输出脉冲触发其后的单稳态电路 10，单稳态电路的输出再经功率放大后，控制继电器 12 和电磁铁 13 产生相应动作，使得分选产品的分选板 2 处于水平位置，因而合格产品被移至传送带 3。一旦单稳态电路的脉冲消失，分选板 2 恢复至原始位置（如虚线所示），以待下一个产品的测量和分选。若产

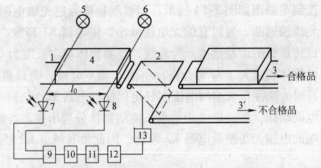

图 3-17 按长度自动分选产品的原理
1、2—分选板 3、3′—传送带 4—待测产品 5、6—光源
7、8—光电器件 9—与门电路 10—单稳态电路
11—功率放大器 12—继电器 13—电磁铁

品长度小于规定长度 l_0，则射向光电器件 7、8 的光线不可能同时被遮断，因此与门电路 9 无脉冲输出，从而导致继电器 12 和电磁铁 13 中无电流通过，分选板 2 处于如虚线所示原始位置，不合格产品落至传送带 3′上。

此检测系统的优点是分选精度与传送带的速度及测量时间的长短无关，与光束的粗细及杂散光的影响有关。光束越细，杂散光越小，则精度越高。

2. 需要判别物体小于还是大于规定尺寸

前面介绍的两种检测系统仅能把产品分成合格与不合格两类。接下来介绍能把物体分为合格，小于、大于规定尺寸的分类方法及相应的检测系统。该系统采用了 3 个光电传感器作为检测元件。

在待测物体的两侧分别放置 3 个光源 GY_1、GY_2、GY_3 以及 3 个光电器件 VD_1、VD_2、

VD$_3$，如图3-18所示。其中，VD$_1$ 和 VD$_2$ 之间的距离为物体的规定标准尺寸 l_0，VD$_2$ 和 VD$_3$ 之间的距离为物体的允许公差 D。设光电器件 VD$_1$、VD$_2$ 和 VD$_3$ 被照亮时输出为低电平"0"，则黑暗时输出为高电平"1"。

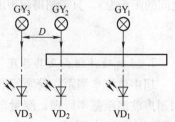

图3-18 三传感器测量原理图

当被检测物体长度小于 l_0 时，光电器件 VD$_2$ 被遮光，VD$_1$、VD$_3$ 被照亮，其逻辑判断如图3-19a所示。由于 VD$_2$ 被遮暗，故其输出电压 U_2 为高电平"1"，而 VD$_1$ 和 VD$_3$ 被照亮，其输出 U_1 和 U_3 均为低电平"0"，但经"非门"电路 F$_1$、F$_2$ 后又转换为高电平"1"，因而与门电路 Y$_1$ 的3个输入端均为高电平"1"，其输出亦为高电平，表示物体长度短于规定尺寸。

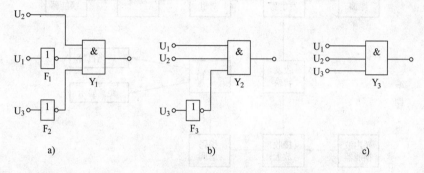

图3-19 检测物体3种不同长度的逻辑图
a）小于 l_0 b）在 l_0 和 $l_0 + D$ 之间 c）大于 $l_0 + D$

当物体的尺寸在允许公差范围内，即在 l_0 和 $l_0 + D$ 之间时，其逻辑判断如图3-19b所示。由于这种情况下光电器件 VD$_1$、VD$_2$ 被遮暗，其输出 U_1、U_2 均为高电平"1"，而 VD$_3$ 被照亮，故其输出 U_3 为低电平"0"，但经"非门"电路 F$_3$ 转换后为高电平"1"，因此与门电路 Y$_2$ 有输出，表示物体长度在规定范围内，即为合格品。

当物体的尺寸大于规定尺寸，即大于 $l_0 + D$ 时，光电器件 VD$_1$、VD$_2$ 和 VD$_3$ 均被遮暗，其相应输出 U_1、U_2、U_3 都为高电平"1"，其逻辑判断如图3-19c所示，此时与门电路 Y$_3$ 输出高电平"1"，表示物体长度大于规定尺寸。

由上述分析可以看出，3个逻辑电路的不同输出分别表征了物体的3种状态。因此用以上3个逻辑电路去控制相应分选装置，即可以自动判别合格，小于、大于规定尺寸的物体并将其分离。

3.1.5 超声波汽车测距告警装置

超声波汽车测距告警装置主要用于车站、机场、货运码头等车辆较多的场合，能及时提醒驾驶员注意周围车辆情况，及早采取有效措施，防止车辆及其他物体相互间的碰撞和挂擦等事故的发生，也可用于车辆行驶过程中车距的保持和控制，以防止追尾。

1. 超声波测距基本原理

超声波测量物体间距离主要是利用超声波的反射特性来实现的。

测量时，将超声波发射装置安装在其中一个物体之上，发射出的超声波传到另一物体表面后会反射回来，被超声波接收装置所接收。若已知超声波在空气中的传播速度为 v，设两物体之间的距离为 s，只需测得超声波从发射到接收的时间间隔 Δt，即可求出被测物体间距离：

$$s = \frac{v\Delta t}{2} \tag{3-16}$$

2. 系统硬件组成及其原理

超声波汽车测距告警装置的结构原理图如图 3-20 所示。该装置在单片机的控制下，利用超声波测距基本原理，测量车辆与固体物体之间或低速行驶车辆之间的距离。当两者之间的距离小于安全距离时，即发出声光报警，并显示距离的大小，从而提醒驾驶员及时采取减速或制动等措施，以达到避免发生碰撞、拖挂等事故的目的。

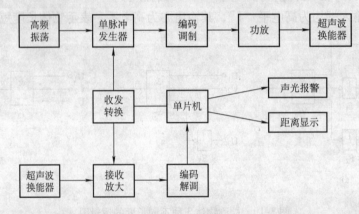

图 3-20　超声波汽车测距告警装置结构原理图

整个超声波汽车测距告警系统由超声波发射电路、超声波接收电路、单片机系统以及声光报警、距离显示等部分组成。

超声波发射电路主要由高频振荡器、单脉冲发生器、编码调制器、功率放大器及超声波换能器组成。单脉冲发生器在高频振荡的每个周期内均被触发，产生固定脉宽的脉冲序列，再由来自单片机的编码信号对脉冲序列进行编码调制，经功率放大后加在超声波换能器上，从而激励超声波换能器产生重复的超声波脉冲，并发射出去。在多台车辆同时作业时，某台车辆发出的超声波信号有可能被其他车辆接收，从而造成系统混乱而产生误报。为解决这一问题，系统对不同的车辆进行不同的编码调制，使得每辆车只能接收到其本身发射的超声波信号。

超声波接收电路主要由超声波换能器、接收放大器和编码解调器等组成。接收到的超声波反射信号经接收电路转换、放大、解调后，送到单片机系统进行处理和计算，并通过距离显示器显示车辆与物体之间的距离。当该距离小于设定的告警距离时，启动报警系统发出声光报警。

系统的发射和接收部分由单片机控制轮流进行工作。在单片机编码发送完毕后，即转入接收状态，同时关闭发射部分的单脉冲发生器；当接收一定时间后再转入发射状态重新发射超声波，同时关闭接收放大器。为保证测距正确，接收时间必须根据实际量程来限时。众所周知，声波传播的距离 s、速度 v 及时间 Δt 之间的关系为：

$$s = v\Delta t \tag{3-17}$$

由于超声波在空气中的传播速度为 $v = 344\text{m/s}$，若系统量程为 5m，则接收时间 T_s 应满足的关系式为：

$$T_s = \left[(2 \times 5)/344\right] \ s \approx 29.1 \, \text{ms}$$

3. 软件设计思想

系统软件设计流程图如图 3-21 所示。

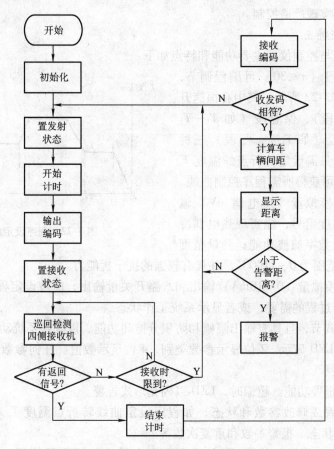

图 3-21　超声波汽车测距告警装置软件流程图

　　系统上电初始化后先使安装在车辆四周的超声波发射装置处于发射状态并输出调制编码，同时开始计时。当经编码调制的超声波发送完毕后，再使接收装置处于接收状态，并巡回检测四侧接收装置是否接收到返回的超声波信号。当某一侧检测到返回信号时，就结束计时，并保存计时时间，与此同时，接收返回信号编码，并将其与发送编码进行比较，若两者相符，则计算车辆与物体间的距离并显示。然后，再将计算机所得的距离与设定的告警距离进行比较，若小于告警距离就发出声光报警，否则返回重新发射超声波。若接收编码与发送编码不相符，则返回重发。若四侧接收装置均没有检测到返回信号，则判断接收时限是否已到，若接收时限未到，则继续巡回检测接收装置，否则返回发射状态重新发射超声波。

3.1.6　智能温度检测与控制仪

　　在工业生产中，为了保证生产过程能安全正常地进行，提高产品的质量和数量，减小工人的劳动强度，节约能源等，常要求加热对象（如电炉）的温度能按照某种指定的规律变化，即实现加热炉的升、降温自动控制。

智能温度检测与控制仪正是基于这种需求而开发设计的一种智能化面板式仪表，它集温度检测、显示和控制于一体，通过软件实现升、降温的 PID 调节，从而对加热炉的升、降温速率以及保温时间实现严格控制。

1. 主要功能及特点

智能温度检测与控制仪的主要功能和特点如下：

1）可实现 n 段（$n \leqslant 30$）可编程调节，程序设定曲线如图 3-22 所示，其中有恒速升温段（如 T_0—T_1 段）、保温段（如 T_1—T_2 段）和恒速降温段（如 T_{n-1}—T_n 段）三种控温线段。操作者只需设定转折点的温度 T_i 和对应时间 t_i，即可获得所需程序控制曲线。

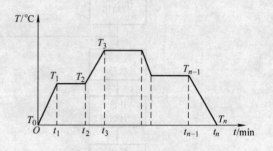

图 3-22　程序设定曲线

2）具有四路模拟量（热电偶 mV）输入，可检测四路温度信号；能实现热电偶冷端温度自动补偿及数字滤波功能；测量精度达 ±0.1%，测量范围为 0～1100℃，并具有较强的抗干扰能力。

3）具有一路模拟量（0～10mA）输出和八路开关量输出，能按设定程序自动改变输出状态，以满足生产过程的需要，或者显示系统工作状态。

4）采用 PID 调节，且具有输出限幅和防积分饱和功能，以改善系统动态品质。

5）采用 6 位 LED 显示，2 位显示参数类别，4 位显示数值。任何参数显示 5s 后，自动返回被调温度的显示。

6）具有超偏报警功能。超偏时，LED 以闪光形式告警。

7）可在线设置或修改参数和状态，如程序设定曲线转折点温度 T_i 和转折点时间 t_i、PID 参数、开关量状态、报警参数和重复次数等。

8）具有 12 个功能键，其中 10 个是参数命令键，包括测量值键（PV）、T_i 设定键（SV）、t_i 设定键（TIME1）、开关量状态键（VAS）、开关量动作时间键（TIME2）、PID 参数设置键（PID）、偏差报警键（AL）、重复次数键（RT）、输出键（OUT）和启动键（START），其余两个是参数修改键，即递增（∧）和递减（∨）键。此外还设置了复位键（RESET）以及手动/自动切换开关和正/反作用切换开关。

2. 系统工作原理

加热炉控制系统框图如图 3-23 所示。其中控制对象为加热炉，检测元件为热电偶，执行机构为电压调整器（ZK-1）及晶闸管器件。图中虚线框内是智能温度检测与控制仪，它主要由主机电路、过程输入/输出通道以及人机交互部件（包含键盘、显示器等）三大部分组成。

整个控制系统工作过程如下：首先由热电偶检测加热炉内温度，其输出信号经多路开关送入放大器，放大后由 A/D 转换电路转换成相应数字量，再通过光耦合器隔离，进入主机电路。由主机进行数据处理、判断分析，并对偏差按 PID 规律运算后输出相应数字控制量。该数字信号经光耦合器隔离后，由 D/A 转换电路转换成相应模拟量，再通过 V/I 转换器输出 0～10mA 的直流电流。该电流送入执行机构——电压调整器（ZK-1），触发可控硅，对

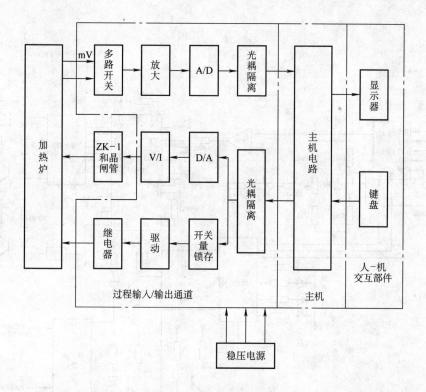

图 3-23 加热炉控制系统框图

炉温进行调节,使其按预定的升、降温曲线规律变化。另一方面,主机电路还输出开关量信号,发出相应开关动作,以驱动继电器或 LED。下面主要就过程输入/输出通道进行具体介绍。

(1) 输入通道

模拟量输入通道主要包括检测元件、多路开关、热电偶冷端温度补偿电路、线性放大电路、A/D 转换电路以及光耦隔离电路,其电路图如图 3-24 所示。

检测元件为镍铬-镍硅热电偶,其测温范围为 0 ~ 1100℃,相应输出热电动势为 0 ~ 45.10mV。多路开关选用 CD4051,它将 5 路信号依次送入放大器,其中第 1 ~ 4 路为测温信号,第 5 路 (TV) 来自 D/A 电路的输出端,供自诊断用。多路开关的选通由主机电路控制,其相应地址选通信号锁存在 74LS273 (Ⅰ) 中。74LS273 (Ⅰ) 主要用于选通多路开关和点亮四个 LED。LED 用来显示仪器的手动/自动工作状态和上/下限报警。

热电偶冷端温度补偿电路采用电桥桥路,电桥中铜电阻 R_{Cu} 起补偿作用,其阻值由桥臂电流 (0.5mA)、热电阻温度系数 (α) 和热电偶热电动势的单位温度变化值 K 算得。具体算式为:

$$R_{Cu} = K/(0.5\alpha) \tag{3-18}$$

式中,R_{Cu} 的单位为 Ω。

例如,镍铬-镍硅热电偶在 20℃ 附近的平均值 K 为 4×10^{-2} mV/℃,铜电阻在 20℃ 时的 $\alpha = 3.36 \times 10^{-3}$/℃,代入上式可求得 20℃ 时的 $R_{Cu} = 23.8\Omega$。

运算放大器选用低漂移高增益的 7650,采用同相输入方式,以提高输入阻抗。输出端加接阻容滤波电路,可滤去高频信号。由于 A/D 转换器 MC14433 的输入电压为 0 ~ 2V (即放大器的输出电压),故放大器的放大倍数为 2/0.0451 ≈ 50 倍,可通过 RP₂ (1kΩ) 调整得

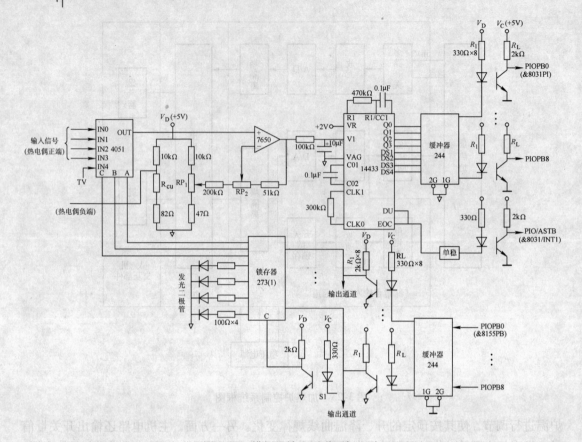

图 3-24　模拟量输入通道逻辑电路

到。另外，放大器的零点由 RP$_1$（100Ω）调整。

A/D 转换电路选用双积分型 A/D 转换器 MC14433，该转换器输出 3 位半 BCD 码，相当于 11 位二进制码，其分辨率为 1/2000。A/D 转换的结果以及转换结束信号 EOC 通过光耦合器隔离后输入到 8031 的 P1 口。图中缓冲器（74LS244）是为驱动光耦合器而设置的。单稳用以加宽 EOC 的脉冲宽度，使光耦合器能正常工作。

以上隔离电路均采用逻辑型光耦合器，该器件体积小、耐冲击、耐振动、绝缘电压高、抗干扰能力强，其性能及技术参数详见有关资料。

（2）输出通道

输出通道主要包括模拟量输出通道和开关量输出通道，其电路图如图 3-25 所示。

D/A 转换器选用 8 位、双缓冲的 DAC0832，该芯片将主机电路输出的控制信号转换为 0～5V 的模拟电压，再经 V/I 电路（3DK4B）输出 0～10mA 电流信号，从而驱动执行机构对炉温进行自动调节。

主机输出的 8 路开关量信号锁存在 74LS273（Ⅱ）中，通过 5G1413 驱动继电器 K1～K8 和 VD$_1$～VD$_8$。继电器和 LED 分别用来开启阀门和指示阀的启/闭状态。

图中虚线框内为隔离电路，此部分与输入通道共用，即主机电路的输出经光电耦合器分别连至锁存器 273（Ⅰ）、273（Ⅱ）和 DAC0832 的输入端，而信号打入哪一个器件则由主机的输出信号 S1、S3 和 S2（经光耦合器隔离）来控制。

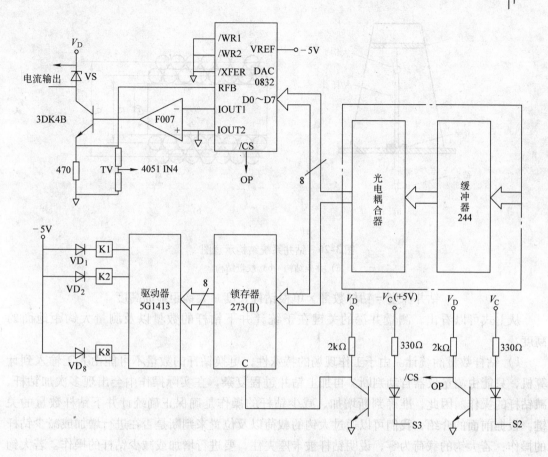

图 3-25　输出通道逻辑电路

3.1.7　基于双 CPU 的智能井深测量仪

在进行石油钻探过程中，由于井下状况复杂难测，为保证钻探的质量与钻井的安全，需及时掌握钻井的状态。在石油钻探现场广泛使用的智能井深测量仪（以下简称井深仪）就是用来监测钻井状态的重要智能设备。

1. 井深测量原理与测量要求

（1）测量原理

图 3-26a 为钻井系统结构示意图。由于井比较深，不可能像机械加工那样用一根钻头完成钻井全过程。实际的钻井动力驱动机构由绞盘、大钩、多节钻杆和钻头组成。在向下钻探的过程中，当钻杆下降到井架底部的卡座位置时，由卡座将地下的其他钻杆以及钻头夹紧，然后大钩与钻杆脱离，并且向上提升一根钻杆的高度，再接入一根钻杆，然后将大钩与钻杆重新连接，继续向下钻探一根钻杆的深度。如此重复，可完成几百乃至上千米的钻井任务。当需要向上提升钻头时，由大钩向上提升出一根完整的钻杆，然后由卡座夹紧地下的其他钻杆与钻头，这时就可以将地面上的钻杆移去。地面上的钻杆移去后，大钩向下运动，与卡座夹住的钻杆连接，再松开卡座，于是又可向上提升钻头。重复这一过程就可把位于地下很深的钻头提升到地面。

由此可见，钻井深度的测量公式为：

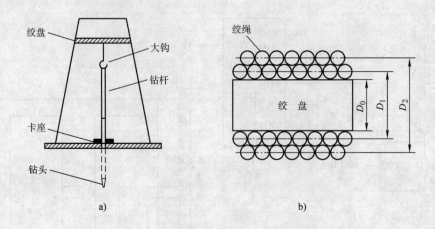

图 3-26　钻井系统结构示意图
a) 井架结构　b) 绞盘结构

$$钻井深度 = 钻杆数量 × 单根钻杆长度 - 大钩距地面高度$$

从上式可以看出，测量井深的关键在于统计井下钻杆的数量以及测量大钩距地面的高度。

1) 钻杆数量的统计。由于工作现场的特殊性，更换钻杆的数量不可能由人工输入到计算机，只能由测量仪器自动判断。再加上钻井过程复杂，在实际操作中会出现多次加钻杆、减钻杆的操作。因此，准确判断增加、减少钻杆的操作是确保正确统计井下钻杆数量的关键。根据前面的介绍，我们可以通过大钩的载荷以及位置来判断是否在进行增加或减少钻杆的操作：若大钩的载荷为零，说明钻杆被卡座夹住，要进行增加或减少钻杆的操作。若大钩载荷变为零时大钩的位置在井架的底部，表明要增加一根钻杆；若大钩载荷变为零时大钩的位置在井架的上部，表明要移去一根钻杆。

2) 大钩距地面高度的测量。大钩与绞盘上的绞绳相连接，绞盘转动控制绞绳的收放，从而实现大钩的升降。在一台特定的井架中，绞盘的直径 D_0、绞绳的直径 d、每层能缠绕绞绳的圈数都是固定的，如图 3-26b 所示。因此，通过测量绞盘的转动圈数与转动位置，便可测量出大钩的实际高度。

（2）测量要求

根据钻井现场的实际情况，对井深仪的要求如下：

①能实时显示大钩的高度位置；②能实时显示钻井深度；③能记录钻井过程中的工况数据和操作状态。这些数据可以通过仪器查询、显示，也可以通过仪器打印出来存档，还可以通过通信接口传输到上位管理计算机进行观察和处理；④具有现场掉电保护功能，在现场突然停电的情况下，能保存好各种现场数据，在现场恢复供电后根据保存的数据继续工作；⑤具备校正功能。

2. 系统方案设计及其工作原理

从前面的分析可以得出，井深仪的测量信息主要来自大钩的悬重信号和绞盘的位置信号。另外，操作人员可以通过键盘对井深仪的参数进行设置，井深仪所记录的信息由仪器自身的显示器显示，也可由打印机打印，还可以通过通信口传输到管理计算机中。井深仪的连接关系如图 3-27 所示。

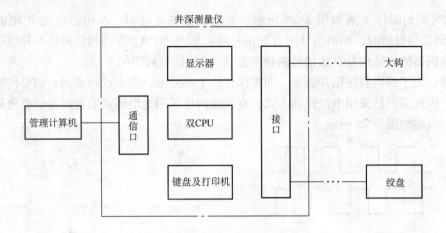

图 3-27　井深仪的连接关系图

由于篇幅有限，在本小节中，仅对基于双 CPU 的智能井深测量仪的主要结构及测量原理进行阐述和分析，对于具体电路设计在此不做详述，读者如有兴趣做进一步了解，可自行参考相关书籍。

（1）信号检测及处理

1）大钩悬重信号的检测。由于井深仪位于办公室，大钩及大钩悬重传感器在钻井现场，为使系统的可靠性好、抗干扰能力强，大钩悬重传感器送出的信号在现场放大后再传输给井深仪。送到井深仪的悬重信号为 0～5V，可直接接入 A/D 转换器的信号输入端。由于大钩悬重信号是判断增/减少钻杆的重要依据。当钻杆数量较少时，钻杆的质量相对于大钩的质量较小，所以增加或减少钻杆时悬重信号的变化量小，为提高对钻杆质量的分辨力，应选位数较多的 A/D 转换器。因此本设计方案选择 MAXIM 的 MAX191 型 A/D 转换器。它是 12 位的 A/D，同时具有并行和串行接口，7.5μs 转换时间和 2.5μs 数据获取时间，采样速度最高可达 100kHz。MAX191 可以单 5V 供电，也可以 ±5V 双电源供电，可接收单极性或双极性信号。

2）绞盘位置信号的检测。由于绞盘转动的位置与大钩高度有关，为获得大钩距离地面的实际高度值，需准确测量绞盘转动的位置。本设计方案采用脉冲盘式编码器作为测量元件。脉冲盘式编码器是一种测量圆周位置的通用数字式传感器。测量时将编码器的轴与绞盘的轴相连，若绞盘每转动一周，编码器就输出 n 个脉冲，则相当于把圆周（360°）分成了 n 份，每一个脉冲对应绞盘转动的角度即为 $360°/n$。因此我们只需统计输出的脉冲数，即可获得绞盘转动的角度。根据钻井的实际情况，绞盘尺寸 $D_0 = 1000$mm，绞绳直径 $d = 300$mm。在钻井过程中绞盘缠绕绞绳不超过 5 层，即最外层的绕线周长为：

$$C_5 \approx \pi (D_0 + 4.5d) = 3.14 (1000 + 4.5 \times 300) \text{ mm} = 7379\text{mm}$$

根据实际精度要求，现选用 $n = 100$ 线的编码器，经倍频后每转动一周可得到 200 个脉冲，即 400 个脉冲上升、下降沿，通过专用的接口电路或处理软件，大钩的高度测量精度可达到：

$$7379 \div 400 \approx 20\text{mm}$$

可以满足实际测量的要求。

下面简单介绍编码器倍频原理。编码器产生的信号有 A、B 两相脉冲信号和一组零位信号 Z，信号间的时序关系如图 3-28 所示。当编码器轴正转时，A 相信号比 B 相信号超前 90°；编码器轴反转时，A 相信号比 B 相信号滞后 90°。对 A、B 两相信号进行异或运算，就可得到编码器的倍频信号，该信号的频率是 A（B）信号频率的 2 倍。

此外，由于编码器在钻井现场，而井深仪位于办公室，二者的距离远，信号传输过程中干扰大。因此编码器采用电流驱动方式，在仪器内还采用光电隔离装置对编码器信号进行隔离处理，电路如图 3-29 所示。

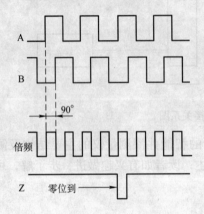

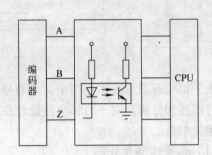

图 3-28　编码器信号时序图　　　　　图 3-29　编码器接口示意图

（2）双 CPU 系统结构

从前面的分析可以看出，为了准确掌握换钻杆的过程以及测量大钩的高度，井深仪必须一直监视大钩悬重信号和绞盘的编码器信号。由于编码器的输出信号是数字信号，可以采用中断方式接收，但悬重信号是模拟信号，必须由 CPU 一直采样测量并监视。然而在仪器运行过程中，还有一些信号需要 CPU 及时响应，如向打印机传送数据、LCD 显示状态查询、键盘的处理、管理计算机通信的响应等。显然，当 CPU 响应其他工作请求时，就有可能漏掉对悬重信号的监测。为此，本设计采用了双 CPU 结构，一个 CPU 负责测量，一个 CPU 负责事务处理，仪器的内部结构如图 3-30 所示。

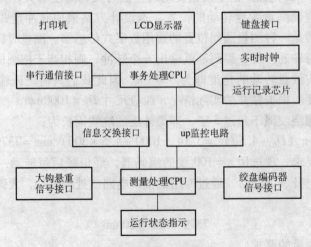

图 3-30　井深仪内部结构图

测量 CPU 主要负责信号的测量（包括大钩悬重信号和绞盘位置信号的检测）以及运行状态的指示，向操作人员提示目前在打井、增/减钻杆还是停钻。事务 CPU 主要负责操作管理、信息提示、测量结果打印、数据保存以及与管理计算机的数据通信等。两个 CPU 之间通过信息交换接口进行数据的传递。为了保证系统的可靠性，仪器中还设计了监控电路，包含工作电压监控和 WatchDog 等功能，还能对两个 CPU 实施保护。

3.1.8　基于多传感器的车载信息系统

基于多传感器的车载信息系统是汽车技术革命的一项重要内容，它结合微机和多种传感器，将汽车工业传统的模拟测控技术改变为现代化的数字测控技术，把汽车装备的现代化和信息化提升到一个新的高度。

1. 系统实现的主要功能及目的

该系统以计算机为核心，对汽车的各种信息状态，如车速、水温、燃油液位、机油压力、电池电压等参数进行数据采集、处理、显示以及报警提示。驾驶员可根据报警提示的结果进行相应处理，以确保汽车安全正常行驶。高档车载信息系统还应配有 GPS（全球卫星定位系统），用来显示汽车所处的地理位置，以满足汽车执行特殊任务的需要。

该系统是采用多种传感器的一个实用智能系统，它集速度、温度、液位、压力、电压等多种传感器和 GPS 于一体，是使用多种传感器进行自动信息检测的一个典型实例。

2. 系统的结构和工作原理

（1）系统的结构

车载信息系统的构成如图 3-31 所示。它由工控机、数据采集部件（包括多种传感器和数据采集卡）、计数卡、声光显示和报警部件（包括显示器、声卡和扬声器）、GPS 以及相应控制管理软件所组成。

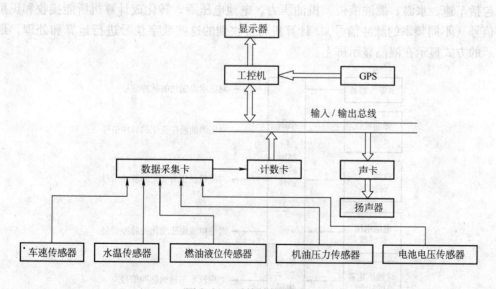

图 3-31　系统结构方框图

（2）工作原理

首先，由各种传感器对汽车的行进速度、水箱水温、燃油液位、机油压力及电池电压等各种信息参数进行检测。其中，水温传感器、燃油液位传感器、机油压力传感器将相应被测参数的变化均转换为电阻值的变化。这些电阻值的变化再通过数据采集卡转变为相应数字信号输出；车速传感器由磁钢和霍尔传感器组成，它直接把车轮的转数转化为数字信号；电池电压则直接通过压控振荡器转化为数字信号输出。这些数字信号再送入由多路计数器所组成的计数卡中，得到相应计数值。在软件的控制下，工控机巡回检测各个被测信息参数所对应的计数值，并通过数值标定确定被测信息量的大小。这些参数值最终以图示的方式显示在液晶显示屏上，以便驾驶员随时观察。只要其中任何一个物理量超过了安全范围值，立即发出声、光报警信号，提醒驾驶员尽快采取措施，以保证汽车的正常行驶。

GPS 全球卫星定位系统是车载信息系统的一个重要组成部分，它根据从三颗以上的不同卫星发来的数据，随时计算汽车自身所处的地理位置，并实时显示。

3. 系统的具体设计与配置

本小节从系统硬、软件设计两方面内容分别进行阐述。

（1）硬件设计

系统的硬件设计包括所选用的微型计算机、数据采集部件、计数卡、声光显示和报警部件以及 GPS。

1）工控机。由于车载信息系统要在汽车行驶的条件下运行，环境比较差，除了频繁强烈的颠簸之外，还容易对计算机系统产生各种干扰。因此要求选用的计算机不但具有较强的抗震性，还要具有较强的抗干扰能力。相对普通微机而言，工控机具有较强的抗震和抗干扰能力。此外，工控机的外形结构多种多样，可选用超小型结构和液晶显示屏，方便做成嵌入式测控装置。为此，本系统选用工控机来组成系统的计算、处理和控制中心。

2）数据采集部件。数据采集部件的工作原理方框图如图3-32所示。它由检测几个被测参数的传感器以及电压-频率转换电路、霍尔元件电路所组成，其功能是把要检测的各物理量，包括车速、水温、燃油液位、机油压力、电池电压等，转化成计算机所能接收和识别的数字信号（不同频率的脉冲信号）。计算机将接收到的这些数字信号进行运算和处理，最终以图示的方式显示在液晶显示屏上。

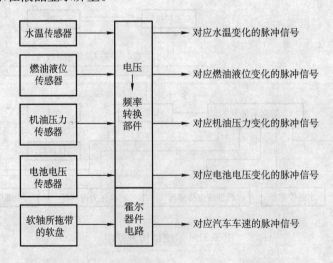

图 3-32　数据采集部件工作原理方框图

　　在图中，水温传感器、燃油液位传感器、机油压力传感器将相应被测参数的变化均转换为电阻值的变化，而电阻值的变化可表现为电压值的变化，这些变化的电压值控制各自的压控振荡器，产生频率变化的脉冲信号。而电池电压的检测则通过蓄电池输出电压的分压，将分压电阻所获得的电压直接控制相应压控振荡器，从而产生脉冲信号。其电压-频率转换电路示意图如图 3-33 所示。

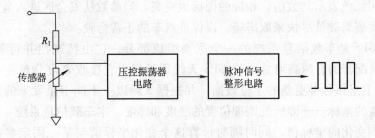

图 3-33　电压-频率转换电路示意图

　　由以上可以看出，压控振荡器是数据采集部件的核心电路。本数据采集部件共设有 4 个压控振荡器电路单元，分别对应于水温、燃油液位、机油压力和电池电压。其中的电路单元如图 3-34 所示。由于汽车产生的各种噪声对整个车载信息系统会产生较强的干扰，该电路所输出的脉冲信号与系统信息采用光耦合器隔离。光耦合器隔离之前的输入信号与汽车共地，光耦合器隔离之后的输出信号与计算机共地。这一措施有效地抑制了汽车对信息系统的噪声干扰。

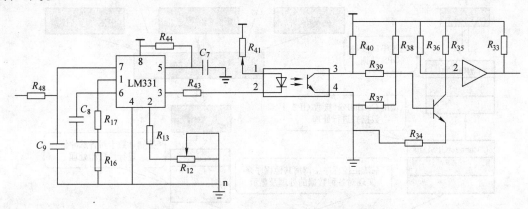

图 3-34　压控振荡器电路单元

　　此外，数据采集部件的功能还包括对车速数据的采集。在表示汽车转数的软轴所拖带的转盘上，周圈固定一定数量的磁钢，而霍尔磁感应器件置于磁钢附近。当转盘转动时，处于转动状态的磁钢每转到霍尔元件正下方一次，霍尔元件的输出状态则发生一次变化，即产生一个相应的脉冲。转盘每转动一圈，霍尔元件就输出一次与磁钢数目相对应的脉冲信号。通过测量单位时间内的脉冲数，就可以推出转盘的转速，进而得到汽车的车速。

　　3）计数卡。计数卡的作用是接受数据采集部件所输出的各种不同频率的脉冲信号（对应不同被测参数），并将这些脉冲信号记忆在不同通道的计数器里，由计算机随时读取，并将其相应的物理量显示在液晶显示屏上。同时，计算机还根据记忆脉冲信号对其相应的物理量值进行判断，如果判断结果超出了警戒值，则立即进行声光报警，提醒驾驶员进行相应处理。

4）声光显示和报警部件。声光显示和报警部件主要由工控机的外部设备——彩色液晶显示屏、声卡和扬声器组成。在软件的控制下，各个被测信息参数以不同的图形符号显示在液晶显示屏上。当被测参数在安全范围内时用蓝色表示其数值，相应的图标颜色较暗，当处于危险区时则用红色表示其数值，相应的图标也变亮。当参数从安全区进入危险区时立即进行语音报警，提醒驾驶员尽快采取措施，以保证汽车的正常行驶。

5）GPS。GPS 是车载信息系统的一个重要组成部分，它由抗遮挡并行 8 通道 GN78N GPS 接收机以及配套的有源高增益微带 GPS 天线所组成。它接收来自分布在 6 个不同地球轨道上共 24 颗卫星每秒钟更新的定位数据，并根据 3 颗以上不同卫星发来的数据计算出汽车所处地理位置的坐标——即所处地理位置的经度和纬度。本车载信息系统一方面实时接收并显示这个时刻变化的坐标值，同时随时计算这个变化坐标值与某一固定参考点的相对距离，并进行实时显示。

（2）软件设计

本系统的软件结构如图 3-35 所示，它由主控程序模块 CcarComputerDlg 和 6 个子程序模块 Ccounter、CdrawCarInfo、CdrawSpeedPan、CCreateLED、CserialPort、CManageGPSData 所组成。下面对这 7 个功能模块分别进行介绍。

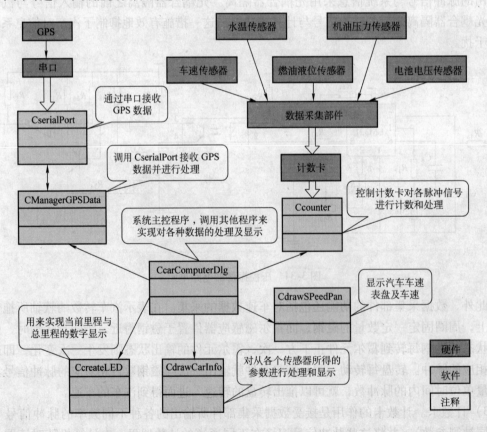

图 3-35　系统软件结构示意图

1）CcarComputerDlg。系统的主控程序功能由 CcarComputerDlg 模块来实现，其主要功能包括：参数的初始化、初始化串口及启动串口接收 GPS 数据、启动计数器对传到计数器的脉冲信号计数、对从 GPS 接收到的数据进行处理后显示、调用有关程序来实现对各种数据的处理并以适当方式进行显示。

2）Ccounter。Ccounter 模块主要用于控制计数卡。当数据采集部件将各个被测物理量（包括车速、水温、燃油液位、机油压力、电池电压）转换为不同频率的脉冲信号后，再输入到计数卡中，由 Ccounter 模块控制计数卡对各个脉冲信号进行计数和处理。

3）CdrawCarInfo。CdrawCarInfo 模块主要实现对水温、燃油液位、机油压力、电池电压及其图标的显示，另外 CdrawCarInfo 模块还实现了语音报警的功能。

4）CdrawSpeedPan。CdrawSpeedPan 模块主要用于实现对车速表盘及车速的显示。

5）CCreateLED。CCreateLED 模块主要用来实现当前里程及总里程的数字显示。

6）CserialPort。GPS 接收到数据后通过串口传送到计算机，而从串口接收数据主要由 CserialPort 模块来完成。

7）CManageGPSData。CManageGPSData 模块的主要功能是调用 CserialPort 模块接收 GPS 数据然后进行相应处理。

3.2　能力拓展

3.2.1　实现不失真测量的条件

一个理想的传感器就是要确保被测信号（或能量）的无失真转换，使检测结果尽量反映被测量的原始特征，用数学语言描述就是其输出 $y(t)$ 和输入 $x(t)$ 满足下列关系：

$$y(t) = Ax(t - t_0) \tag{3-19}$$

式中 A 和 t_0 都是常数，表明该系统输出的波形和输入的波形精确一致，只是幅值放大了 A 倍及时间上延迟了 t_0，在此条件下的传感器被认为具有不失真测量的特性。

根据传感器不失真测量的特性要求，试推导实现不失真测量的传感器的幅频特性和相频特性条件是什么？

推导与分析：

根据上述不失真测量条件，对式（3-19）两边作拉普拉斯变换，得：

$$Y(s) = Ae^{-st_0}X(s) \tag{3-20}$$

故不失真测试装置的传递函数为：

$$H(s) = \frac{Y(s)}{X(s)} = Ae^{-st_0} \tag{3-21}$$

频率响应特性：

$$H(\mathrm{j}w) = Ae^{-jwt_0} \tag{3-22}$$

幅频特性：

$$A(w) = |H(\mathrm{j}w)| = A(\text{常数}) \tag{3-23}$$

相频特性：

$$\varphi(w) = -wt_0 \ (\text{线性}) \tag{3-24}$$

由此可见，要实现不失真测量，检测系统的幅频特性应为常数，相频特性应为线性。

3.2.2 电阻式加速度传感器的原理分析

电阻式加速度传感器用于测量物体的加速度。电阻式加速度传感器的结构如图3-36所示。等强度梁的自由端安装质量块，另一端固定在壳体上；等强度梁上粘贴四个电阻应变敏感元件；通常壳体内充满硅油以调节阻尼系统。测量时，将传感器壳体与被测对象刚性连接，试分析电阻式加速度传感器的工作原理。

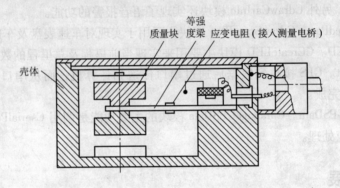

图 3-36 电阻式加速度传感器结构

分析：测量时，由于将传感器壳体与被测对象刚性连接，当被测物体以加速度 a 运动时，传感器将以相同的加速度运动，这时质量块将受到一个与加速度方向相反的惯性力作用，惯性力的大小可表示为：$F = ma$（m 代表物体的质量）。该力使悬臂梁变形，导致其上的电阻应变片产生应变，从而使应变片的电阻值发生变化，引起电桥不平衡而输出电压，即可得出加速度的大小。这种测量方法主要用于低频（$10 \sim 60\mathrm{Hz}$）的振动和冲击测量。

3.2.3 数字血压计设计

随着人们生活水平的提高，身体健康成为人们关注的一个重点，血压是一个常见的指标。数字血压计具有使用方便、体积小、测量速度快、分辨率高和精度高等特点，受到人们的普遍欢迎。试用压力传感器设计一个数字血压计，并说明其工作原理。

设计与原理分析：

基于压力传感器的数字血压计原理电路如图3-37所示，传感器选用薄膜型硅半导体压力传感器（如 2S5M 型），其受力面积大，接成全桥形式，灵敏度高。A 为差动运算放大器（$U_F = U_T$），以提高共模抑制比和测量精度，传感器由 A 组成的恒流源供电，A 的输出电流即为传感器的输入电流 I_{IN}，此电流不随负载（传感器）电阻的变化而变化，保证了测量精度。当压力传感器感受到血压时，将导致电桥初始平衡被破坏，电桥输出电压经 AD521 测量放大器放大，送入 A/D 转换器 MC14433，该 A/D 转换器为双积分式 $3\frac{1}{2}$ 位，A/D 转换器的结果信号被送入数字显示表直接显示血压测量结果。传感器的脚 1 与脚 6 间接的 50Ω 电位器用于桥路零位调整。

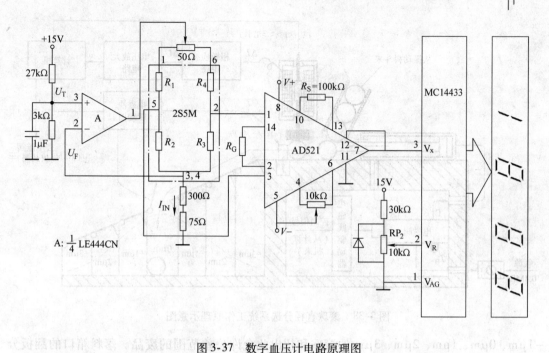

图 3-37　数字血压计电路原理图

3.2.4　电感式传感器在滚珠直径分选中的应用

某轴承公司希望对本厂生产的汽车用滚珠的直径进行自动测量和分选，要求：滚珠的标称直径为 10.000mm，允许公差范围为 ±3μm，超出该范围的均为不合格产品（予以剔除）；在该范围内，滚珠的直径以标称直径为基准，按 1μm 差值为单位共划分为 7 个等级，分别选入 7 个对应的料箱中。分选统计结果通过计算机自动显示出来。试选用电感式传感器设计一个滚珠自动分选系统以完成上述功能，并说明其工作原理。

设计思路与原理分析：

一、机械结构的设计

1. 测微器的选择

根据题目的要求，被测滚珠的公差变化范围为 6μm。因此，传感器所需要的行程较短，可以选择线圈骨架较短、直径较小的测微器型号。

2. 滚珠的推动与定位

滚珠直径分选系统的工作原理示意图如图 3-38 所示。待选滚珠放入"振动料斗"中，在电磁振动力的作用下，自动排成队列从给料管中下落到气缸的推杆右端。气缸的活塞在高压气体的推动下将滚珠快速推至电感测微器的测标下方的限位挡板位置。

3. 气缸的控制

气缸有进出气口 A 和 B，当 A 向大气敞开、高压气体从 B 口进入时，活塞向右推动（如图 3-38 所示），气缸前室的气体从 A 口排出。反之，活塞后退，气缸后室的气体从 B 口排出。气缸 A 口与 B 口的开启由电磁阀门控制。

4. 落料箱翻板的控制

根据题目给定的选料要求，落料箱共设置 8 个，即分别接收公差为 −3μm、−2μm、

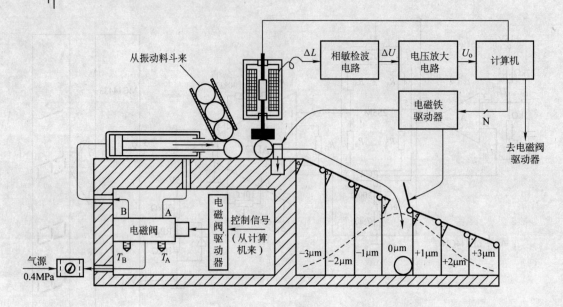

图 3-38　滚珠直径分选系统工作原理示意图

$-1\mu m$、$0\mu m$、$1\mu m$、$2\mu m$、$3\mu m$ 的滚珠和超出此允许公差范围的废品。落料箱口的翻板分别由 8 个交流电磁铁驱动器控制。当计算机得出测量结果的误差值后，控制对应的翻板继电器驱动电路导通，翻板打开。

二、测量电路

为了能判别电感测微仪的衔铁运动方向，采用相敏检波电路，其原理图如图 3-39 所示。

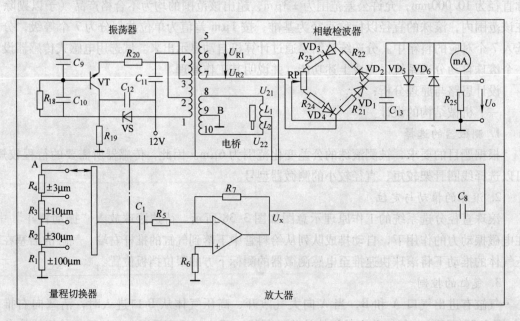

图 3-39　相敏检波电路

图中的 U_x 为放大后的电感传感器输出电压，U_R 为参考电压，在相敏检波电路中起信号解调作用。相敏检波电路的工作原理：当励磁变压器 5、6、7 三点的极性为 7 正、5 负的 U_i

正半周时，由于 U_{R1}、U_{R2} 大大高于二极管的导通电压，因此 VD_1、VD_2 因正向偏置而导通，VD_3、VD_4 因反向偏置而截止。

根据相敏检波器的等效电路，忽略电容 C_8 的影响，如果 $U_{R1} = U_{R2}$，$R_{21} + r_{D1} = R_{22} + r_{D2} = R_0$，$R_{25} + r_{mA} = R_L$，根据电路分析可推得：

$$I = \frac{U_x}{R_L + R_0/2} \tag{3-25}$$

由此可知，流过电流表的电流与 U_x 成正比，与参考电压 U_{R1} 和 U_{R2} 无关（实际上 U_{R1} 和 U_{R2} 在电路中只起控制二极管导通或截止的作用）。

在负半周内，VD_1、VD_2 因反向偏置而截止，VD_3、VD_4 因正向偏置而导通，这时 U_x 不再向表头输送电流，为半波检波。表头内流过半波检波的平均电流，该电流与 U_x 成正比。相敏作用体现在假设前半周参考电压极性不变，当传感器位移方向改变时，U_x 的极性与 U_i 反相，流过表头的电流方向也将反向，即电流的方向随 U_x 的极性而改变。

如果每周的正半周都给 C_8 充电，C_8 将被电荷堆积堵塞使电流无法流过，将导致电路工作不正常。因此，电流中设置 VD_3、VD_4 用于后半周给 C_8 放电提供通路。RP 起表头调零作用。

3.2.5 电涡流式安全门应用调查与原理分析

安防系统已在许多公共或特殊场合得以应用，电涡流式通道安全检查门能够有效地探测出枪支、匕首等金属武器或其他金属器物，被广泛用于机场、海关、造币厂、监狱等重要场所。试调查电涡流式安全门的应用方案，并分析其工作原理。

方案及原理分析：

典型的电涡流式安全检查门的电路原理框图如图 3-40 所示。

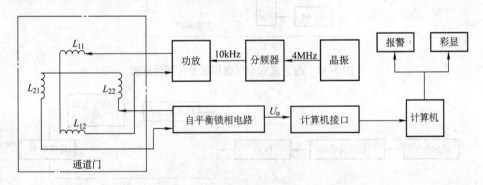

图 3-40 电涡流式通道安全检查门电路原理框图

图中 L_{11}、L_{12} 为发射线圈，L_{21}、L_{22} 为接收线圈，它们被密封并安装在通道门框内。10kHz 音频信号通过 L_{11}、L_{12} 在线圈周围产生同频率的交变磁场。L_{21}、L_{22} 被分成 6 个扁平线圈，分布在门两侧的上、中、下部位，形成 6 个探测区。L_{11}、L_{12} 与 L_{21}、L_{22} 相互垂直，成电气正交状态，无磁路交链，$U_o = 0$。当有金属物体通过 L_{11}、L_{12} 形成的交变磁场 H_1 时，交变磁场就会在该金属导体表面产生电涡流，从而产生一个新的微弱磁场 H_1。H_2 的相位与金属体位置、大小等有关，在 L_{21}、L_{22} 中将感应出电压。计算机根据感应电压的大小、相位来判定金属物体的大小。

3.2.6 压电式传感器在汽车中的应用

汽车交通事故往往是意外发生的，发生时间极短，人们没有反应时间来主动保护自己，只有靠被动安全装置来减少事故对人体造成的伤害。目前，在汽车中广泛安装和使用的安全气囊就是一个例子，它可以在汽车发生严重碰撞时迅速充气以保护乘车人的安全，减少人体上部（特别是头部和颈部）的伤害。试用压电式传感器作为检测汽车碰撞的基本器件，设计一个电子式安全气囊检测控制系统。

设计结果及分析：

汽车在发生碰撞时，压电式传感器会在碰撞压力的作用下产生输出信号。电子式安全气囊控制系统的硬件框图如图 3-41 所示，其工作原理如图 3-42 所示。

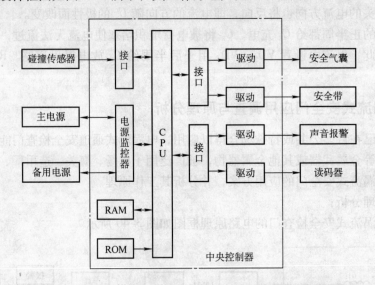

图 3-41　电子式安全气囊控制系统硬件框图

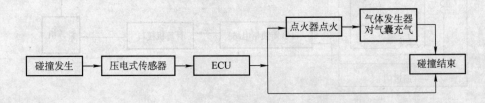

图 3-42　电子式安全气囊控制系统工作原理图

传感器输出信号送给发动机控制单元 ECU，由 ECU 对碰撞信号进行识别，并发出相应的控制信号，指示气体点火器点火，在短时间内完成对气囊的充气，充气气囊接触到人体时，其泄气孔将逐步放气，从而达到对驾乘人员的缓冲保护作用。

电子式安全气囊的控制流程如图 3-43 所示。

汽车的点火开关闭合，CPU 等电子电路复位，开始系统自检，如发现问题，执行故障显示和报警子程序，驾乘人员可根据故障码确定气囊故障部位。如果没有故障，则启动传感

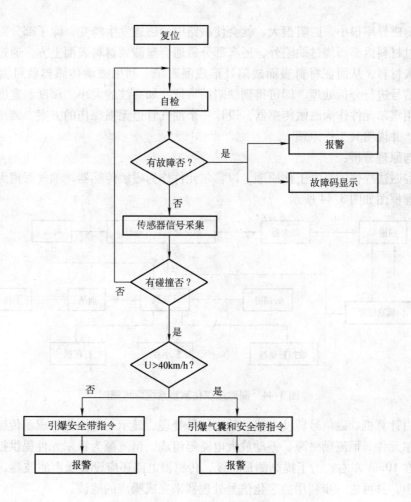

图 3-43　电子式安全气囊的控制流程

器信息采集子程序，对所有的传感器进行巡回检测，如果没有达到碰撞速度（如 10km/h），则程序返回自检子程序，如此循环。如果检测到有碰撞，经 CPU 判断碰撞速度是否小于 40km/h。如小于 40km/h 则 CPU 发出引爆安全带预紧器指令，拉紧安全带，以保护乘员；同时，CPU 发出光电报警指令。如果 CPU 判断碰撞速度大于 40km/h，则 CPU 发出所有引爆器引爆指令，使安全带拉紧，气囊张开，同时，CPU 发出光电报警指令。备用电源用于当主电源因碰撞损坏时确保其自动启动并保证系统照常工作。

3.2.7　基于霍尔元件的油气管道无损探伤系统设计

油气管道在长期使用中易产生腐蚀、裂纹等缺陷，也容易受到地基不稳、意外事故等影响产生位貌变化，如果产生的裂纹或损伤较小，就不容易被发现，但却会带来油气泄漏等问题。因此，对油气管道进行定期无损检测是必要的，漏磁法探伤是一种有效的方法。

漏磁法探伤就是利用能产生强磁场的"磁化器"磁化被测铁磁管道，磁场的大部分将进入管壁，如果材料是连续均匀的，因磁阻较小，磁力线将被约束在材料内，磁通平行于管道的轴线，几乎没有磁力线从表面穿出，在被查工件表面检测不到漏磁场。当试件表面或近表面存在切割磁力线的缺陷（如裂纹、凹坑等）时，材料表面的缺陷会使磁导率发生变化，由于缺陷的磁导率很小，磁阻很大，就会使磁路中的磁通发生畸变，除了部分磁通直接穿过缺陷或通过材料内部而绕过缺陷外，还有部分磁通会泄漏到材料表面上方，通过空气绕过缺陷再度进入材料，从而在材料表面缺陷处形成漏磁场。利用磁敏传感器就可测得该缺陷信号，对此信号进行分析处理，即可得到缺陷的特征，如裂纹的大小、深度、宽度等信息。

试运用霍尔元件作为磁敏传感器，设计一个油气管道无损探伤的方案，画出测量系统的原理框图，并说明其工作原理。

方案与原理分析：

根据漏磁法探伤的基本工作原理，以霍尔元件作为磁敏传感器，油气管道无损探伤的测量系统原理框图如图 3-44 所示。

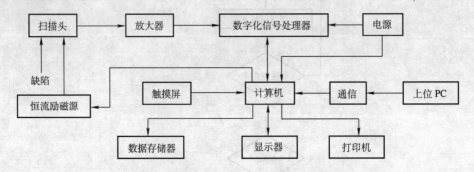

图 3-44　漏磁法探伤测量系统原理框图

主要由计算机、磁信号转换电路、数字信号处理、显示、电源等组成。传感器电路的前置级由霍尔元件、恒流励磁源、差动放大电路等组成，恒流源为霍尔元件提供控制电流，电流值控制在 10mA 左右；为了提高测量精度，传感器电路还应设置噪声滤波器，以滤除低频及高频噪声，并可进一步利用数字化信号处理器来完成噪声的滤波。

为了得到缺陷的大小与检测到的电信号之间的对应关系，必须先对传感器进行标定。工程中常借助技术模型，根据缺陷坑的体积、深度对霍尔传感器输出电压的影响，建立起一系列设定深度和不同体积的缺陷坑模型。测量时，漏磁法探伤装置在管道中扫描，如果遇到缺陷，就自动降低行进速度并在缺陷附近多次采集信息。同时，计算机记录该缺陷的位置坐标和缺陷数据，并与已知模型进行对比分析，得出缺陷的地理位置、深度、面积、走向、角度等分析结果参数。

3.2.8　火灾探测报警系统设计

"水火无情"，火灾的发生次数居各种灾害之首，且火灾的发生是随机的，往往给人们的生命财产带来严重威胁。要减少火灾造成的损失，早期火灾预警是重要的。目前用于火灾探测报警的传感器主要有感烟传感器、温度传感器、火焰传感器和气体传感器等。试运用所了解的热电式传感器知识，设计一个火灾探测报警系统，给出相应的设计电路框图，并说明其工作原理。

设计结果与原理分析：

一种方案如图 3-45 所示，为火灾烟雾双重报警电路图。当火灾发生时，环境温度将异常升高，热电式传感器将感受到温度的升高，并在达到设定温度值时进行动作，使蜂鸣器鸣响报警；同时，#109 为烧结型 SnO_2 气敏传感器，当烟雾或可燃性气体达到预定报警浓度时，气敏传感器的电阻值下降，使 VTH_1 触发导通，蜂鸣器鸣响报警。

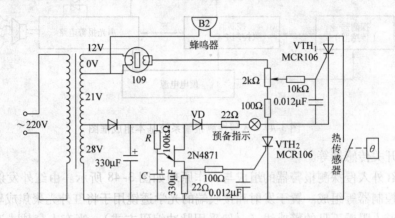

图 3-45　火灾烟雾双重报警电路

第二种方案如图 3-46 所示，为温差型电子感温探测器的结构及其电路原理。感温探测器采用两只 NTC 型热敏电阻，其中采样 NTC（R_M）位于监视区域，参考 NTC（R_R）密封在探测器内部。当外界温度缓慢升高时，R_M 和 R_R 电阻都减小，R_R 作为 R_M 的温度补偿元件，当温度达到临界温度后，R_M 和 R_R 的电阻值都变得很小，R_A 和 R_R 串联后可忽略 R_R 的影响，R_A 和 R_M 构成定温感温探测器。当外界温度急剧升高时，R_M 的阻值迅速下降，而 R_R 的阻值变化缓慢，由 R_A 和 R_R 串联后，再与 R_M 分压，当分压值达到或超过阈值电压时，将使双稳态电路翻转，双稳态电路输出低电位传到报警控制器，发出火灾报警信号。

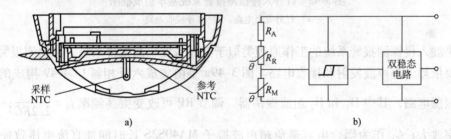

图 3-46　电子感温探测器
a）结构　b）电路原理

3.2.9　入侵探测报警系统设计

入侵检测是一项重要的应用，对保护人们的生命财产安全具有重要意义。试用所了解的红外传感器、超声波传感器和微波传感器的知识，分别用这三种传感器设计三种入侵探测报警系统，画出各自的电路图，并分别说明其工作原理和各自的特点。

设计结果与原理分析：

入侵探测报警系统一般有微型、小型、中型和大型之分，但结构上它们大致都由探测器（或传感器）、控制器、声光报警电路、供电电源和相关附属电路组成，如图 3-47 所示。

入侵探测器的类型很多，常见的有振动传感器、红外传感器、超声波传感器、微波传感

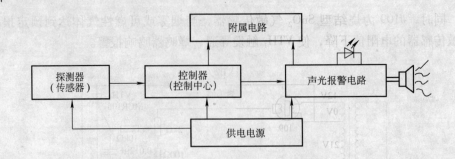

图 3-47 入侵探测报警系统基本组成框图

器、光电式开关传感器等。

主动式红外入侵探测报警器的组成与工作原理如图 3-48 所示。由红外发射机、红外接收机和报警控制器等组成。置于发射和接收端的光学透镜用于将红外光聚焦成较细的平行光束，形成一道人眼看不见的警戒线（一般采用脉冲编码方式）。当有人穿越或遮断设置的红外光束时，红外接收器接收不到红外信号，将启动报警控制器发出声光报警信号。

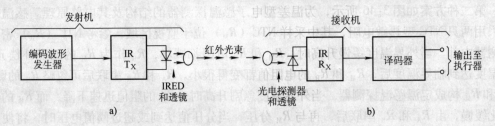

图 3-48 红外入侵检测报警系统基本组成框图

a）红外发射电路　b）红外接收电路

超声波入侵探测报警系统的工作原理类似于红外入侵检测报警系统，其检测报警功能的实现主要依赖于超声波发射和接收电路。图 3-49a 是由集成六反相器 CC4049 构成的数字式超声波振荡电路，其中 H_1 和 H_2 组成振荡器，调节 RP 可改变振荡频率 $f_0 = \dfrac{1}{2.2RC}$；$H_3 \sim H_6$ 用于功率放大；C_P 作为耦合电容避免超声波振子 MA40S2S 长时间加直流电压致使其特性变差。

图 3-49b 是采用脉冲变压器超声波振荡电路。振荡器 OSC 输出 40kHz 的脉冲信号，其频率可通过 RP 进行调节，经放大和脉冲变压器 T 升压后激励超声波传感器 MA40S2S 发出超声波。

图 3-49c、d 分别是晶体管和集成运放超声波接收电路。所用的超声波接收传感器均采用 MA40S2R。由于超声波传感器接收到的信号极其微弱，一般要接高增益放大器，它们的增益放大器分别采用晶体管和集成运放。

微波入侵探测报警系统也是一种非接触式探测，微波入侵探测报警系统受气候条件、环境变化的影响较小，且微波具有良好的非金属穿透能力，可以安装在加有伪装的较隐蔽处。根据其工作原理和结构，可分为微波墙式探测报警器和微波多普勒探测报警器两种，如图 3-50 所示。

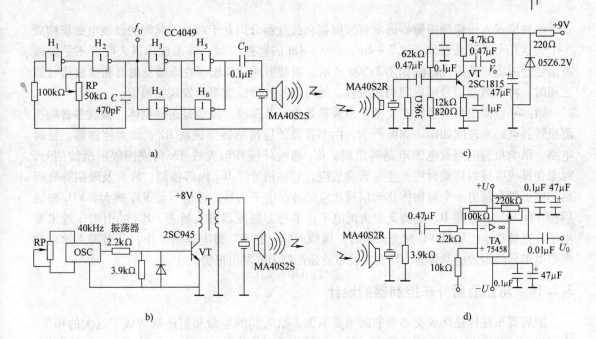

图 3-49　超声波发射与接收电路

a）数字式超声波振荡电路　　b）脉冲变压器超声波振荡电路

c）晶体管超声波接收电路　　d）集成运放超声波接收电路

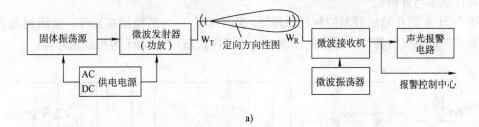

a）

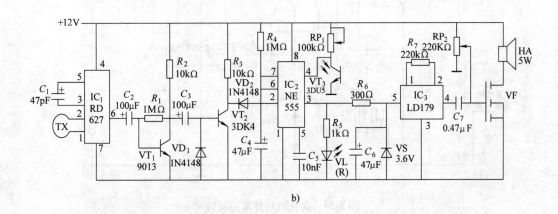

b）

图 3-50　微波入侵探测报警器

a）微波墙式探测报警器组成框图　　b）微波多普勒探测报警器电路原理图

微波墙式入侵探测报警器通常将发射器和接收器分别置于两处，其间的微波电磁场构成一个长达几十米至几百米、宽 2～4m、高 3～4m 的监控空间，即形成一道人眼看不见的微波信号警戒墙。其组成框图如图 3-50a 所示，当被警戒对象出现在微波发射器和微波接收器之间时，将对微波信号形成阻挡或吸收，通过信号处理后被系统发现并报警。

微波入侵探测报警系统主要基于多普勒效应，其探测对象应是运动物体。微波多普勒探测报警器电路原理图如图 3-50b 所示，由多普勒效应传感器集成块 IC_1、放大控制器、延时电路、讯响报警电路及电源电路等组成。IC_1 通过外接环形天线 TX 向周围辐射微波信号，对象在警戒区域内移动时将产生多普勒效应，频移信号经 IC_1 内部检测、放大及限幅等处理后，由引脚 6 输出一个与物体移动信号相应的波动电平信号，该信号经 VT_1 放大、VD_1 整流后使 VT_2 导通，于是 IC_2 的脚 2 变为低电平，单稳态触发器进入暂态，IC_2 的引脚 3 输出高电平，报警指示二极管 VL 发光。同时，模拟声响电路 IC_3 得电开始工作，其引脚 4 输出的模拟电信号经场效应晶体管 VF 放大后驱动扬声器 HA 发出报警。

3.2.10　防止酒后开车控制器的设计

酒后驾车往往是酿成交通事故的重要原因，给人们的生命和财产都造成了巨大的损失。为了保证行车安全，防止酒后驾车，试以气敏传感器作为检测元件，设计一个车辆控制器，将检测元件与汽车发动机点火装置连接在一起，形成一个有效的控制器，确保司机饮酒后会被检测元件自动发现并使发动机自动无法起动，并给予灯光告警提示。

设计结果与分析：

图 3-51 是防止酒后开车控制器原理图。图中 $QM\text{-}J_1$ 为酒精敏感元件；常闭触点 K_{1-2} 的作用是长期加热气敏器件，保证此控制器处于工作状态；5G1255 为集成定时器。

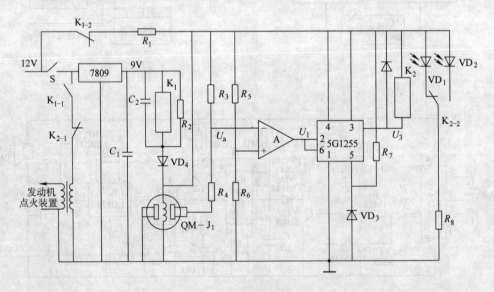

图 3-51　防止酒后开车控制器

如果司机没有喝酒，在驾驶室内合上开关 S，此时气敏器件的阻值很高，如果司机酗酒，气敏器件的阻值急剧下降，U_a 为低电平，U_1 高电平，U_3 低电平，继电器 K_2 线圈通电，K_{2-2} 常开触头闭合，发光二极管 VD_2 接通，发红光，以示告警，同时，常闭触点 K_{2-1} 断开，无法起动发动机。如果司机拔出气敏器件，继电器 K_1 线圈失电，其常开触点 K_{1-1} 断开，仍然无法起动发动机。

3.2.11　生物传感器的应用状况调查

随着生物信息技术的快速发展，生物传感器与我们的日常生活和环境紧密相关，试以食品工业、发酵工业、环境监测和医学四个典型应用领域为例，调查生物传感器的应用状况，写出详实的调查报告。

调查要点提示：

（1）食品工业

生物传感器在食品分析中的应用包括食品成分、食品添加剂、有害毒物及食品新鲜度等的测定分析。生物传感器可以实现对大多数食物的基本成分进行分析，目前已试验成功的应用的对象包括蛋白质、氨基酸、糖类、有机酸、醇类、食品添加剂、维生素、矿质元素、胆固醇等。食品工业及时准确检测出食品中病原性微生物是一个十分重要的内容，这些病原性微生物的存在会给食用者的健康带来极大危害。新鲜度是食品的一个重要指标，食物腐败的过程都伴随有特定的生物化学变化，如细菌总数增加、胺类生成、糖原降解、核苷酸降解等，生物传感器作为食物新鲜度的评价工具的使用使这一评价过程走向客观化和定量准确化。目前这方面的研究和应用主要集中在鱼肉、畜禽肉和牛乳新鲜度的评定上。

（2）环境监测

应用于环境监控的生物传感器所使用的生物物质为酶、全细胞、细胞器、受体或抗体。在环境控制中，生物传感器作为广谱装置应用于废水或生化需氧量（BOD）的检测，或特异性地对农药、重金属、硝酸盐、亚硝酸盐和次氯基乙酸进行检测。

（3）发酵工业

在各种生物传感器中，微生物传感器最适合发酵工业的测定。因为发酵过程中常存在对酶的干扰物质，并且发酵液往往不是清澈透明的，不适用于光谱等方法测定。而应用微生物传感器则极有可能消除干扰，并且不受发酵液混浊程度的限制。同时，由于发酵工业属于大规模生产，微生物传感器其成本低设备简单的特点使其具有极大的优势。主要用于发酵过程中原材料及代谢产物的测定、微生物细胞总数的测定、代谢试验的鉴定。

（4）医学领域

医学领域的生物传感器发挥着越来越大的作用。生物传感器可以广泛地应用于对体液中的微量蛋白（如肿瘤标志物、特异性抗体、神经递质），小分子有机物（如葡萄糖、乳酸及各种药物的体内浓度），核酸（如病原微生物、异常基因）等多种物质的检测。在现代医学检验中，这些项目是临床诊断和病情分析的重要依据。生物传感技术为基础医学研究及临床诊断提供了一种快速简便的新型方法，酶电极是最早研制且应用最多的一种传感器；生物传感器在军事医学方面，也具有广阔的应用前景，如对生物毒素的及时快速检测是防御生物武器的有效措施。

3.2.12　液体点滴速度监控装置设计

静脉输液是护理专业的一项常用给药治疗技术。设计并制作一个液体点滴速度监测与控制装置，如图 3-52 所示。基本要求：

1）在滴斗处能检测点滴速度，并制作一个数显
装置，能动态显示点滴速度（滴/min）；

2）通过改变 h_2 控制点滴速度；也可以通过控制
输液软管夹头的松紧等其他方式来控制点滴速度。
点滴速度可用键盘设定。

典型设计方案及分析：

参考方案一：

本系统以 89C51 单片机为核心，主要由红外光
电传感滴速检测模块、点滴速度控制模块、电容传
感液位检测模块构成液体点滴速度监控系统。采用
红外光电传感器和电容传感器配合单片机及可编程
逻辑器件，使得速度测量和控制精度高；主从站间
采用总线结构和串行通信方式，两根信号传输线即
可完成主从站间的双向通信，系统稳定可靠。

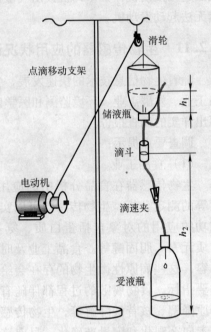

图 3-52　液体点滴速度监测与
控制装置示意图

1. 方案设计与分析

（1）点滴速度检测模块

采用红外光电传感器测量点滴速度。当液滴滴
下时，红外光电传感器发射的光透过液滴后强度发
生变化，光电接收管接收强度变化的光信号后输出变化的电压信号，此电压信号经放大、整
形后被转化为 TTL 电平信号，送给单片机计数来测量点滴速度。该传感器具有体积小、灵
敏度高、线性好等特点，其外围电路简单，性能稳定可靠。

（2）储液液面检测模块

采用电容传感器测液位。在储液瓶的瓶身正对着贴两块金属薄片作为传感电容，储液液
面下降，电容两极间的介电常数减小，传感电容的电容值随之减小，再经过电容/电压变换
器转换为电压值，这时的输出电压上升。当储液液面降到警戒线时，转换电压高于回差比较
器阈值电压，比较器翻转输出开关信号。C/V 变换电路具有优良的线性度、较高的变换灵
敏度与抗干扰性能。

（3）点滴速度控制模块

经比较采用单片机和可编程逻辑器件控制输液软管夹头的松紧来控制点滴速度。CPLD
控制模块控制电机正转或反转，较精确调整电动机的转速，然后通过变速箱带动偏心轮压紧
或放松输液软管，从而控制点滴速度。该方案调节精确，稳定性强且驱动电路简单可靠。

（4）主从机通信

经比较采用一般单片机都有的异步串行总线。两根信号传输线加一条公共地线即可实现
主站与 256 个从站间的双向数据通信，且软件编程容易实现，通信协议可根据需要灵活定
义。当需要远距离传输时可采用电流环来增强抗干扰性，从而大大延长通信距离。

2. 系统原理及设计

（1）总体设计

主从机均采用单片机 89C51，完成四方面的功能：处理点滴速度测量信号，动态显示点

滴速度；处理储液液面检测数据，控制电路报警；实现主站与从站间的通信；实现声光报警与语音提示。使用红外传感电路检测点滴的速度，采用电容传感法测液位，这两种检测方法都具有较高的灵敏度；采用 CPLD 控制电路较精确地实现对点滴速度的控制；各种功能状态可通过红外遥控器控制。系统框图如图 3-53 所示。

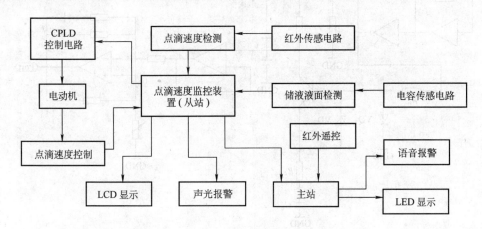

图 3-53　系统总体设计框图

（2）点滴速度检测电路

采用红外光电传感器测量点滴速度，所用光电检测器的型号是 ST-178 红外发射接收对管，电路原理图如图 3-54 所示。

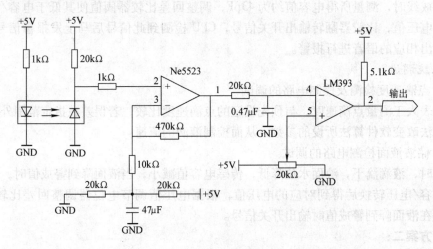

图 3-54　点滴速度检测电路

把红外发射和接收管正对着固定在滴斗两侧，当液滴滴下时，红外发射器发出的光信号透过液滴时接收端光功率发生变化，光电接收管将变化的光信号转化为变化的电信号，由于电信号非常微弱，应放大到一定幅度且通过积分电路消除干扰，再经比较器整形得到与点滴同频的方波，用单片机测量其周期即可计算出点滴的速度。

（3）储液液面检测电路

利用灵敏度较高的电容电压变换电路可实现储液液面的检测，电路原理如图 3-55 所示。

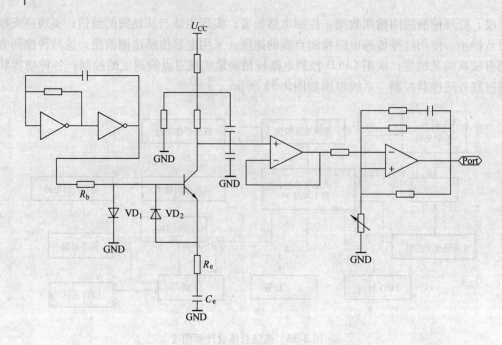

图 3-55 储液液面检测电路

利用此原理在储液瓶的瓶身贴两块金属薄片作为传感电容 C_e，储液液面下降，电容两极间的介电常数减小，电容值随之减小，经过电容/电压变换器后输出电压上升。当储液液面降到警戒线时，测量所得电容值约为 43pF，调整回差比较器阈值使其低于电容/电压变换器输出的电压值，比较器翻转输出开关信号，CPU 检测到此信号后马上发报警信号给主站，主站再发出相应的语音进行报警。

3. 系统调试

（1）点滴速度检测及控制电路的调试

用秒表人工测量点滴速度，与预先设定的点滴速度比较，若误差在指定范围外则用反复实验的方法改变软件算法所设的参数，从而控制液滴的流速。

（2）储液液面检测电路的调试

调试时，液滴滴下，液面水位降低，传感电容值减小，当液面降到警戒值时，传感电容数值经电压/电压转换后得到对应的电压值，根据电压值调节电位器调整回差比较器阈值，使比较器在液面降到警戒值时输出开关信号。

参考方案二：

1. 硬件选择与设计

（1）AT89C51 单片机

根据本题目的要求，选用美国 ATMEL 公司推出的一种高性能 AT89C51 单片机，它内部带有存储器件，体积小且性能良好。

（2）显示模块及按键

显示模块由 MAX7219 共阴极 LED 驱动芯片及外围电路组成。所显示的数据由单片机以串行方式送给 7219，共 3 位数码管，显示速度值。按键除复位键和确认键外，另外 3 个按键分别用来设置个位、十位和百位。

（3）滴速数据采集及系统设计

准确采集液滴信号是检测器计算滴速的前提，必须保证不漏检，同时为符合卫生需要，避免感染，液滴信号的采集不能接触药液。为此，采用非接触式红外光电检测技术，在发射管和接收管之间留有适当距离，当无液滴通过时，接收管受光导通，输出为零。当有液滴通过的瞬间，使光线折射，接收管的光通量不足，输出为 1。单片机据此判断液滴的有无。为了准确、快速、稳定地传递液滴信号，就需要合理选用相关参数，使光通量保持在一个恰当的范围。图 3-56 为滴速显示器光电检测原理框图。图中的红外光电检测对所接受到的信号经放大后输入单片机。显示和报警模块通过 3 个 LED 来显示每分钟的滴数。硬件总体设计原理框图如图 3-57 所示。

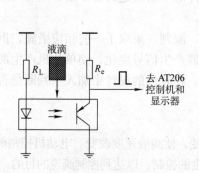

图 3-56　光电传感器液滴检测原理图

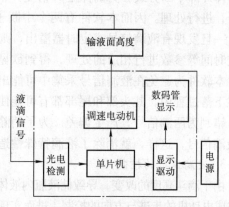

图 3-57　液滴滴速监控装置原理图

（4）红外发射与接收电路

红外发射电路如图 3-58 所示，由 555 构成脉冲振荡器，振荡周期可调，引脚 3 输出负向窄脉冲，使 LED 因短时间的电流驱动而发出强红外光。

红外接收电路如图 3-59 所示。由于光敏晶体管的暗电流与温度有关，故采用带温度补偿的放大电路。

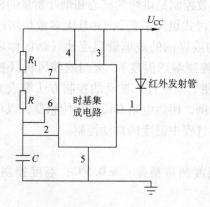

图 3-58　红外检测发射电路

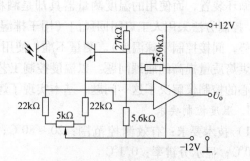

图 3-59　红外检测接收电路

为提高运放的运算精度，必须提高其开环放大倍数，而多级放大又十分容易引起自激振荡，消除自激振荡的方法是在电路中加校正网络。另外，在电路噪声抑制方面主要采取的措施之一是在运放输入端加接低通滤波，以便抑制高频成分的输入。除一点接地外，还应注意尽可能不要使公共地线流过大的冲击电流或激变电流。合理选择电源的旁路电容对于电源电压的波动和瞬时变化有很好抑制作用。但这种流经分路电容的激变电流具有很高频率成分，当它经过地线的一部分时，这部分地线成为公共阻抗而将噪声耦合到信号回路中。因此，在电路设计中要特别注意。

2. 软件设计

本软件的主要任务是检测液滴信号，测量相邻液滴之间相隔的时间并换算成滴速（以分钟为单位），予以显示。由于液滴信号是一个随机量，单片机要实时准确地捕捉到此信号应选择外部中断方式。为确保定时精度，采用了 1ms 定时中断，当计数溢出时，进入定时中断，进行处理。因而本软件有两个中断子程序。主程序在清屏后即开始循环调显示子程序，一旦发现有液滴信号或定时器溢出，则分别进入外部中断或定时器中断，然后对液滴信号或时间等参数进行相应的处理，得到欲显示的数据。

本软件为避免在液滴信号采集中可能出现的误判、漏判，采取了一些相应措施，例如液滴在下落过程中，其头部和尾部都有可能使光电检测器产生信号变化，使单片机产生两次中断，错判为两滴信号，产生偏差。为了消除这个偏差，在软件的设计中加入了判断是否为同一液滴信号，这样，就消除了液滴特殊性造成的误差。

3. 液滴速度的控制

由于滴斗高度的改变，导致储液瓶内液体压强的改变，使滴液速度改变。电动机控制部分主要完成电动机的步进与方向的控制，进而实现对液面高度的控制，以达到控制滴速的目的。

4. 结论

本输液滴速实时监控系统方案简单、合理，测定液体滴速十分准确，最大相对误差仅有 3%。滴速测定的范围为 20 ~ 150 滴/min，足以满足液体滴速测定与控制的需要，还可设定报警装置，使输液病人、陪护人员以及医护人员的工作量大为减轻，成本极低。

3.2.13　热电阻在烟叶初烤炕房温度控制中的应用

烟叶初烤过程中，烤房内温度的准确测量和有效控制是烘烤的核心和烟叶质量的根本保证。目前，广大产烟区已广泛推广烟叶初烤的"三段式烘烤工艺"，并且大多数炕房已加装热风循环装置，而使用的温度测量器具却是酒精的或煤油的玻璃管温度计（烟区称之为火表），控制方法采用人工启闭回风门（用于排湿，控制湿球温度）、火门或鼓风机（控制火炉火势，间接控制干球温度）。测量不准、使用不便的温度计，被动的控制方法等成为制约烟叶烘烤质量提高的瓶颈问题。以温度控制工艺为例，用热电阻 Cu_{50} 作为传感器，以单片机为核心的控制仪解决了这一问题，基本实现了烤烟过程中温度的自动控制。

1. 温度控制要求

1）技术要求：有效测控范围：20 ~ 80℃；温度测量精度：±0.5℃；温度控制精度：±1.0℃；显示分辨率：0.1℃。

2）档位设置：为了适应烤烟工艺的要求和烟叶的具体情况，在 35 ~ 43℃ 温度范围内将其分为 9 档，以供选择。

3）执行机构：风门由电动执行器驱动，其运行时间为 80s；电源：220V，50Hz。

4）自动控制：当湿球温度值超过设定值 0.5℃ 时，进风门自动开启 5s；当湿球温度值

在设定值 ±0.5℃ 范围内时，进风门状态保持。当湿球温度值低于设定值 0.5℃ 时，进风门自动关闭 5s；

5）报警：当温度偏离设定值 1℃ 时，蜂鸣器报警。

2. 系统设计

根据以上具体要求，本系统用单片机作为控制单元，热电阻作为传感器，完成了装置的设计，整个系统的原理图如图 3-60 所示。

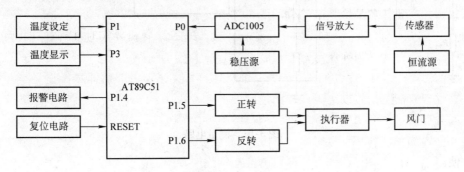

图 3-60 系统框图

（1）硬件设计

1）微处理器选择。本系统选用 AT89C51 作为 CPU。AT89C51 是一种低功耗、高性能的片内 4KB 快闪可编程/擦除只读存储器的 8 位 CMOS 微控制器，与 MCS-51 微控制器产品系列兼容，使用高密度、非易失存储技术制造，存储器可循环写入/擦除 1000 次。AT89C51 的引脚与 8031 相同。因此，不需要扩展即能满足要求。

2）传感器的选择。根据本系统的测量精度和控制精度要求，本装置选择了热电阻式传感器 Cu_{50} 作为测温传感器。Cu_{50} 测温范围 −50 ~ 150℃，工作范围 20 ~ 80℃，线性度好，灵敏度高，价格适中，满足了该系统的技术要求。

3）测量电路。温度的测量和控制主要取决于温度测量精度，因此，为了保证精度，在硬件上采取了三个方面的措施：①测量中传感器的连接采用新的三线制方法，补偿由导线引起的误差；②选用高精度低漂移运算放大器 OP07 作为运算放大的电路；③测量电路采用恒流源供电，如图 3-61 所示。

该电路完全消除了最常用的三线制接法中导线电阻的影响。图中 R_{62}、R_{63}、R_{64} 的电阻值相等，其输出电压仅与热电阻 R_t 有关，且呈线性关系。测量精度主要取决于恒流源电流。为保证该电流的稳定性，在恒流源电路的设计中，选用了稳压管（LM-336），高精度低漂移运放（OP-07），晶体管（BC157B）。其他电路则选用了四通用单电源运放（LM324）。

4）A/D 转换器。A/D 转换器选用常用的 ADC1005 CMOS 10 位 A/D 转换器，即可满足技术要求。该芯片总的非调整误差为 ±1LSB，输出电平与 TTL 电平兼容，单电源 +5V 供电，模拟量输入范围为 0 ~ 5V。

5）输出通道设计。有三个输出通道：一个报警电路，两个电机驱动电路分别控制风门电机的正反转。为了提高系统的抗干扰能力，驱动电路采用了交流固态继电器。

6）人机通道设计。

• 温度设定电路：温度档位设定采用 BCD 码拨盘，利用 P1 口的低 4 位作为数值输入。

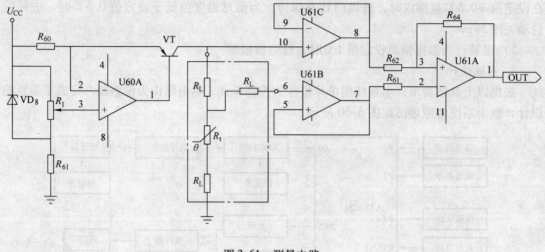

图 3-61   测量电路

操作方便。

• 温度显示电路：温度值采用数码管显示。为了不再扩展并行接口，利用串行口的移位寄存器功能，扩展三位静态数码管显示接口电路。P1.7 作为输出控制，当 P1.7 = 1 时允许串行口输出数据给移位寄存器，否则，显示内容不变。

• 报警电路：利用蜂鸣器报警。

（2）软件总体设计

1）程序结构设计。应用程序结构采用循环方式，电动执行器控制由定时器定时启动或停止。主程序进行系统初始化，包括定时器、I/O 和中断系统的初始化。

循环中进行以下操作：拨盘设定值检测、温度检测、标度变换、数字滤波、温度显示和控制，这些操作分别由相应子程序模块完成。

2）程序模块设计。

• 温度检测程序

该程序的功能是连续 7 次 A/D 转换，把转换结果保存在 3BH 开始的单元中，然后进行数字滤波，得到中值存于 33H 单元。A/D 转换采用查询方式。

• 温度控制程序

温度的高低受风门打开的角度控制，因此，该程序的功能是将检测的温度值与设定值上、下限的比较，控制风门打开的角度。上限设定值（存于 3AH）和下限设定值（存于 38H）分别是档位设定温度（存于 39H）的 ±0.5℃。每 5min 检测判断一次控制风门的运行状态，每次风门动作 5s，即打开或关闭 5.5°。

3.3   全国电子设计竞赛相关试题分析

3.3.1   自动往返电动小汽车

1. 任务

设计并制作一个能自动往返于起跑线与终点线间的小汽车。允许用玩具汽车改装，但不能用人工遥控（包括有线和无线遥控）。

跑道宽度 0.5m，表面贴有白纸，两侧有挡板，挡板与地面垂直，其高度不低于 20cm。在跑道的 B、C、D、E、F、G 各点处画有 2cm 宽的黑线，各段的长度如图 3-62 所示。

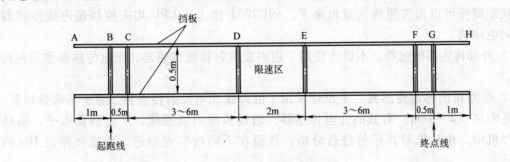

图 3-62　跑道顶视图

2. 要求

（1）基本要求

1）车辆从起跑线出发（出发前，车体不得超出起跑线），到达终点线后停留 10s，然后自动返回起跑线（允许倒车返回）。往返一次的时间应力求最短（从合上汽车电源开关开始计时）。

2）到达终点线和返回起跑线时，停车位置离起跑线和终点线偏差应最小（以车辆中心点与终点线或起跑线中心线之间距离作为偏差的测量值）。

3）D～E 间为限速区，车辆往返均要求以低速通过，通过时间不得少于 8s，但不允许在限速区内停车。

（2）发挥部分

1）自动记录、显示一次往返时间（记录显示装置要求安装在车上）。

2）自动记录、显示行驶距离（记录显示装置要求安装在车上）。

3）其他特色与创新。

3. 说明

1）不允许在跑道内外区域另外设置任何标志或检测装置。

2）车辆（含在车体上附加的任何装置）外围尺寸的限制：长度≤35cm，宽度≤15cm。

3）必须在车身顶部明显标出车辆中心点位置，即横向与纵向两条中心线的交点。

4. 典型设计方案分析

本设计采用两块单片机（89C52 和 89C2051）作为自动往返小汽车的控制和检测中心，控制小汽车的启停、速度和方向，检测小车位置、路线等。在设计中，采用光电传感器检测标识线、超声波传感器测量小车的位置、校正行车路线，开关式霍尔传感器检测小车的行驶速度和行驶距离。这样的多传感器并行工作、CPU 的综合数据处理为小车按照预定程序运行提供了充分的保证。

（1）方案论证

1）控制系统。自动往返小汽车系统是一个以单片机为核心的自动控制系统。本设计采用了 8 位主从双 CPU 系统，这样可以降低单个 CPU 的工作量。使用 89C52 作为主

CPU，89C2051 作为从 CPU。主 CPU 控制从 CPU，并且处理光电传感器送来的地面标志信号，该信号主要用于控制小车的加速、减速、限速、惯性行驶、刹车、倒车等状态，同时，小汽车轮胎上的霍尔传感器的输出信号直接送到主 CPU，这样小汽车的实际行驶距离便可以很方便地测量出来了。89C2051 作为从 CPU 用来控制超声波传感器和转向电动机。

2）外部传感器的选择。本设计使用了超声波发射接收传感器、光电传感器和霍尔传感器。

a）检测路面标志传感器。本设计采用了红外线光电反射传感器，鉴于车底盘较低，采用近距离（2~4cm）有效的光电传感器。通过检测白纸黑线，产生高低电平，输送到单片机中，单片机对其信号进行分析，从而在不同段实现加速、减速和停留 10s 的功能。

b）辅助校正行车方向传感器。

方案一：采用中远距离（12~16cm）反射式红外线光电传感器。但是这种器件的致命弱点是它只能输出开关量，因为它只在阈值距离处发生电平翻转，大于或小于此距离电平均保持不变，无法给小汽车提供连续的定位坐标。发生异常情况时 CPU 显然很难根据这么少的信息做出正确的判断。可以想象，如果单独采用这种测距方案，小汽车的行走路线将是幅度较大的 Z 字型。这显然会增加撞上挡板的概率，最终导致总行驶时间的大幅度增加。

其解决办法是采用多级光电传感器，这些光电传感器的阈值距离各不相同，最终也可能实现比较精确的控制。由于每种光电传感器至少需要两个，如果该系统需要四种不同的阈值距离传感器，那么该系统最终将拥有至少 10 个光电传感器（包括探测地面信号的光电传感器），即使排除成本因素，这么多传感器的调试和相应的控制算法也将非常复杂，可行性较差。

方案二：采用超声波测距方案。超声波传感器可以给 CPU 提供足够精确的位置信息（在车上，距离的测试可以精确到 1cm），使得 CPU 可以根据该信息精确调整小车的运行方向和状态，使小车在运行时达到最小的横向抖动。89C2051 根据发射和接收到超声波的时间差判断小车离挡板的长度，根据这个数据发出前轮左转、右转或保持方向的指令，从而实现自动校正行车路线，少撞墙的目的。因而，本设计采用了这套方案。

c）测量小车行程传感器。通过测量小车驱动车轮转动的圈数可间接换算得到小车行驶的距离。而测量车轮的转动有以下几个方案：

方案一：采用透射式光电传感器或反射式光电传感器。这样需在车轮上做比较大的机械加工（打孔或粘贴黑白反光板），而且市场上买到的可用光电传感器体积较大，不易安装，故不宜采用。

方案二：采用开关式霍尔传感器。霍尔元件通过粘在前轮上的磁性块对转动圈数进行检测，每转动一周，产生一个低脉冲，输入单片机内，通过累加器计数，并通过数码管显示，根据车轮周长及脉冲个数实现里程计数功能，然后由单片机完成脉冲数到距离的转换。该传感器体积小，使用时只需在车轮上安装一个小的磁铁，是比较理想的选择。

3）执行部件的选择。执行部件分为驱动部件和方向控制部件两个部分。比较好的方案是在方向控制部分中使用步进式电机，这样可以由 CPU 比较精确地控制前轮转向的角度和持续时间，结合超声波传感器送来的位置信号，便可以非常精确地控制小汽车行驶的方向。

（2）系统原理及设计

1）主从机电路。89C2051（即从 CPU）的中断口接到来自 89C52（即主 CPU）的中断信号，并从 P1.6、P1.7 和 P3.7 接收来自主 CPU 的命令和状态信号。当主 CPU 需要向从 CPU 传送命令或状态信号时，便向其发出中断请求，同时命令和状态信号传至相应的端口。从 CPU 响应中断后，便从这些端口读走命令/状态字。

2）标示信号探测及处理电路

a）光电反射器工作原理。本设计中，光电反射器通过发射和接收 40kHz 的红外光调制信号来判断地面的颜色（对比度）情况，从而控制小车的运动状态。发射端将 40kHz 的调制信号放大，驱动红外发光二极管发射红外线；接收端探测到信号，将信号放大、解调，判断是否有反射。如有，则输出端输出低电平。

b）设计电路图。如图 3-63 所示，只要两个光电传感器中的任意一个有效，74LS08 的引脚 3 便输出低电平请求中断。CPU 响应中断后，立刻在 P1.6 和 P1.7 口查询输入信号并判断是哪个光电传感器在申请中断，从而做出进一步的判断。

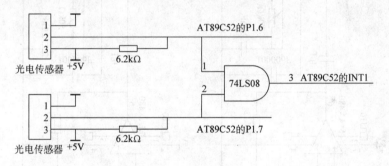

图 3-63　标示信号检测电路

3）辅助校正电路

a）压电式超声波发生器测距原理。在小车一侧的前后各放置一个超声波传感器。设超声波发生器离挡板距离为 S，则 $S = 340t/2$（t 为发射、接收信号的时间差）。可用 CPU 记录时间，比较小车前后两个超声波发生器 t 的长短，判断小车行驶方向是否有偏差。同时，由于已知跑道的宽度，可以根据小车距挡板的距离，判断小车是否偏离中心线。CPU 根据以上判断，发出左转或右转的指令。

b）设计电路图

如图 3-64 所示，89C2051 的 P1.3 口发出驱动信号，经 74LS14 缓冲送入超声换能器 UCM40T 发出超声波。接收换能器 UCM40R 接收到的超声信号，经放大后送 LM567C 处理。LM567C 是锁相环音频解调专用集成电路，改变其外围电路的参数，可以捕捉到某一固定频率的信号（本例中设定为 40kHz），并使输出有效送至 CPU 的中断引脚。89C2051 响应中断后，记录传播时间，换算成距离，发出指令，校正行车路线。

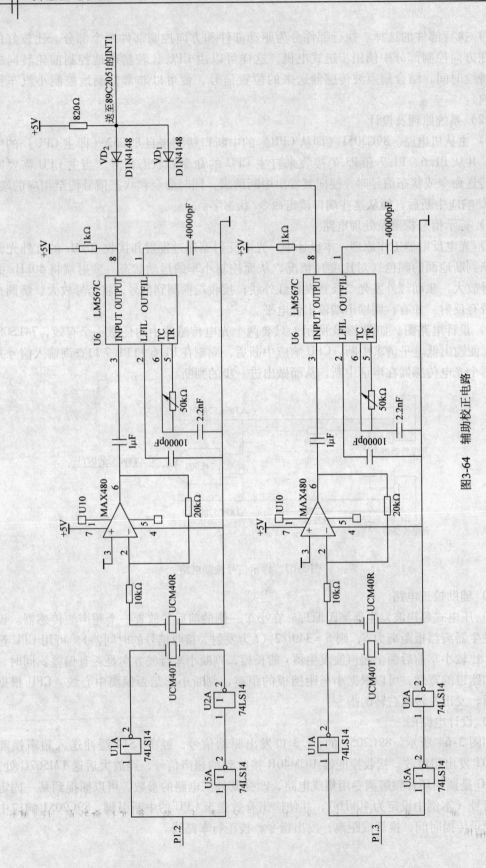

图3-64 辅助校正电路

4）路程测试电路

图 3-65 是霍尔传感器车轮转数测量装置，本系统采用霍尔传感器来计量小车驱动轮转动的圈数，小车车轮每转动一圈，霍尔传感器便输出一个负脉冲，该信号直接送到主 CPU。CPU 根据转动圈数来计算行驶距离，同时，主 CPU 也完成计时的功能。

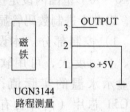

图 3-65　路程测试电路

（3）总结

本系统以 89C52 和 89C2051 芯片为核心部件，采用光电、超声波、霍尔效应三种传感器来完成小车的启停、速度、方向等控制，是考虑比较全面的设计方案，尤其是采用超声波测距的方法调整小车的运动方向，小车基本直线运行，左右摆动小，实现了小车的自动往返，完成了题目的基本要求和发挥要求。

3.3.2　水温控制系统

1. 任务

设计并制作一个水温自动控制系统，控制对象为 1L 净水，容器为搪瓷器皿。水温可以在一定范围内由人工设定，并能在环境温度降低时实现自动调整，以保持设定的温度基本不变。

2. 要求

（1）基本要求

1）温度设定范围为 40～90℃，最小区分度为 1℃，标定温度≤1℃。

2）环境温度降低时（例如用电风扇降温）温度控制的静态误差≤1℃。

3）用十进制数码管显示水的实际温度。

（2）发挥部分

1）采用适当的控制方法，当设定温度突变（由 40℃提高到 60℃）时，减小系统的调节时间和超调量。

2）温度控制的静态误差≤0.2℃。

3）在设定温度发生突变（由 40℃提高到 60℃）时，自动打印水温随时间变化的曲线。

3. 说明

1）加热器用 1kW 电炉。

2）如果采用单片机控制，允许使用已有的单片机最小系统电路板。

3）数码显示部分可以使用数码显示模块。

4）测量水温时只要求在容器内任意设置一个测量点。

4. 典型设计方案分析

本设计采用 89C51 单片机系统进行温度实时采集与控制。温度信号由 AD590K 和温度/电压转换电路提供，对 AD590K 进行了精度优于 ±0.1℃的非线性补偿。温度实时控制采用分段非线性和积分分离 PI 算法，其分段点是设定温度的函数，这样可以加快系统阶跃响应，减小超调量，并且具有较高的温度控制精度。整个系统具备较高的测量精度和控制精度。

（1）方案论证

本题目要求设计制作一个水温控制系统，对象为1L净水，加热器为1kW电炉。要求能在40~90℃范围内设定控制水温，静态控制精度为0.2℃，并具有较好的快速性与较小的超调，以及十进制数码管显示、温度曲线打印等功能。

1）控制部分。本设计方案采用89C51单片机系统来实现。单片机软件编程灵活、自由度大，可用软件编程实现各种控制算法及逻辑控制。单片机系统可用数码管显示水温的实际值，能用键盘输入设定值，并可实现打印功能。本方案选用了89C51芯片（内部含有4KB的EEPROM），不需要外扩展存储器，可使系统整体结构更为简单。

2）测量部分。温度测量部分是整个系统的基础，温度传感器是整个控制系统获取被控对象特征的重要部件，为了使整个系统的稳态误差达到0.2℃，数字控制系统中数字运算的分辨率要求低于0.2℃，因此本系统对温度测量提出了较高的要求。

方案一：采用热敏电阻，可满足40~90℃的测量范围，但热敏电阻精度、重复性、可靠性都比较差，对于检测小于1℃的温度信号是不适用的。

方案二：采用温度传感器AD590K。AD590K具有较高精度和重复性，其良好的非线性保证了±0.1℃的测量精度，同时利用AD590K的±0.1℃的重复性，采用分段插值程序对其信号进行非线性补偿，从而达到±0.1℃的测量精度。

（2）系统原理及设计 1）总体设计。本系统采用89C51芯片作为核心部件，通过A/D、数码显示模块和按键完成数据采集、温度显示、打印、温度设定功能，并完成控制算法的实现和控制信号的输出。系统框图如图3-66所示。

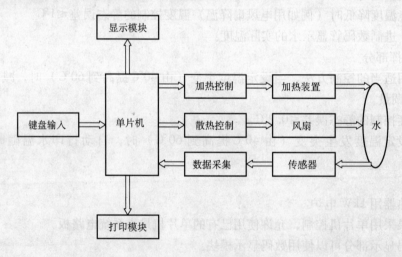

图3-66 系统总体框图

2）控制算法。实验表明，水温控制系统中，采用单纯的PID控制始终具有较大的超调量，而且一旦出现水温超调，只能靠自然冷却，这就使得调节时间大大延长。因此，在水温控制系统中要缩短调节时间，就必须做到基本无超调。通过反复实验，采用分段非线性加积分分离PI算法进行温度控制。在偏差较大时，控制量采用由实验总结出的经验值，当偏差较小时切换为积分分离PI算法。

实践证明，这种控制方式可以加快系统阶跃响应，减小超调量，并且具有较高的温度控制精度。

3）温度采集电路。图 3-67 为温度采集电路图，温度采集部分采用温度传感器 AD590K，加上软件非线性补偿来实现高精度测量。

AD590K 为集成温度传感器，使用直流电源范围宽（3 ~ 44V），不需要线性补偿和零点补偿等外围器件，且互换性好，具有良好的绝对值精度，适用范围宽（- 55 ~ 150℃）。AD590K 温度每变化 1℃ 其电流变化 1μA。零点电流为 273μA，便于系统计算。

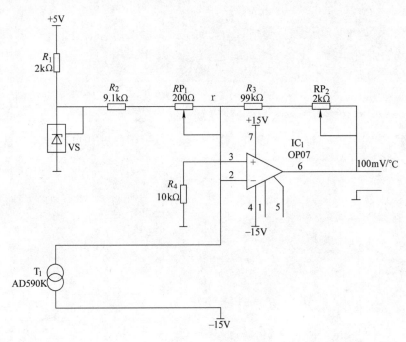

图 3-67　温度采集电路

（3）系统调试

1）控制参数的确定。由于控制对象为 1000W 电炉加热 1L 水，控制对象的数学模型难以准确确定，所以要通过实验总结其控制特性，以确定控制算法的各项参数。

2）传感器标定。由于 AD590K 测温精度为 0.3℃，其测温重复性优于 0.1℃，在使用软件插值算法进行线性化后，系统测温精度达到 0.1℃。实际标定步骤如下：

a）传感器粗调。0℃ 点校正：在保温杯中加入冰水混合物，放入传感器探头，用高精度数字电压表测量变送器输出电压，等变送器输出稳定后调节变送器中的调零电位器，使测得电压为 0V。

b）增益调整。将传感器探头放入沸水中，调节变送器中的增益调整电位器，使测得电压为 99.0V（假设本地大气压所对应的 Hg 柱高度约为 740mm，即本地水的沸点为 99.0℃ 左右）。经过以上粗调后，传感器的变送器输出为 100mV/℃，在 0 ~ 100℃ 时对应电压为 0.0V ~ 10.0V，测量精度可达到 0.3℃。

c）传感器精确标定。AD590K 的测温精度由于其非线性特性，只能达到 ± 0.3℃，要进一步提高 AD590K 的测温精度，必须精确标定温度变送器在不同温度下的输出电压，将温度、电压的对应关系存入表格，在测控软件中进行插值运算。

在此使用了测温精度为 0.1℃ 的高精度水银温度计，精确测量水温，同时通过高精度 A/D 转换器采集变送器的电压值。通过在保温杯中加冰和加开水调节水温，将温度与电压的对应关系记录在 PC 的文件内，再利用此对应值在测控软件中建立插值表，在实时控制时对温度采样进行插值运算，这样就将系统测温精度提高至 ±0.1℃。

第 4 章　实验指导与课程设计

4.1　实验指导

4.1.1　实验教学大纲

1. 适用专业：自动化、测控技术与仪器、电气工程与自动化、机械设计制造及其自动化等专业

2. 地位、作用和任务

《传感器与检测技术》课程属于适用专业大学本科学生的必修专业基础课程。传感器具有检测某种变量并把检测结果传送出去的功能，它们广泛应用于生产实践和科学研究中，是获取、处理、传送各种信息的基本元件。特别是现代大规模工业生产，几乎全都依靠各种控制仪表或计算机实现自动控制，为保证自动控制系统的正常运行，必须随时随地把生产过程的各种变量提供给控制仪表或计算机。要想正确及时地掌握生产过程或科研对象的各种信息，就必须具备传感器与检测技术方面的知识。本部分旨在以实验和课程设计的形式进一步加强学生对各类传感器与检测技术的原理与应用的深入理解，将理论与实践有机地结合起来，学以致用。

主要任务是：

1）通过理论学习和实验操作，掌握各类传感器的基本工作原理。

2）了解各类传感器的特性和应用方法。

3）掌握基本的误差与测量数据处理方法。

3. 教学基本要求

通过传感器与检测技术实验的基本训练，使学生在有关传感器与检测技术的实验方法和实验技能方面达到下列要求：

1）能够自行或在教师的指导下正确完成实验和实验报告等主要实验程序。

2）能够掌握常用传感器的性能、调试和使用方法。

3）能够通过实验完整地掌握各类传感器的基本工作原理。

4）能够在接受传感器与检测技术基本实验技能的训练后，进行开放性实验，以提高综合实验能力。

4. 实验内容

实验一　金属应变片：单臂、半桥、全桥功能比较（验证）

实验二　差动变压器特性及应用（综合）

实验三　差动螺线管电感式传感器特性（设计）

实验四　差动变面积式电容传感器特性（验证）

实验五　压电加速度传感器特性及应用（验证）

实验六　磁电式传感器特性（验证）

实验七　霍尔式传感器特性（验证）

实验八　热敏电阻测温特性（设计）

实验九　光纤位移传感器特性及应用（验证）

实验十　汽车防撞报警系统设计（设计）

5. 实验教材

主要教材：《传感器与检测技术学习指导（实验部分）》

6. 考核方法

根据实验操作效果、实验态度、实验报告撰写结果等进行综合评定。

4.1.2　传感器系统实验仪使用说明

1. 实验仪简介

CSY-998 型传感器系统实验仪是由浙江大学杭州高联传感技术有限公司研制生产的一种专门用于传感器与自动检测技术课程实验教学的仪器，该实验仪如图 4-1 所示。它主要由各类传感器（包括应变式、压电式、磁电式、电容式、霍尔式、热电偶、热敏电阻、差动变压器、涡流式、气敏、湿敏、光纤传感器等）、测量电路（包括电桥、差动放大器、电容放大器、电压放大器、电荷放大器、涡流变换器、移相器、相敏检波器、低通滤波器等）及其接口插孔组成。该系统还提供了直流稳压电源、音频振荡器、低频振荡器、F/V 表、电动机等。

图 4-1　CSY-998 型传感器系统实验仪

2. 主要技术指标

1）差动变压器量程：≥5mm。

2）电涡流位移传感器量程：≥1mm。

3）霍尔式传感器量程：≥1mm。

4）电容式传感器量程：≥2mm。

5）热电偶：铜-康铜。

6）热敏电阻温度系数：-25℃　阻值：10kΩ。

7）光纤传感器：半圆分布、LED。

8）压阻式压力敏传感器量程：10kPa（差压）　供电：≤6V。

9）压电加速度计：安装共振频率：≥10kHz。

10）应变式传感器：箔式应变片阻值：350Ω。

11）PN 结温度传感器：灵敏度约-2.1mV/℃。

12）差动放大器：放大倍数 1~100 倍可调。

3. 使用注意

1）应在确保接线无误后开启电源。

2）选插式插头应避免拉扯，以防插头折断。

3）对从电源、振荡器引出的线要特别注意，不要接触机壳造成断路，也不能将这些引线到处乱插，否则，很可能引起仪器损坏。

4）用激振器时不要将低频振荡器的激励信号开得太大，以免梁的振幅过大而损坏。

5）音频振荡器接低阻负载（小于100Ω）时，应从 Lv 口输出，不能从另两个电压输出插口输出。

4.1.3　实验项目

实验一　金属应变片：单臂、半桥、全桥功能比较

实验性质：

验证性实验。

实验目的：

1）观察了解金属应变片的结构和粘贴方式。

2）测试悬臂梁变形的应变输出。

3）验证单臂、半桥、全桥测量电桥的输出关系，比较不同桥路的功能。

实验设备：

直流稳压电源、差动放大器、电桥、应变式传感器（电阻应变片）、电压表。

实验原理：

应变片是一种能将试件上的应变转换成电阻变化的传感元件。

使用应变片时，将其贴于测试件表面上。当测试件受力变形时，应变片也随之产生形变，相应的电阻值将发生变化，通过测量电路最终将其转换为电压或电流的变化，测出应变片的灵敏度。

测量电桥是将被测非电量转换成电压或电流的一种常用的方法。

实验步骤：

1）设定旋钮的初始位置：直流稳压电源打到 ±2V 档，电压表打到 2V 档，差动放大器增益打到最大。

2）将差动放大器调零。方法：用实验线将差放的正、负输入端与地端连接在一起，增益设置在最大位置，然后将输出端接到电压表的输入插口，打开主、副电源，调整差放的调零旋钮使表头指示为零。

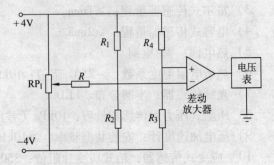

3）根据图 4-2 的电路结构，利用电桥单元上的接线插孔和调零网络连接好测量线路（差动放大器接成同相或反相均可）。图中 R_4 为工作应变片，RP_1 为可调电位器，R 为调平衡电阻。电源由直流稳压电源提供。

图 4-2 差动放大器电路结构

4）将直流稳压电源打到 ±4V 档。选择适当的放大增益，然后调整电桥平衡电位器，使表头指零（需预热几分钟表头才能稳定下来）。

5）加上砝码，每加一个读数，将测得数值填入下表：

质量 m/g										
电压 U/mV										

6）保持放大器增益不变，将 R_3 换为与 R_4 工作状态相反的另一应变片，形成半桥，调整电桥平衡电位器，使表头指零。然后依次加上砝码，同样测出读数，填入下表：

质量 m/g										
电压 U/mV										

7）保持差动放大器增益不变，将 R_1，R_2 两个电阻换成另两片工作片，接成一个直流全桥，通过电桥平衡电位器调好零点。依次加上砝码，将读出数据填入下表：

8）在同一坐标纸上描出 m-U 曲线，比较 3 种接法的灵敏度 $S = $？。

质量 m/g										
电压 U/mV										

问题：

1）根据实际测试的数据与理论上推导的公式相比较，结论如何？

2）对桥路测量线路有何特别的要求？为什么？

注意事项：

1）在更换应变片时应将电源关闭，以免损坏应变片。

2）在实验过程中如果发现电压表发生过载，应将量程扩大或将差动放大器增益减小。

3）直流稳压电源不能打的过大，以免损坏应变片或引起严重自热效应。

4）接全桥时请注意区别各应变片的工作状态方向，保证 R_1 与 R_3 的工作状态相同，R_2 与 R_4 的工作状态相同。

5）在本实验中只能将放大器接成差动形式，否则系统不能正常工作。

实验二　差动变压器特性及应用

实验性质：

综合性实验。

实验目的：

1）了解差动变压器的原理及工作情况。

2）了解如何用适当的网络线路对残余电压进行补偿。

3）了解差动变压器的实际应用。

实验仪器：

音频振荡器、测微头、双线示波器、电桥、差动变压器、差动放大器、移相器、相敏检波器、低通滤波器、电压表、低频振荡器、激振器。

实验步骤：

一、差动变压器性能检测

1）设定有关旋钮初始位置：音频振荡器 4kHz，双线示波器第一通道灵敏度为 500mV/cm，第二通道灵敏度为 20mV/cm，触发选择打到第一通道。

2）按图 4-3 接线，音频振荡器必须从 Lv 接出。

3）调整音频振荡器幅度旋钮，使音频 Lv 信号输入到一次绕组的峰-峰值电压为 2V。

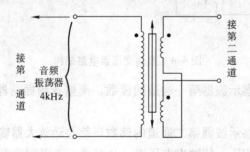

图 4-3　差动变压器电路

4）旋动测微头，从示波器上读出二次输出电压 $U\mathrm{p}-\mathrm{p}$ 值填入下表：

位移/mm									
电压/mV									

读出过程中应注意一、二次波形的相位关系：当铁心从上至下时，相位由_____相变为_____相。

5）仔细调节测微头使二次侧的差动输出电压为最小，必要时应将通道二的灵敏度打到较高档，如 0.2V/cm，这个最小电压叫做_____，可以看出它与输入电压的相位差约为_____，因此是_____正交分量。

6）根据所得结果，画出（$U_{\mathrm{p\text{-}p}}$-X）曲线，指出线线工作范围，求出灵敏度：

$$S = \frac{\Delta V}{\Delta X}$$

注意事项：

1）差动变压器的激励源必须从音频振荡器的电流输出口（LV 插口）输出。

2）差动变压器的两个二次绕组必须接成差动形式（即同名端相连。这可通过信号相位有否变化判别之）。

3）差动变压器与示波器的连线应尽量短一些，以免引入干扰。

二、差动变压器零点残余电压的补偿

1）设定有关旋钮的初始位置：音频振荡器为 4kHz，双线示波器第一通道灵敏度为 500mV/cm，第二通道灵敏度为 1V/cm，触发选择打到第一通道，差动放大器的增益旋到最大。

2）观察差动变压器的结构。按图 4-4 接线，音频振荡必须从 LV 插口输出，RP_1、RP_2、r、c 为电桥单元中调平衡网络。

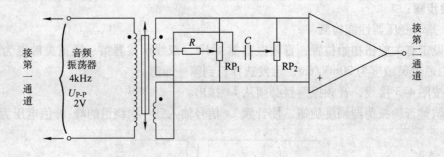

图 4-4　差动变压器电路结构

3）利用示波器，观察示波器第一通道的读数，调整音频振荡器的幅度旋钮，使其输出的峰-峰值电压为 2V。

4）调整测微头，观察示波器第二通道的读数，使差动放大器输出电压最小。

5）依次调整 RP_1 和 RP_2，使输出电压进一步减小，必要时重新调节测微头。

6）将两通道的灵敏度提高，观察零点残余电压的波形，注意与激励电压波形相比较。经过补偿后的残余电压波形为一_____波形，这说明波形中有_____分量。

注意事项：

1）由于该补偿线路要求差动变压器的输出必须悬浮。因此二次输出波形难以用一般示波器来看，要用差动放大器使双端转换为单端输出。

2）音频信号必须从 Lv 插口引出。

3）本实验也可用图 4-5 所示线路，试解释原因。

三、差动变压器在振动测量中的应用

1）设定有关旋钮的初始位置：音频振荡器：4kHz，差动放大器增益：适中。

2）按图 4-6 接线，并调整好有关部分。

3）利用示波器，使音频振荡器的输出的峰-峰值电压为 1.5V。

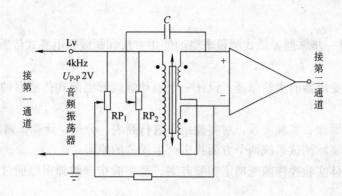

图 4-5 差动变压器电路

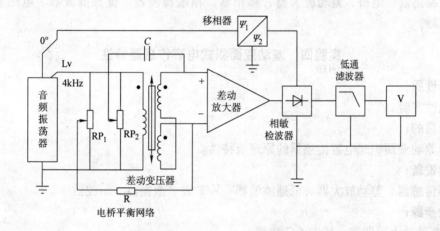

图 4-6 差动变压器振动测量电路

4）将激振器接通，适当旋动幅度旋钮。

5）保持低频振荡器的幅度不变，改变低频振荡器的频率，用示波器观察低通滤波器的输出，读出峰-峰值电压，记下实验数据，填入下表：

f/Hz	3	4	5	6	7	8	10	12	20	30
Up-p/V										

根据实验结果作出振动梁的振幅－频率特征曲线，指出自振频率的大致值，并与用应变片测出的结果相比较。

注意事项：

适当选择低频激振电压，以免振动梁在自振频率附近振幅过大。

问题：

如果用直流电压表来读数，需增加哪些测量单元，测量线路该如何？

实验三　差动螺线管电感式传感器特性

实验性质：

设计性实验。

实验目的：

通过该实验进一步掌握差动式测量电路的使用方法和螺线管电感式传感器的特性。

实验要求：

1）参考差动变压器的实验原理，设计一个差动螺线管电感式传感器的测量线路，并进行位移测量。

2）写出实验原理、实验步骤，对实验结果进行列表、分析、计算，画出其 X-V 曲线。

3）从理论和实际测试系统两个方面找出产生误差的原因。

4）在进行具体实验操作前先拟定实验方案，经实验指导教师审核通过后方能进行实验室操作。

可供实验设备：

音频振荡器、电桥、差动放大器、移相器、相敏检波器、低频滤波器、电压表、测微头、示波器。

实验四　差动变面积式电容传感器特性

实验性质：

验证性实验。

实验目的：

了解差动变面积式电容传感器的原理及特性。

实验设备：

电容传感器、差动放大器、低通滤波器、V/F 表、激振器、示波器。

实验步骤：

1）差动放大器调零，按图 4-7 接线。

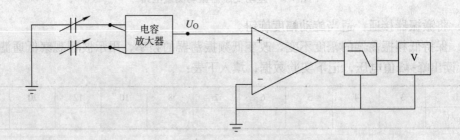

图 4-7　差动放大器调零线路

2）差动放大器增益旋钮置中间，V/F 表打到 2V，调节测微头，使输出为零。

3）旋动测微头，每次 0.5mm，记下此时测微头的读数及电压表的读数，直至电容动片与上（或下）静片覆盖面积最大为止。

X/mm										
U/mV										

退回测微头至初始位置。并开始以相反方向旋动。同上法，记下 X(mm) 及 V(mV) 值。

4）计算系统灵敏度 $S = \dfrac{\Delta V}{\Delta X}$ 并作出 V-X 曲线。

X/mm										
V/mV										

5）断开测微头，断开电压表，接通激振器，用示波器观察输出波形。

实验五　压电加速度传感器特性及应用

实验性质：

验证性实验。

实验目的：

了解压电加速度传感器的原理、结构及应用。

实验设备：

低频振荡器、电压放大器、低通滤波器、涡流传感器、涡流变换器、单芯屏蔽线、加速度计、双线示波器。

实验步骤：

1）观察装于双平行梁上的压电加速度计的结构，它主要由压电陶瓷片及惯性质量块组成。

2）将压电加速度计的输出屏蔽线引到电压放大器的输入端，然后将电压放大器输出接到低通滤波器的输入端。

3）接通激振器。

4）开启电源，适当调节低频振荡器的幅度，不宜过大。

5）用示波器的两个通道同时观察电压放大器与低通滤波器的输出波形。

6）改变频率，观察输出波形的变化。

7）用手轻击试验台，观察输出波形的变化。可见敲击时输出波形会产生"毛刺"，试解释原因。

8）关闭电源，按图 4-8 安装好电涡流传感器，将原接于电压放大器输出端的示波器通道接到涡流变换器的输出端。将低频振荡器的频率打到 $5 \sim 20\,\mathrm{Hz}$ 范围。

9）开启电源，同时观察压电加速度计的输出和涡流传感器的输出，注意它们的相位关系。可见两者间存在一个相位差，为什么？

问题：

为什么电压放大器与压电加速度计的接线必须用屏蔽线，否则会产生什么问题？

注意：

1）双平行梁振动时应无碰撞现象，否则将严重影响输出波形。必要时可松开梁的固定端，小心调整一个位置。

2）低频振荡器的幅度应适当，避免失真。

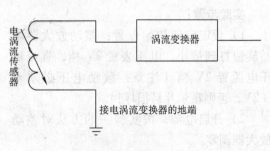

图 4-8　电涡流传感器接法

3）屏蔽线的屏蔽层应接地。

4）由于压电式传感器制作困难，动态范围可能与电涡流式传感器不统一，可由其他传感器如电容式传感器来观察相位差。电容式传感器的输出波形不经过低通虽然不太光滑，但不影响观察效果。

实验六 磁电式传感器特性

实验性质：

验证性实验。

实验目的：

了解磁电式传感器的原理及性能。

实验设备：

差动放大器、涡流变换器、激振器、示波器。

实验步骤：

1）观察磁电式传感器的结构。

2）将磁电式传感器接到差动放大器的两输入端，适当旋转增益旋钮。接通激振器，观察差动放大器的输出波形。

3）安装调整好电涡流传感器，接好变换电路，用示波器同时观察磁电式和电涡流传感器的输出波形，注意其相位差。

4）拆除所有接线，将 3～30Hz 的低频信号引入磁电式传感器，观察梁的变化。

注意： 差动放大器增益不要打得太大，以免超出其放大线性范围。

实验七 霍尔式传感器特性

实验性质：

验证性实验。

实验目的：

了解霍尔式传感器的原理及特性。

实验设备：

霍尔片、磁路系统、电桥、差动放大器、电压表、直流稳压表、测微头。

实验步骤：

1）设定旋钮初始位置：差动放大器增益旋钮打到最小，电压表置 2V 档，直流稳压电源置 2V 档（注意：激励电压必须 ≤ ±2V，否则霍尔片易损坏！）。

2）开启电源，按实验一的方法对差动放大器调零。

3）RP_1、r 为直流平衡网络中的电桥单元，如图 4-9 所示。接好线路，差动增益适中。

4）装好测微头。即将测微头与振动台面连在一起。

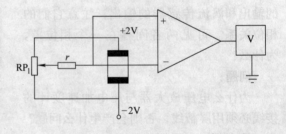

图 4-9 直流电桥

5）调整 RP_1 使电压表指示为零。

6）上下旋动测微头，记下电压表的读数，建议从 15.00mm ~ 5.00mm 每 0.2mm 读一个数将读数填入下表：

X/mm											
U/V											
X/mm											
U/V											

画出 U-X 曲线指出线性范围，求出灵敏度。

可见，本实验测出的是磁场的分布情况，它的线性越好，位移测量的线性度也越好，它们的变化越陡，位移测量的灵敏度也就越大。

注意事项：

1）由于磁路系统的气隙较大，应使霍尔片尽量靠近极靴，以提高灵敏度。

2）一旦调整好进入测量阶段，磁路系统就不能移动了。

3）激励电压不能增大，以免损坏霍尔片（±4V 就有可能损坏霍尔片）。

实验八 热敏电阻测温特性

实验性质：

设计性实验。

实验目的：

了解 NTC 热敏电阻的温度效应。

实验要求：

1）根据理论课学习的内容，了解 NTC 热敏电阻的测温原理，设计一个测量 NTC 型热敏电阻温度特性的实验方案。

2）写出实验原理、实验步骤，画出实验电路图。

3）对实验结果进行列表统计、分析、计算，画出其温度-电压曲线。

4）根据实验结果推出 NTC 型热敏电阻的温度特性结论。

5）在进行具体实验操作前先拟定实验方案，经实验指导教师审核通过后方能进入实验室操作。

可供实验设备：

加热器、热敏电阻、直流稳压电源、电压表等。

实验九 光纤位移传感器特性及其应用

实验性质：

验证性实验。

实验目的：

1）了解光纤位移传感器的原理结构及性能。

2）了解光纤位移传感器的测速应用。

实验设备：

差动放大器、电压表、光纤传感器、电阻、F/V 表、直流稳压电流。

实验步骤：

1. 光纤位移传感器特性

1）观察光纤位移传感器的结构，它由两束光纤混合后，组成 Y 形光纤，探头截面为半圆分布。

2）调整振动台面上反射片与光纤探头间的相对位置，电压表置 2V 档。

3）如图 4-10 所示接线。光/电转换器内部接好后可将电信号直接经差动放大器放大。

4）旋转千分卡，使光纤探头与振动台面接触，将差动放大器增益置中，调节差动放大器调零旋钮使电压表计数为零。

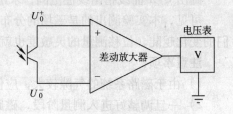

图 4-10 光纤位移传感器接线图

5）旋转千分卡或用手轻压振动台使台面脱离开探头，观察电压读数从小到大再到小的变化。将千分卡调节到电压输出的最大位置。调节差动放大器增益，将最大值控制在 1V 左右，必要时反复调整零位。

6）旋转千分卡，每隔 0.1mm 读出电压表的读数，并将其填入下表：

X/mm	0.1	0.2	1.5	0.3	0.4	0.5	0.6	0.7	0.8	0.9
指示/V										
X/mm	1.0	1.1	1.2	1.3	1.4	1.5	1.6	1.7	…	10.0
指示/V										

7）画出 V-X 曲线，计算灵敏度及线性范围。

2. 光纤位移传感器测速应用

1）利用前述实验电路及其测量结果。

2）将光纤探头移至电动机（风扇）上方并对准电动机（风扇）上的反光片，调整好光纤探头与反光片间的距离（约电压表最大输出值处）。

3）按图 4-11 接线，打开电源。

4）将直流稳压电源置 ±10V 档，在电动机控制单元接入 +10V 电压，调节转速旋钮使电动机转动。

5）将 F/V 表置 2k 档，用示波器观察 F_o 输出端的转速脉冲信号（U_{p-p} 约为 5V）。

6）根据脉冲信号的频率及电机上反光片的数目换算出此时的电机转速。

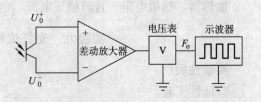

图 4-11 光纤位移传感器测速电路接线图

注意：如果示波器上观察不到脉冲波形而特性实验正常，请调整探头与电动机间的距离，同时检查示波器的输入衰减开关位置是否合适。

实验十　汽车防撞报警系统设计

实验性质：

设计性实验。

实验任务：

设计一种汽车倒车防撞报警系统。

实验目的：

1）了解超声波传感器的原理结构及性能。

2）了解超声波传感器的测距应用。

设计要求：

设计一种自动探测、报警的汽车倒车防碰撞报警装置，基于该装置能够自动探测车、物等障碍，能够实现在汽车倒车过程中遇到障碍物时发出报警提示。

实验提示：

可采用超声波传感器完成信号检测。超声波传感器从功能上分为发射和接收两个部分。T/R40 系列超声波传感器的工作过程：从两个引脚输入 40kHz 的脉冲电信号，通过其内部的陶瓷片激励器和谐振片转换成机械振动能量，经辐射口将振动信号向外发射。发射出的信号遇到障碍物后被反射回来，接收端收到反射信号，使谐振片产生谐振，通过内部转换输出相应的电信号，基于该输出信号可控制喇叭等相关电气设备。

4.2　课程设计

本课程设计旨在学生掌握传感器与检测技术的基础理论知识和基本实验技能，通过该训练进一步融合所学的知识进行能力拓展，完成较综合的传感器与检测技术知识与技能的设计性训练。这里列出部分课程设计题目供参考。

1）基于电容压力传感器的液位测量系统设计。

2）电感式传感器在工件尺寸分选中的应用。

3）基于压电式传感器的机械设备故障诊断系统设计。

4）电涡流式传感器在无损探伤中的应用。

5）超声波传感器在机械设备无损探伤中的应用。

6）利用霍尔传感器进行机械设备的无损探伤。

7）热电偶在电烘箱温度测控系统中的应用。

8）铂热电阻在电烘箱温度测控系统中的应用。

9）光电式传感器在防盗报警系统中的应用。

10）以红外传感器、微波传感器、超声波传感器、光电式传感器等作为基本的检测元件，设计一个入侵检测报警系统。

11）基于角编码器的转速测控系统设计。

12）网络化虚拟仪器温度监控系统的设计。

13）路灯自动控制系统的设计。

14）电梯自动控制系统的设计。

15）手机生产中元件定位与粘贴自动检测控制系统的设计。

16）交通信号灯模拟控制器的设计。

17）仓库温度、湿度参数检测系统的设计。

18）物流传送带计数器的设计。

第 5 章　英语阅读材料

5.1　Basics of Sensors

5.1.1　Introduction to Sensor Terminology

Sensors are devices that provide an interface between electronic equipment and the physical world. They help electronics to "see", "hear", "smell", "taste", and "touch" the physical world by converting input objective physical or chemical signals into electrical signals. That is to say, a sensor is a device which converts a physical phenomena into an electrical signal. As such, sensors represent part of the interface between the physical world and the world of electrical devices, such as computers. The other part of this interface is represented by Actuators, which convert electrical signals into physical phenomena.

Why do we care so much about this interface? In recent years, enormous capability for information processing has been developed within the electronics industry. The largest example of this capability is the personal computer. In addition, the availability of inexpensive microprocessors is having a tremendous impact on the design of products ranging from automobiles to microwave ovens to toys. In recent years, versions of these products which utilize microprocessors for control of functionality are becoming widely available. In automobiles, such capability is necessary to achieve compliance with pollution restrictions. In other cases, such capability simply offers an inexpensive performance advantage.

All of these microprocessors need electrical input voltages in order to receive instructions and information. So, along with the availability of inexpensive microprocessors has grown an opportunity for the use of sensors in a wide variety of products.

In addition, since the output of the sensor is an electrical signal, we tend to characterize sensors in the same way we characterize electronic devices. The data sheets for many sensors are formatted just like electronic product data sheets.

However, there are many formats out there, and nothing at all like an international standard for sensor specifications. We will encounter a variety of interpretations of sensor performance parameters, and sometimes a lot of confusion will emerge. It is important for you to realize that this confusion is not due to our inability to explain the meaning of the terms—it is a result of the fact that different parts of the sensor community have gotten comfortable using these terms differently.

It is important to realize the function of the data sheet in order to deal with this variability. The data sheet is primarily a marketing document. It will be designed to highlight the positive attributes of the sensor, emphasize some of the potential uses of the sensor, and might neglect to comment on some of the negative characteristics of the sensor. In many cases, the sensor has been designed to meet a particular performance specification for a specific customer, and the data sheet will concentrate on the performance parameters of greatest interest to this customer. In this case, the vendor and customer might have grown accustomed to unusual definitions for certain sensor performance parameters. As a potential new user of such a sensor, it is initially your problem to recognize this situation, and interpret things reasonably.

So, expect that you will encounter odd definitions here and there, and expect that you will find that most sensor data sheets are missing some information that you might be most interested in. That is the nature of the business.

5.1.2　Sensor Performance Characteristics Definitions

Transfer Function

The functional relationship between physical input signal and electrical output signal. Usually, this relationship is represented as a graph showing the relationship between the input and output signal, and the details of this relationship may constitute a complete description of the sensor characteristics. For expensive sensors which are individually calibrated, this might take the form of the certified calibration curve.

Sensitivity

The sensitivity is defined in terms of the relationship between input physical signal and output electrical signal. The sensitivity is generally the ratio between a small change in electrical signal to a small change in physical signal. As such, it may be expressed as the derivative of the transfer function with respect to physical signal. Typical units: Volts/Kelvin. A Thermometer would have "high sensitivity" if a small temperature change resulted in a large voltage change.

- Absolute sensitivity—the ratio of the change of output signal to the change of the measurand (physical or chemical quantity)
- Relative sensitivity—the ratio of a change of the output signal to a change in the measurand normalized by the value of the output signal when the measurand is zero.
- Cross sensitivity—the change of the output signal caused by more than one measurand.
- Direction dependent sensitivity—a dependence of sensitivity on the angle between the measurand and the sensor.

Span or Dynamic Range

Dynamic range is the span between the two values of the measurand (maximum and minimum) that can be measured by sensor. That is, the range of input physical signals which may be converted to electrical signals by the sensor. Signals outside of this range are expected to cause unacceptably large inaccuracy. This span or dynamic range is usually specified by the sensor supplier as the range over which other performance characteristics described in the data sheets are expected to apply.

Accuracy

Generally defined as the largest expected error between actual and ideal output signals. Sometimes this is quoted as a fraction of the full scale output. For example, a thermometer might be guaranteed accurate to within 5% of FSO (Full Scale Output). **Or accuracy** is the ratio of maximum error of the output signal to the full-scale output signal expressed in a percentage.

Hysteresis

Some sensors do not return to the same output value when the input stimulus is cycled up or down. The width of the expected error in terms of the measured quantity is defined as the hysteresis. Hysteresis is a lack of the sensor's capability to show the same output signal at a given value of measurand regardless of the direction of the change in the measurand.

Nonlinearity (often called Linearity)

The maximum deviation from a linear transfer function over the specified dynamic range. Linearity error is the maximum deviation of the calibration curve of the output signal from the best-fitted straight line that describes the output signal. There are several measures of this error. The most common compares the actual transfer function with the 'best straight line', which lies midway between the two parallel lines which encompasses the entire transfer function over the specified dynamic range of the device. This choice of comparison method is popular because it makes most sensors look the best.

Noise

Noise is the random output signal not related to the measurand. All sensors produce some output noise in addition to the output signal. In some cases, the noise of the sensor is less than the noise of the next element in the electronics, or less than the fluctuations in the physical signal, in which case it is not important. Many other cases exist in which the noise of the sensor limits the performance of the system based on the sensor. Noise is generally distributed across the frequency spectrum. Many common noise sources produce a white noise distribution, which is to say that the spectral noise density is the same at all frequencies. Johnson noise in a resistor is a good example of such a noise distribution. For white noise, the spectral noise density is characterized in units of Volts/Root (Hz). A distribution of this nature adds noise to a measurement with amplitude proportional to the square root of the measurement bandwidth. Since there is an inverse relationship between the bandwidth and measurement time, it can be said that the noise decreases with the square root of the measurement time.

Resolution

The resolution of a sensor is defined as the minimum detectable signal fluctuation, that is, the smallest detectable change in the measurand that can cause a change of the output signal. Since fluctuations are temporal phenomena, there is some relationship between the timescale for the fluctuation and the minimum detectable amplitude. Therefore, the definition of resolution must include some information about the nature of the measurement being carried out. Many sensors are limited by noise with a white spectral distribution. In these cases, the resolution may be specified in units of physical signal/Root (Hz). Then, the actual resolution for a particular measurement may be obtained by multiplying this quantity by the square root of the measurement bandwidth. Sensor data sheets generally quote resolution in units of signal/Root (Hz) or they give a minimum detectable signal for a specific measurement. If the shape of the noise distribution is also specified, it is possible to generalize these results to any measurement.

Bandwidth

All sensors have finite response times to an instantaneous change in physical signal. In addition, many sensors have decay times, which would represent the time after a step change in physical signal for the sensor output to decay to its original value. The reciprocal of these times correspond to the upper and lower cutoff frequencies, respectively. The bandwidth of a sensor is the frequency range between these two frequencies.

Offset

The output signal of the sensor when measurand is zero.

Cutoff frequency

The frequency at which the output signal of the sensor drops to 70.7% of its maximum.

Operating temperature range

The range of temperature over which the output signal of the sensor remains within the specified error.

5.1.3 Classification of Sensors

There are many sorts of categorization methods available. The most popular way is based upon the kinds of the targeted signals to be sensed. Roughly, there are six signal domains and related sensors.

1. The thermal signal domain: the most common signals are temperature, heat flux, or heat flow. Related sensors are called thermal signal sensors.

2. The mechanical signal domain: the most common signals are force, pressure, velocity, acceleration, and position. Related sensors are called mechanical signal sensors.

3. The chemical signal domain: the signals are the internal quantities of the matter such as concentration of a certain material, composition, or reaction rate. Related sensors are called chemical signal sensors.

4. The magnetic signal domain: the most common signals are magnetic field intensity, flux density, and magnetization. Related sensors are called magnetic signal sensors.

5. The radiant signal domain: the signals are quantities of the electromagnetic waves such as intensity, wavelength, polarization, and phase. Related sensors are called radiant signal sensors.

6. The electrical signal domain: the most signals are voltage, current, and charge. Related sensors are called electrical signal sensors.

5.1.4 Sensor Applications

(1) Factory Automation

Computer, Automobile, Environmental Monitoring, Industry Monitoring, Telecommunication, Transportation, Health Care, Space Exploration, and Military Uses indicate that sensors can be used in almost every aspect of our life.

As more and more advanced technology brings numerous opportunities for human beings to pursue better quality of life and explore new living space, the importance of accurate, reliable, fast and economic approaches to better existing technology solutions are based upon more precise control of machines and devices. Signal technology is becoming more and more crucial for all these attempts. This is the basis of a rapid boost in the sensor industry. New sensor technology brings new dimensions to emerging products in the form of convenience, energy savings, and safety. Sensors are the machinelike eyes, ears, noses, and nerves we use to touch the world around us. They are applied to a tremendous variety of fields and are influencing our life in previously unimagined ways.

(2) Automated Assembly Systems

Feeding devices consist of hoppers, parts feeders, Selectors and/or orientators, feed tracks, escapements and placement devices. On the feed track there is a High Level Sensor used to turn off the feeding mechanism when the track is full, and a Low Level Sensor used to restart the mechanism when the track capacity is at a lower level.

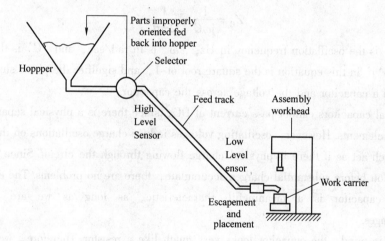

Fig. 5-1　Elements of the parts delivery system at an assembly workstation

5.2　Theory of sensors

5.2.1　Measuring Circuits

(1) Resistive Sensor Circuits

Resistive devices obey Ohm's law, which basically states that when current flows through a resistor, there will be a voltage difference across the resistor.

$$U_s = \frac{R_s}{R_s + R_1} U_m \tag{5-1}$$

So, one way to measure resistance is to force a current to flow and measure the voltage drop. Current sources can be built in number of ways. One of the easiest current sources to build is to take a voltage source and a stable resistor whose resistance is much larger than the one you're interested in measuring. The reference resistor is called a load resistor. Analyzing the connected load and sense resistors as shown in Fig. 5-2, we can see that the current flowing through the circuit is nearly constant, since most of the resistance in the circuit is constant. Therefore, the voltage across: the sense resistor is nearly proportional to the resistance of the sense resistor.

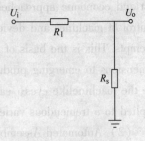

Fig. 5-2　Voltage Divider

As stated, the load resistor must be much larger than the sense resistor for this circuit to offer good linearity. As a result, the output voltage will be much smaller than the input voltage. Therefore, some amplification will be needed.

(2) Capacitance measuring circuits

Many sensors respond to physical signals by producing a change in capacitance. How is capacitance measured? Essentially, all capacitors have an impedance which is given by

$$Z_C = \frac{1}{j\omega C} = \frac{1}{j2\pi fC} \tag{5-2}$$

where 'f' is the oscillation frequency in Hz, 'ω' is in rad/sec, and 'C' is the capacitance in Farads. The 'j' in this equation is the square root of-1, and signifies the phase shift between the current through a capacitor and the voltage across the capacitor.

Now, ideal capacitors cannot pass current at DC, since there is a physical separation between the conductive elements. However, oscillating voltages induce charge oscillations on the plates of the capacitor, which act as if there is physical charge flowing through the circuit. Since the oscillation reverses direction before substantial charges accumulate, there are no problems. The effective resistance of the capacitor is a meaningful characteristic, as long as we are talking about oscillating voltages.

With this in mind, the capacitor looks very much like a resistor. Therefore, we may measure capacitance by building voltage divider circuits as in Fig. 5-2, and we may use either a resistor or a capacitor as the load resistance. It is generally easiest to use a resistor, since inexpensive resistors are available which have much smaller temperature coefficients than any reference capacitor. Following this analogy, we may build capacitance bridges as well. The only substantial difference is that these circuits must be biased with oscillating voltages. Since the 'resistance' of the capacitor depends on the frequency of the AC bias, it is important to select this frequency carefully. By doing so, all of the advantages of bridges for resistance measurement are also available for capacitance measurement.

However, providing an AC bias is a substantial hassle. Moreover, converting the AC signal to a dc signal for a microprocessor interface can be a substantial hassle. On the other hand, the availability of a modulated signal creates an opportunity for use of some advanced sampling and processing techniques. Generally speaking, voltage oscillations must be used to bias the sensor. It can also be used to trigger voltage sampling circuits in a way that automatically subtracts the voltages from opposite clock phases. Such a technique is very valuable, because signals which oscillate at the correct frequency are added up, while any noise signals at all other frequencies are subtracted away. One reason these circuits have become popular in recent years is that they may be easily designed and fabricated using ordinary digital VLSI fabrication tools. Clocks and switches are easily made from transistors in CMOS circuits. Therefore, such designs can be included at very small additional cost- remember that the oscillator circuit has to be there to bias the sensor anyway.

So, capacitance measuring circuits are increasingly implemented as integrated clock/sample circuits of various kinds. Such circuits are capable of good capacitance measurement, but not of very high performance measurement, since the clocked switches inject noise charges into the cir- cuit. These injected charges result in voltage offsets and errors which are very difficult to eliminate entirely. Therefore, very accurate capacitance measurement still requires expensive precision circuitry.

(3) Inductance measurement circuits

Inductances are also essentially resistive elements. The 'resistance' of an inductor is given by $j2\pi fL$, and this resistance may be compared with the resistance of any other passive element in a di- vider circuit or in a bridge circuit as shown in Fig. 5-2 above. Inductive sensors generally require ex- pensive techniques for the fabrication of the sensor mechanical structure, so inexpensive circuits are not generally of much use. In large part, this is because inductors are generally 3-dimensional de- vices, consisting of a wire coiled around a form. As a result, inductive measuring circuits are most often of the traditional variety, relying on resistance divider approaches.

5.2.2　Theory of Sensors

(1) Resistive Temperature Detectors

Electrical resistance is the easiest electrical property to measure precisely over a wide range at moderate cost. A simple digital multimeter costing a few tens of dollars can measure resist- ances in the range 10 ohm to 10 megohm with a precision of about 1% using a two-wire tech- nique (Fig. 5-3).

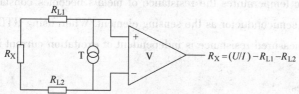

Fig. 5-3　2-Wire Resistance Measurement

The precision of the two-wire method is limited by uncertainties in the values of the lead resist- ances R_{L1} and R_{L2}.

Providing R_{L1} and R_{L2} are well-matched, three-wire techniques can be used. Fig. 5-4a employs two matched current sources, T_1 and T_2, to eliminate the effects of lead resistance. Fig. 5-4b is an AC-bridge that is in-balance when $R_X = R_Y$. If a lock-in amplifier is used as a null-detector, deter- mination of R_X with an extremely low excitation current is possible.

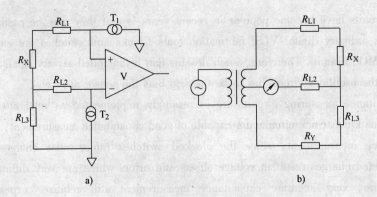

Fig. 5-4　3- Wire Resistance Measurement

The 4- Wire 'Kelvin' method （Fig. 5-5） is used in difficult cases when lead resistances vary, R_X is very small, or when very high accuracy is required. The method is immune to the influence of lead resistance and is limited by the quality of the constant current source and voltage measurement. Thermo- electric voltages can be eliminated by averaging two measurements with the polarity of the excitation current reversed.

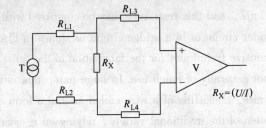

Fig. 5-5　4- Wire 'Kelvin' Resistance Measurement

Resistance Temperature Detectors （RTDS） exploit the fact that the electrical resistivity of metals and alloys varies in a reproducible way with temperature. Platinum, with a temperature coefficient of about 0. 0039K^{-1}, is the most popular material used in this application. An RTD consists of a coil of wire, or a thin- film, with four- wire electrical connections supported in a way that is a compromise between robustness and thermal time- constant. RTDS have excellent accuracy （e. g. 0. 025K at room temperature） over a wide temperature range. At cryogenic temperatures the resistance of metals becomes constant, and it is usual to use a sample of doped- semiconductor as the sensing element. When using RTDs, it is always important to check that the measured resistance is independent of excitation current in order to avoid errors caused by self- heating.

（2） Strain Gauges

At constant temperature, the resistance R of a metal or semiconductor element of area A, length l, resistivity ρ, is

$$R = \frac{\rho l}{A} \tag{5-3}$$

and when the element is strained this changes by an amount

$$\Delta R = \left(\frac{\mathrm{d}R}{\mathrm{d}l} \right)\Delta l + \left(\frac{\mathrm{d}R}{\mathrm{d}\rho} \right)\Delta \rho + \left(\frac{\mathrm{d}R}{\mathrm{d}A} \right)\Delta A$$

$$= \left(\frac{\rho}{A} \right)\Delta l + \left(\frac{l}{A} \right)\Delta \rho + \left(\frac{\rho l}{A^2} \right)\Delta A \tag{5-4}$$

$$\frac{\Delta R}{R} = \frac{\Delta l}{l} + \frac{\Delta \rho}{\rho} + \frac{\Delta A}{A} \tag{5-5}$$

A typical strain gauge consists of a metal foil, photo-etched to form a serpentine pattern, and mounted on a resin backing film. This is then attached to the structure to be monitored with adhesive. Metal sensor-elements are dominated by the geometric terms in the above equation and therefore they are relatively temperature independent and have a modest gauge factor (*i. e.* responsivity) of about 2. Semiconductor elements can exploit a large piezo-resistive effect yielding gauge factors. However, this is at the expense of temperature stability and some sort of compensation scheme is usually required in practice.

Strain gauges are widely used in many applications; they are small, cheap, sensitive and reliable, and many variables (*e. g.* pressure) can be used to cause strain.

(3) Capacitive Pressure Sensors

Capacitance can also be measured over a wide range at moderate cost. A simple hand-held meter, and some digital multimeters use a two-wire technique to measure capacitances in the range 100 pF to 1 F with an accuracy of about 1%. Such meters often work by incorporating the unknown capacitor into a relaxation oscillator. This charges the unknown capacitance with a known constant current, and the capacitance is calculated from the charging time required for it to reach the threshold voltage.

Stray capacitance, typically in the range 10 pF to 10 nF, is the major source of error in capacitance measurements, and must be dealt with using 'guarding' techniques. A high impedance terminal is guarded by ensuring that it is surrounded by conductors held at the same potential by some means. Fig. 5-6 shows how the influence of the stray capacitance to ground associated with a piece of coaxial cable can be eliminated by reconnecting its shield to a low impedance node.

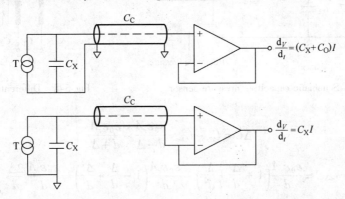

Fig. 5-6　Unguarded (top) and guarded (bottom) configurations

With care (and about 10000 dollars worth of equipment) it is possible to measure absolute capacitance values to 1 part in 10^8 using so-called 'AC coaxial bridges'.

Capacitive sensors are the most precise of all electrical sensors. A capacitive sensor can be designed to be

• non-dissipative and therefore free of thermal noise

- free from self-heating
- linear with applied voltage
- temperature independent.

Simple but very precise sensors can be based on the change in geometry of a pair of capacitor plates, or on the effects of introducing conducting material into the capacitor gap.

Capacitive pressure sensors use a thin diaphragm, usually metal or metal-coated quartz, as one plate of a capacitor. The diaphragm is exposed to the process pressure on one side and to a reference pressure on the other. Changes in pressure cause it to deflect and change the capacitance. The change may or may not be linear with pressure and is typically a few percent of the total capacitance. The capacitance can be monitored by using it to control the frequency of an oscillator or to vary the coupling of an AC signal. It is good practice to keep the signal-conditioning electronics close to the sensor in order to mitigate the adverse effects of stray capacitance. Fig. 5-7 is a schematic example.

Development in silicon-based micro-machine technology has lead to several significant improvements in the performance and usability of capacitive pressure sensors.

One technique for reducing the effect of the nonlinearity relies on the use of a differential capacitor, as is shown in Fig. 5-8. In this case, the capacitance measuring circuit is set up to measure the difference between the two capacitances, which is expressed as:

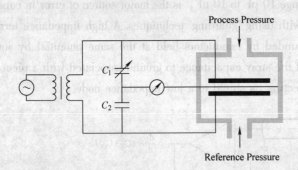

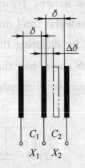

Fig. 5-7　Schematic capacitive pressure sensor　　　　Fig. 5-8　Differential Capacitor

$$\Delta C = C_2 - C_1 \approx \frac{\varepsilon_0 \varepsilon_r A}{d - \Delta} - \frac{\varepsilon_0 \varepsilon_r A}{d + \Delta} \tag{5-6}$$

$$\Delta C = \frac{\varepsilon_0 \varepsilon_r A}{d}\left(1 + \frac{\Delta}{d} + \frac{\Delta^2}{d^2}\right) - \frac{\varepsilon_0 \varepsilon_r A}{d}\left(1 - \frac{\Delta}{d} + \frac{\Delta^2}{d^2}\right) \approx \frac{\varepsilon_0 \varepsilon_r A}{d}\frac{2\Delta}{d} \tag{5-7}$$

In this case, the nonlinearity associated with the $\frac{\Delta^2}{d^2}$ term is subtracted away, and the first nonlinearity appears as a cubic $\frac{\Delta^3}{d^3}$ term, which should be substantially smaller than the squared term.

(4) Inductive Displacement Sensor

Inductors are probably the least-ideal ones of discrete components and circuit designers try to avoid using them. As a result, inexpensive handheld inductance meters are available, but not are particularly common (or useful). Their resolution is a few microhenries, limited by the connection leads. Only rather sophisticated impedance analyzers can be expected to characterize inductors automatically.

The voltage at the output of Fig. 5-9 depends on the position of the high-permeability core which: is changed with a mechanical linkage. The output signal must be monitored with a phase-sensitive detector. There is a null position at the midway point between the two detection coils, which are connected in series-opposition. Commercial devices can have linear ranges from less than 1 mm to 250mm with resolutions of 1 part in 100000 within the linear range. Inductive displacement transducers can be purchased with integral electronics that internally generates the alternating current and converts the measured signal into a calibrated DC output.

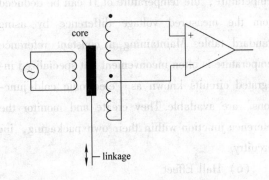

Fig. 5-9　Schematic inductive position sensor

(5) Thermoelectric Effects and Temperature Measurement

Thermoelectric voltages are the most common source of error in low-level voltage measurements. They arise when circuit connections are made using dissimilar metals at different temperatures. In this context, two thermoelectric effects are important. Firstly, the Seebeck effect is the flow of current which arises when the junctions of a circuit made of two different metals are at different temperatures. Secondly, the Thomson effect describes the production of an electromotive force between two points at different temperatures in the same material.

Each metal-to-metal junction generates an EMF proportional to its temperature and precautions must be taken to minimize thermocouple voltages and temperature variations in low-level voltage measurements. The best connections are formed using copper-to-copper crimped connections. The table lists thermoelectric voltages for junctions between copper and other metals commonly found in electronics.

Copper-to-	EMF μV K^{-1} (approx)
Aluminum	5
Beryllium Copper	5
Brass	3
Copper	<0.3
Copper-Oxide	1000
Gold	0.5
Silicon	500
Silver	0.5
Solder (Cadmium-Tin)	0.2
Solder (Tin-Lead)	5

Thermocouples are reproducible, small and cheap. It is not surprising therefore that they are commonly used to measure temperatures (Fig. 5-10).

If the reference junction J2 is held at a known temperature, the temperature of J1 can be deduced from the measured voltage difference by using standard tables. Maintaining a constant reference temperature is often inconvenient but specialized integrated circuits known as 'electronic cold-junctions' are available. They create and monitor the reference junction within their own packaging, include a precision DC amplifier and linearization circuitry.

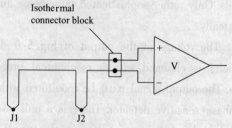

Fig. 5-10   Thermocouples

(6) Hall Effect

The phenomenon is known as the Hall Effect occurs when a current-carrying conductor is placed in a magnetic field and an EMF (the 'Hall voltage') is generated in the direction mutually perpendicular to both the field and the current flow. Depending on the application, the Hall voltage can be detected with an instrumentation amplifier (DC excitation current) or a lock-in amplifier (AC excitation current). A large range of Hall Effect sensors is available commercially, and facilitate the measurement of magnetic fields at frequencies from DC to about 100kHz, and resolutions of about 10 μT. The high bandwidth and sensitivity of Hall Effect sensors can be exploited in many applications.

The Hall voltage is proportional to the product of the excitation current and magnetic field. Fig. 5-11 exploits this property to monitor the power delivered to a load. The Hall device is shown in light blue, a coil generates a magnetic field that is proportional to the load current, the sensor excitation current passes through R_1 and is proportional to the load voltage. The output voltage is therefore proportional to the instantaneous power dissipated by the load.

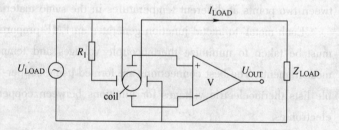

Fig. 5-11   Schematic wattmeter based on Hall Effect sensor

(7) Piezoresistance

A piezoresistor is basically a device which exhibits a change in resistance when it is strained. There are two components of the piezoresistive effect in most materials-the geometric component and the resistive component.

The geometric component of piezoresistivity basically comes from the fact that a strained element undergoes a change in dimension. These changes in cross sectional area and length affect the resistance of the device.

A good example of the geometric effect of piezoresistivity is the liquid strain gauge. It sounds weird, but there was a great many liquid strain gauges in use many years ago. Imagine an elastic tube filled with a conductive fluid, such as mercury. The resistance of the mercury in the tube can be measured with a pair of metal electrodes, one at each end. Since mercury is essentially incompressible, forces applied along the length of the tube stretch it, and also cause the diameter of the tube to be reduced, with the net effect of having the volume remain constant. The resistance of the strain gauge is given by

$R = ($ Resistivity of mercury $)($ length of tube $) / ($ cross sectional area of tube $)$

Since

$$R = \frac{\rho l}{A} = \frac{\rho l^2}{V} \tag{5-8}$$

then

$$\frac{dR}{dl} = \frac{2\rho l}{V} = \frac{2R}{l} \tag{5-9}$$

We define a quantity called the gage factor K as

$$K = \frac{dR/R}{dl/l} \tag{5-10}$$

Since

$$\frac{dR}{dl} = \frac{2R}{l} \tag{5-11}$$

we have $K = 2$ for a liquid strain gage.

This means that the fractional change in resistance is twice the fractional change in length. In other words, if a liquid strain gauge is stretched by 1%, its resistance increases by 2%. This is true for all liquid strain gauges, since all that is needed is that the medium be incompressible.

Liquid strain gauges were in use in hospitals for measurements of fluctuations in blood pressure. A rubber hose filled with mercury is stretched around a human limb, and the fluctuations in pressure can be recorded on a strip-chart recorders, and the shape of the pressure pulses can be used to diagnose the condition of the arteries. Such devices have been replaced by solid state strain gauge instruments in modern hospitals, but this example is still interesting to use as an introductory example.

Metal wires can also be used as strain gauges. As is true for the liquid strain gauge, stretching of the wire changes the geometry of the wire in a way which acts to increase the resistance. For a metal wire, we can calculate the gage factor as we did for the liquid gauge, except that we can't assume that the metal is incompressible, and we can't assume that the resistivity is a constant.

$$R = \frac{\rho l}{A} = \frac{4\rho l}{\pi D^2} \tag{5-12}$$

$$\frac{dR}{R} = \frac{d\rho}{\rho} + \frac{dl}{l} - \frac{2dD}{D} \tag{5-13}$$

Then

$$K = \frac{\mathrm{d}R/R}{\mathrm{d}l/l} = \frac{\mathrm{d}\rho/\rho}{\mathrm{d}l/l} + 1 - \frac{2\mathrm{d}D/D}{\mathrm{d}l/l} \tag{5-14}$$

Since

$$-\frac{2\mathrm{d}D/D}{\mathrm{d}l/l}$$

is defined as Poisson's ratio, μ, we have

$$K = \frac{\mathrm{d}\rho/\rho}{\mathrm{d}l/l} + 1 + \mu \tag{5-15}$$

For different metals, this quantity depends on the material properties, and on the details of the conduction mechanism. In general, metals have gage factors between 2 and 4.

Now, since the stress times the area is equal to the force, and the fractional change in resistance is equal to the gage factor times the fractional change in length (the strain), and stress is Young's modulus times the strain, we have

$$F = \sigma A = EA \frac{\mathrm{d}l}{l} \tag{5-16}$$

or

$$\frac{\mathrm{d}R}{R} = \frac{FK}{EA} \tag{5-17}$$

So the fractional change in resistance of a strain gauge is proportional to the applied force, and is proportional to the gage factor divided by Young's modulus for the material. Clearly, we would prefer to have a large change in resistance to simplify the design of the rest of a sensing instrument, so we generally try to choose small diameters, small Young's modulus, and large gage factors when possible. The elastic limits of most materials are below 1%, so we are generally talking about resistance changes which are in the 1%–0.001% range. Clearly, the measurement of such resistances is not trivial, and we often see resistance bridges designed to produce voltages which can be fed into amplification circuits.

In recent years, much use has been made of the fact that doped silicon is a conductor which exhibits a gage factor which can be as large as 200, depending on the amount of doping. This creates an opportunity to make strain gages from silicon, and to use them to produce more sensitive devices than would be easy to make in any other material.

Another aspect of the utility of silicon is that recent years have seen the development of a family of etching techniques which allow the fabrication of micromechanical structures from silicon wafers. Generally referred to as Silicon Micromachining, these techniques use the patterning and processing techniques of the electronics industry to define and produce micromechanical structures. Micromachining can be used to fabricate piezoresistive cantilevers for a wide variety of applications.

Since these microstructures can have sensitive strain gauges embedded in them, it is easy to see that a number of useful sensing devices can be built. Particular examples include strain gauge-based pressure sensors, where an array of strain gauges can be positioned around the perimeter of a thin diaphragm, and be connected into a bridge configuration to automatically cancel out other noise and drift signals from the gauges. As we discuss the particular sensing devices, we'll see many examples of strain gauge-based microsensors.

Another issue associated with strain gauges is the accuracy of the resistance measurement. Generally, accuracy would be improved by using larger currents and producing larger voltage changes. However, the practical limit to the amount of current that may be used comes about due to power dissipation in the resistive element. For this reason, the technologies for bonding thin film strain gauges has been optimized to maximize the thermal conduction from the thin film to the substrate. Improving the thermal conductance enables the use of more current in the measurement.

Many strain gauges, and particularly doped silicon strain gauges, are sensitive to temperature changes. In some cases, this is a useful effect-especially if your application also needs to measure temperature. Generally, this is not the case, so it is necessary to compensate for this sensitivity. The easiest way to do this is to fabricate reference resistors from the same material, and locate them so that they do not sense the strain signal. A bridge configuration can be easily arranged to retain the strain sensitivity while canceling the temperature sensitivity of an array of strain gauges. Such arrangements are very important, and easily produced, so they are very common.

So, the applications of strain gauges are in sensors where medium-to-large amounts of strain are expected to occur (0.001% - 1%), where very low-cost devices are needed, where miniature silicon devices are necessary, and where signals are expected at frequencies from DC to a few kHz. The frequency limitation comes about because the bonding configuration of these devices generally leads to large stray capacitance, which tends to filter out rapidly varying signals.

(8) Piezoelectricity

Piezoelectricity is the name of a phenomenon which sounds as if it might be similar to piezoresistivity, but there is really very little in common between these two. Piezoelectricity refers to a phenomenon in which forces applied to a segment of material lead to the appearance of electrical charge on the surfaces of the segment. The source of this phenomenon is the distribution of electric charges in the unit cell of a crystal. The textbook describes the example of the quartz crystal, in which forces applied along the x axis of the crystal lead to the appearance of positive and negative charges on opposite sides of the crystal along the z axis (Fig. 5-12). The strain which is induced by the force leads to a physical displacement of the charge in the unit cell.

This polarization of the crystal leads to an accumulation of charge according to the following expression.

$$Q(\text{charge}) = \mathbf{d}F \qquad (5\text{-}18)$$

In fact, the force is a vector quantity, and the $\mathbf{d}$ (piezoelectric coefficient) is a 3×3 matrix. Forces along the x axis produce charges along the x, y, and z axes, with the charge along the x axis given by the d_{11} coefficient of the matrix, the charge along the y axis given by the d_{21} coefficient, and so on.

An interesting corollary effect is that this effect is reversible-which is to say that application of voltages results in dimensional changes of the crystal. The effect is exactly the same, and the coefficients are exactly the same.

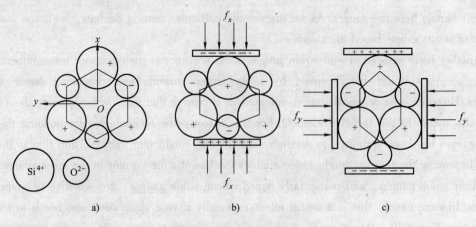

Fig. 5-12   Piezoelectricity

Note that the intermediate expression turned out to depend only on the piezoelectric coefficient, the dielectric constant, and Young's modulus. This means that any shaped object of a given piezoelectric material will undergo the same change in length upon the application of a given voltage. It is interesting that the dimensions of the object completely cancel out. One could define another kind of material property for these piezoelectric materials based on this relation.

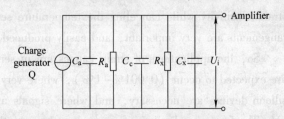

Fig. 5-13   Equivalent electrical circuit for piezomeasurement circuit.

R_x = Resistance of piezo

C_x = Capacitance of piezo

C_c = Capacitance of cable

C_a = Capacitance of amplifier circuit

R_a = Resistance of amplifier circuit

Another important aspect to the use of piezoelectrics is the fact that they are fabricated using a process which relies on the crystallization of the lattice in a particular arrangement. This is accomplished by heating the crystal to above the Curie temperature while applying voltages to the electrodes. If the crystal is ever heated to near the Curie temperature, it can become 'de-poled' which can result in a loss of piezoelectric sensitivity. For various materials, this Curie temperature can be as high as 600℃ or as low as 50℃. The need to stay below this temperature can impose serious constraints on the applicability of these sensors.

Overall, piezoelectric elements have several important advantages over other sensing mechanisms. First and foremost is the fact that the device generates its own voltage. Because of this, the sensor element does not need to have power applied to it in order to function. For applications where power consumption is a significant constraint, piezoelectric devices can be very valuable. In addition to this, the piezoelectric effect has some interesting scaling laws which suggest it is useful in small devices. The primary disadvantage of piezoelectric sensing is that it is inherently sensitive only to time varying signals. Many applications require sensitivity to static quantities, and piezoelectric sensing simply does not work for such applications.

One recently-developed technology for piezoelectric materials involves the use of poly-vinyl difluoride films which are treated during manufacture to have a piezoelectric coefficient. The primary advantage of this process is that the films can be made at extremely low cost, and they are becoming very popular for low-cost sensing applications. In addition to the successful commercialization of a number of products based on these piezo films, they offer unmounted film elements which are suitable for use in the construction of simple test devices.

(9) Thermometers

There are a number of well-known historical technologies for the measurement of temperature. Everyone is familiar with the mercury thermometer, in which a reservoir of mercury is sealed in a glass container under vacuum. When the reservoir is heated, the mercury expands, rising through a long thin column, upon which a graded ruler has been etched. What sort of sensitivity can be expected for such a system?

Well, the thermal expansion coefficient of mercury is well known to be about 30 PPM/K. If we assume that dimensions of the container do not change appreciably, then the mercury in the column expands linearly with temperature.

$$\Delta U = \pi R^2 \Delta L \qquad (5-19)$$

If we want 1mm/K at room temperature, and we have a reservoir volume of 0. 1 cm^3, we need:

$$R = \sqrt{\frac{\Delta V}{\pi \Delta L}} = \sqrt{\frac{1 \times 10^{-7} \mathrm{m}^3}{\pi \times 1 \times 10^{-3} \mathrm{m/K} \times 300K}} = 3.3 \times 10^{-4} \mathrm{m} \qquad (5-20)$$

Clearly, the sensitivity depends very strongly on the diameter of the column. Historically, makers of thermometer tubes worked very hard to control column diameter. Nevertheless, it was important to calibrate each thermometer with an ice point and a boiling water reference.

Other traditional techniques for temperature measurement based on thermal expansion are very popular even today. As we saw in the thermostat lab, a great many home thermostats still rely on differential expansion in a bimorph to close a switch. Also, toaster ovens that are a few years old still feature bimetal temperature switches to operate the timing feature of the oven. Bimetal switches are fairly inexpensive, can operate reliably for many cycles, and may still be the correct choice for temperature sensing applications. In many cases, bimetal temperature switches are not accurate enough, or do not allow operation over a broad temperature range.

For high temperature applications, thermocouple thermometers are often used. The thermocouple is an interesting device from a physics standpoint, but its operation can be easily understood from a thermal model.

All metal wires may be considered as tubes filled with a fluid of electrons. The electrons are more or less free to move about in the tube, and certainly move in a preferential direction when a voltage is applied (voltage acts like a pressure). If the density of the electrons is non-uniform, the non-uniform charge distribution exerts a force on the electrons, tending to even them out. This charge effect is similar to a finite compressibility in a normal fluid.

Now, suppose a tube filled with electrons is heated at one end. The effect of heat is to increase the average thermal velocity of the heated electrons. In this situation, the effect of heat is to increase the average velocity of the electrons on the heated end of the wire. Because of this velocity increase, "warm" electrons will leave the heated end of the wire faster than they can be replenished by "cold" electrons from the other end. This will lead to a non-uniform density distribution which gradually increases until the electrostatic pressure (because of the charges) is large enough to balance it.

If one attached the leads of a voltmeter to this wire, there would be an excess of electrons at the cold end, and a net voltage difference across the wire. Since the cold end has an excess of electrons, it is repulsive to additional electrons, and is therefore at a 'low' voltage with respect to positive charges.

The amount of voltage difference is approximately proportional to temperature, and depends on materials properties (e. g. electron mobility and thermal conductivity). Tables of thermocouple properties are widely published.

Now, it is generally inconvenient to attach the leads of a voltmeter across the wire, especially since one end is at the point of temperature measurement. Instead, it is common to use a pair of wires made from 2 different materials. The wires are joined at the end which is to be the point of temperature measurement (the 'junction'), and the voltage is measured across the other two ends. If the materials have different thermocouple effects, there will be a voltage difference across those wires. Tables of the thermocouple voltages for a set of standard pairs are also widely published. A good pair of materials for a thermocouple are any materials which can each survive the environment of the measurement, do not react with each other, and have suitable different thermocouple coefficients.

The voltages generated by such effects are fairly small. A good thermocouple exhibits a voltage signal of only 10uV/Kelvin. Therefore, accurate measurements of small temperature changes require very well-designed electronics. For measurements which require accuracy of +/ − 10 K, and need to be carried out at temperatures near 1000K, thermocouples are definitely the way to go.

There are also many examples of thermometers based on resistance changes. We have already seen several examples of resistance changes which are considered to be a problem in measurements of other quantities (piezoresistive strain gauges, for example).

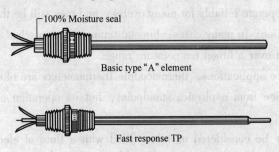

Fig. 5-14　RTD probes

Platinum wires are commonly used for resistance thermometry. Even thought platinum is quite expensive, it is favored for these applications for several very good reasons.

For narrower temperature ranges, there is a large assortment of resistance thermometers. Ordinary carbon resistors can be used, but companies offer a very broad collection of resistance thermometers in different shapes, sizes and characteristics.

An important parameter for a resistance thermometer is the temperature coefficient, generally denoted as Alpha. The temperature coefficient is defined as the fractional change in resistance per unit change in temperature. This definition is convenient because of the way it emerges from expressions which are associated with voltage divider-based resistance measurement.

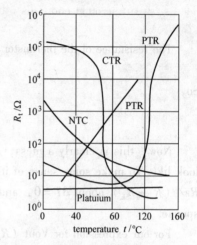

Fig. 5-15　Thermistor

For any thermometer, there are issues associated with measurement of changing temperature that need to be considered. Consider a general situation in which a thermometer is attached to an object with a thermal conductance of G (W/K) . The thermometer is a physical object, and has a heat capacity C (J/K) . Assume that some power, Pin, is being applied to the thermometer (bias currents?) Finally, assume that the temperature of the object is oscillating in time according to

$$T_0 = T_{01} + T_{02} e^{jwt} \tag{5-21}$$

where w is the frequency of oscillation. We assume that the temperature of the thermometer is also oscillating, and that the frequencies are the same, so the temperature of the thermometer may be expressed

$$T_s = T_{s1} + T_{s2} e^{jwt} \tag{5-22}$$

From energy balance, we know that the energy into the thermometer equals the change in energy of the thermometer

$$P + G(T_0 - T_s) = C \frac{dT_s}{dt} \tag{5-23}$$

We can plug in our expressions for To and Ts, and we have

$$P + G(T_{01} + T_{02} e^{jwt} - T_{s1} - T_{s2} e^{jwt}) = jwCT_{s2} e^{jwt} \tag{5-24}$$

We may separate the static and oscillating parts to give equations

$$P + G(T_{01} - T_{s1}) = 0 \tag{5-25}$$

$$G(T_{02} - T_{s2}) = jwCT_{s2} \tag{5-26}$$

$$\therefore \ T_{s1} = \frac{P}{G} + T_{01} \tag{5-27}$$

$$T_{s2} = \frac{T_{02}}{1 + jwC/G} \tag{5-28}$$

So, we should expect a finite temperature offset due to the bias power (P/G) , and an oscillation amplitude which varies with frequency. At low frequency, Ts2 is nearly equal to T2, as we would hope for. At higher frequencies, the thermal time constant associated with the heat capacity of the thermometer can cause a reduce oscillation and a phase lag. These issues are important to keep in mind for measurements of time-varying temperatures.

We build a resistance measuring circuit in the form of a voltage divider with a load resistor (R_L) in series with the thermistor (Rs). As always, the voltage at the output is given by

$$V_{out} = V_m \frac{R_s}{R_s + R_L} \qquad (5-29)$$

The resistance of the thermistor is

$$R_s = R_0 + \alpha R_0 \Delta T \qquad (5-30)$$

So,

$$V_{out} = V_{in} \frac{R_0 + \alpha R_0 \Delta T}{R_0 + \alpha R_0 \Delta T + R_L} \qquad (5-31)$$

Now, this is clearly a mess, and it is hard to see what the actual response function will look like. To make some sense of it, we will do a Taylor series expansion of Vout (R_s) = Vin Rs/ $(R_s + R_L)$ about dT = 0, and extract the offset, the slope and the nonlinearity of this response.

For our expression for Vout (R_s), we have:

$$\frac{U_{out}}{U_{in}} = \frac{R_o}{R_L + R_o} + (R_s - R_o) \frac{R_L}{(R_L + R_o)^2} - \frac{(R_s - R_o)^2}{2} \frac{2R_L}{(R_L + R_o)^3} \qquad (5-32)$$

Since $R_s - R_0 = \alpha R_0 \Delta T$, we have

$$\frac{V_{out}}{V_{in}} = \frac{R_o}{R_L + R_o} + (\alpha R_o \Delta T) \frac{R_L}{(R_L + R_o)^2} - (\alpha R_o \Delta T)^2 \frac{R_L}{(R_L + R_o)^3} \qquad (5-33)$$

The sensitivity is defined as the derivative of the voltage with respect to the temperature evaluated at dT = 0, so we have

$$\frac{\partial V_{out}}{\partial T} = V_{in} \frac{\alpha R_o R_L}{(R_L + R_o)^2} \qquad (5-34)$$

The linearity of this system is essentially the maximum fractional error between the true response and the linear response. A good approximation to this quantity may be calculated by taking the ratio of the quadratic term in the expansion to the linear term.

$$\text{Linearity} = \frac{\text{Quadratic Term}}{\text{Linear Term}}$$

$$\text{Linearity} = \frac{(\alpha R_o \Delta T)^2 \dfrac{R_L}{(R_L + R_o)^3}}{(\alpha R_o \Delta T) \dfrac{R_L}{(R_L + R_o)^2}} \qquad (5-35)$$

which simplifies to:

$$\text{Linearity} = \frac{\alpha R_o \Delta T}{R_L + R_o} \qquad (5-36)$$

We see that the linearity is improved (by reducing it) by taking RL≫Ro, and by keeping either dT or Alpha small. Simply put, if we need a certain dT and a certain linearity, we can select the thermometer Alpha and the load resistance to meet our needs.

(10) Photoelectric Effect and Photosensor

When light is absorbed by a semiconductor each photon can, in principle, create an electron-hole pair which can be detected electrically. Photodiodes devices exploit this possibility. They are PN-junction diodes that have been optimized for use as light detectors.

Photons absorbed by the junction create electron-hole pairs which cause a current proportional to the flux to flow. This current is then amplified. Fig. 5-17 shows how a transimpedance amplifier can used to amplify the photo-current. The output voltage is proportional to the incident optical flux.

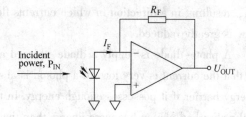

Incident power, P_{IN}

R_F

I_F

U_{OUT}

Fig. 5-16   Thermometer probes   Fig. 5-17   Schematic optical flux detector

Detection of light is a basic need for everything from devices to plants and animals. In the case of animals, light detection systems are very highly specialized, and often operate very near to thermodynamic limits to detection. Device researchers have worked on techniques for light detection for many years, and have developed devices which offer excellent performance as well.

Clearly, a major sponsor of light detection device research has been the military. Devices for light detection are of fundamental importance throughout military technology, and the maturity and widespread availability of inexpensive photosensor is a direct result of this DOD research investment over many years.

Light is a quantum-mechanical phenomena. It comes in discrete particles called photons. Photons have a wavelength λ, a velocity $c = 3 \times 10^8 \text{m/s}$, a frequency $w = \dfrac{2\pi c}{\lambda}$, energy $E = \dfrac{hc}{\lambda}$, and even a momentum $p = \dfrac{h}{\lambda}$. Among all of this, it is important to remember the relationship between energy and wavelength. In all cases, the energy of the photon determines how we detect it.

Light detectors essentially may be broken into two categories. The so-called Quantum detectors all convert incoming radiation directly into an electron in a semiconductor device, and process the resulting current with electronic circuitry. The Thermal detectors simply absorb the energy and operate by measuring the change in temperature with a thermometer.

We will start be examining the Quantum detectors, since they offer the best performance for detection of optical radiation.

In all of the quantum detectors, the photon is absorbed and an electron is liberated in the structure with the energy of the photon. This process is very complicated, and we will not examine it in detail. It is important to recognize that semiconductors feature the basic property that electrons are allowed to exist only at certain energy levels. If the device being used to detect the radiation does not allow electrons with the energy of the incident photon, the photon will not be absorbed, and there will be no signal.

On the other hand, if the photon carries an amount of energy which is 'allowed' for an electron in the semiconductor, it can be absorbed. Once it is absorbed, the electron moves freely within the device, subject to electric fields (due to applied voltages) and other effects. Many such devices have a complicated 'band structure' in which the allowed energies in the structure change with location in the device. In a diode, the p-n junction produces a step in the allowed energy levels, resulting in a direction in which currents flow easily and the opposite direction in which current flow is greatly reduced.

A photo-diode is simply a diode, biased against its easy flow direction ('reverse-biased') so that the current is very low. In a photon is absorbed and an electron is freed, it may pass over the energy barrier if it possesses enough energy. In this respect, the photodiode only produces a current if the absorbed photon has more energy than that needed to traverse the p-n junction. Because of this effect, the p-n photodiode is said to have a 'cutoff wavelength' - photons with wavelength less than the cutoff produce current and are detected, while photons with wavelength greater than the cutoff do not produce current and are not detected.

Photodiodes may be biased and operated in two basic modes: photovoltaic and photoconductive. In the photovoltaic mode, the diode is attached to a virtual ground preamplifier as shown in Fig. 5-18, and the arrival of photons cause the generation of a voltage which is amplified by the op-amp. The primary feature of this approach is that there is no dc-bias across the diode, and so there is no basic leakage current across the diode aside from thermally-generated currents. This configuration does suffer from slower response because the charge generated must charge the capacitance of the diode, causing a R-C delay.

In the photoconductive mode, the diode is biased, and the current flowing across the diode is converted to a voltage (by a resistor), and amplified. A photoconductive circuit is shown in Fig. 5-19. The primary advantage of this approach is that the applied bias decreases the effective capacitance of the diode (by widening the depletion region), and allows for faster response. Unfortunately, the dc bias also causes some leakage current, so detection of very small signals is compromised.

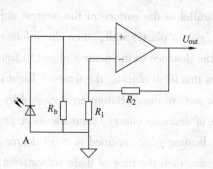

Fig. 5-18   Connection of a photodiode in a photovoltaic mode

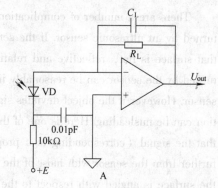

Fig. 5-19   Photoconductive operating mode

In addition to making optical detectors from diodes, it is also possible to construct them from transistors. In this case, the 'photocurrent' is deposited in the base of a bipolar junction transistor. When subjected to a collector-emitter bias (for npn), the current generated y the photons flows from the base to the emitter, and a larger current is caused to flow from the collector to the emitter. For an average transistor, the collector-emitter current is between 10 and 100x larger than the photocurrent, so the phototransistor is fundamentally more sensitive than the diode.

Photodiodes and phototransistors are very widely available. Most semiconductor device manufacturers also offer photodiodes and transistors, so there are nearly 100 suppliers. More than 10 manufacturers specialize in photosensor. As a result, optimized photodiodes and transistors are available at very low cost.

These devices are also available in packages which are designed for particular applications. For example, it is common to use a light emitting diode and a detector mounted in a pair so that passing objects can interrupt the optical beam between them. "photo-interruptors" which consist of such emitter-detector pairs are available in a wide variety of configurations. "Proximity detectors" which are situated side-by-side sense the presence of a reflecting surface by causing reflected light to strike the detector.

(11) Ultrasonic Acoustic Sensing

Ultrasonic sensors are often used in robots for obstacle avoidance, navigation and map building. Much of the early work was based on a device developed by Polaroid for camera range finding. Ultrasonic range sensor works by emitting a short burst of 40kHz ultrasonic sound from a piezoelectric transducer. A small amount of sound energy is reflected by objects in front of the device and returned to the detector, another piezoelectric transducer. The receiver amplifier sends these reflected signals (echoes) to micro-controller which times them to determine how far away the objects are, by using the speed of sound in air. The calculated range is then converted to a constant current signal. The kind of sensor is different from the Polaroid sensor in that it has separate transmitter and receiver components while the Polaroid sensor combines both in a single piezoelectric transceiver; however, the basic operation is the same in both devices.

There are a number of complications involved in interpreting the time-of-flight information returned by an ultrasonic sensor. If the sensor face is parallel to the surface of the nearest object and that surface is flat, reflective and relatively large, e. g. , a plaster wall, then the information returned by the sensor can be reasonably interpreted as the distance to the nearest object in front of the sensor. However it the object deviates significantly from this ideal object, the time-of-flight information can be misleading. Here is one of the more benign sorts of interpretation error caused by the fact that the signal (corresponding to a propagating wave of acoustic energy) spreads as it propagates further from the sensor with most of the energy of the leading edge confined to a 30 degree cone. If the surface is angled with respect to the face of the sensor then the time of flight information will record the distance to nearest point within the 30-degree cone.

To complicate things still further, the beam is not entirely confined to a narrow cone. As the picture below indicates there are so-called *side lobes* which if reflected first could confuse interpretation of the time-of-flight information. The dark curve represents the equipotential of the sound energy level.

It's not unusual that scenes appear differently depending on your perspective. In the case of sonar, due to the relatively wide beam width important features of the environment only show up when the robot is close enough to observe them. In the following sequence, the doors of a room only appear as the robot gets closer.

Just as in the case of light sensors, understanding the properties of the surfaces of objects is important in effectively using ultrasonic sensors. Size, proximity, arrangement (of multiple objects), geometry and sur-

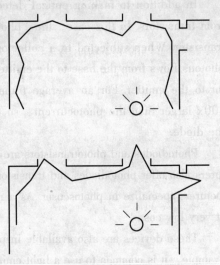

Fig. 5-20   Ultrasonic sensors

face characteristics (e. g. , specular versus diffuse) all have to be accounted for in the process of interpretation. Of course the trouble is that the robot won't know these characteristics so it will either have to infer them or assume that the variation in these characteristics is just another source of noise. As we'll see when we get to the lecture on uncertainty, the interpretation of sonar data is a good application for probabilistic methods. The interpretation problem becomes particularly interesting when we are faced with combining (or fusing) the data from multiple sensors or multiple readings from a single sensor. Fusing sensor data allows a robot to build up a more comprehensive representation of its environment.

第 6 章　综合测试题及参考答案

6.1　综合测试题

综合试题一

一、单项选择题（本大题共 10 小题，每小题 2 分，共 20 分）

在每小题列出的四个选项中只有一个选项是符合题目要求的，请将正确选项前的字母填在题后的括号内。错选、多选和未选均不得分。

1. 传感器的主要功能是（　　）。
   A. 检测和转换　　　　　　　　　　B. 滤波和放大
   C. 调制和解调　　　　　　　　　　D. 传输和显示

2. 在直流电路中使用电流表和电压表测量负载功率的测量方法属于（　　）。
   A. 直接测量　　B. 间接测量　　C. 组合测量　　D. 等精度测量

3. 电阻应变片配用的测量电路中，为了克服分布电容的影响，多采用（　　）。
   A. 直流平衡电桥　　　　　　　　　B. 直流不平衡电桥
   C. 交流平衡电桥　　　　　　　　　D. 交流不平衡电桥

4. 差动螺线管式电感传感器配用的测量电路有（　　）。
   A. 直流电桥　　　　　　　　　　　B. 变压器式交流电桥
   C. 相敏检波电路　　　　　　　　　D. 运算放大电路

5. 实用热电偶的热电极材料中，用得较多的是（　　）。
   A. 纯金属　　B. 非金属　　C. 半导体　　D. 合金

6. 光电管和光电倍增管的特性主要取决于（　　）。
   A. 阴极材料　　　　　　　　　　　B. 阳极材料
   C. 纯金属阴极材料　　　　　　　　D. 玻璃壳材料

7. 用光敏二极管或光敏晶体管测量某光源的光通量是根据什么特性实现的？（　　）
   A. 光谱特性　　B. 伏安特性　　C. 频率特性　　D. 光电特性

8. 超声波测量物位是根据超声波在两种介质的分界面上会发生什么现象而实现的？（　　）
   A. 反射　　　　B. 折射　　　　C. 衍射　　　　D. 散射

9. 下列关于微波传感器的说法中错误的是（　　）。
   A. 可用普通电子管与晶体管构成微波振荡器
   B. 天线具有特殊结构使发射的微波具有尖锐的方向性
   C. 用电流-电压特性呈非线性的电子元件做探测微波的敏感探头
   D. 可分为反射式和遮断式两类

10. 用 N 型材料 SnO_2 制成的气敏电阻在空气中经加热处于稳定状态后，与 NO_2 接触后（　　）。

    A. 电阻值变小　　　　　　　　　　B. 电阻值变大

    C. 电阻值不变　　　　　　　　　　D. 不确定

二、简答题（本大题共 5 小题，每小题 6 分，共 30 分）

1. 什么是传感器动态特性和静态特性？简述在什么条件下只研究静态特性就能够满足通常的需要，而在什么条件下需要研究传感器的动态特性？实现不失真测量的条件是什么？

2. 分析图 6-1 中自感式传感器当动铁心左右移动时自感 L 的变化情况（已知空气隙的长度为 x_1 和 x_2，空气隙的面积为 S，磁导率为 μ，线圈匝数 W 不变）。

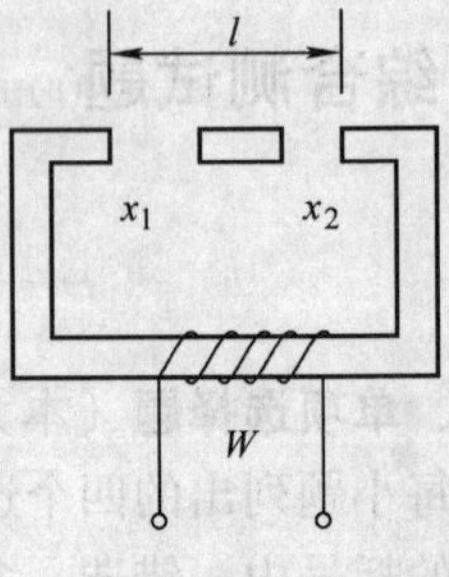

3. 试从材料特性、灵敏度、稳定性等角度比较石英晶体和压电陶瓷的压电效应。

4. 什么是霍尔效应？霍尔电动势与哪些因素有关？如何提高霍尔传感器的灵敏度？

图 6-1　动铁式自感传感器结构示意

5. 光导纤维是利用哪种光学现象进行导光的？光导纤维的数值孔径有何意义？

三、分析计算题（本大题共 4 小题，任选 3 小题，每小题 10 分，共 30 分）

1. 铜电阻的电阻值 R 与温度 t 之间的关系为 $R_t = R_0 (1 + \alpha t)$，在不同温度下，测得铜电阻的电阻值（见表 6-1）。请用最小二乘法求 0℃时的铜电阻的电阻值 R_0 和铜电阻的电阻温度系数 α。

表 6-1　铜电阻测量值

$t_i/℃$	20.0	30.0	40.0	50.0
r_{ti}/Ω	76.5	80.0	82.5	85.0

2. 有一台变间隙非接触式电容测微仪，其传感器的极板半径 $r = 5\text{mm}$，假设与被测工件的初始间隙 $d_0 = 0.5\text{mm}$。已知真空的介电常数等于 $8.854 \times 10^{-12}\text{F/m}$，求：

（1）如果传感器与工件的间隙变化量增大 $\Delta d = 10\mu\text{m}$，电容变化量为多少？

（2）如果测量电路的灵敏度 $K_u = 100\text{mV/pF}$，则在间隙增大 $\Delta d = 1\mu\text{m}$ 时的输出电压为多少？

3. 使用镍铬-镍硅热电偶，其基准接点为 30℃，问测温接点为 400℃时的温差电动势为多少？若仍使用该热电偶，测得某接点的温差电动势为 10.275mV，则被测接点的温度为多少？

表 6-2　镍铬-镍硅热电偶分度表　　　　　　　　　（参考端温度为 0℃）

工作端温度/℃	0	10	20	30	40	50	60	70	80	90
	热电动势/mV									
0	0.000	0.397	0.798	1.203	1.611	2.022	2.436	2.850	3.266	3.681
100	4.095	4.508	4.919	5.327	5.733	6.137	6.539	6.939	7.338	7.737
200	8.137	8.537	8.938	9.341	9.745	10.151	10.560	10.969	11.381	11.793
300	12.207	12.623	13.039	13.456	13.874	14.292	14.712	15.132	15.552	15.974
400	16.395	16.818	17.241	17.664	18.088	18.513	18.938	19.363	19.788	20.214
500	20.640	21.066	21.493	21.919	22.346	22.772	23.198	23.624	24.050	24.476

4. 利用某循环码盘测得结果为"1010"，设循环码盘的电刷初始位置为"0000"，该码盘的最小分辨率是多少？其实际转过的角度是多少？如果要求每个最小分辨率对应的码盘圆弧长度最大为1mm，则码盘半径应有多大？

四、综合设计分析题（本大题共 20 分）

在如图 6-2 所示的悬臂梁测力系统中，可能用到四个相同特性的电阻应变片为 R_1、R_2、R_3、R_4，各应变片灵敏系数 $K=2$，初值为 100Ω。当试件受力 F 时，若应变片要承受应变，则其平均应变为 $\varepsilon = 1000\mu m/m$。测量电路的电源电压为直流 3V。

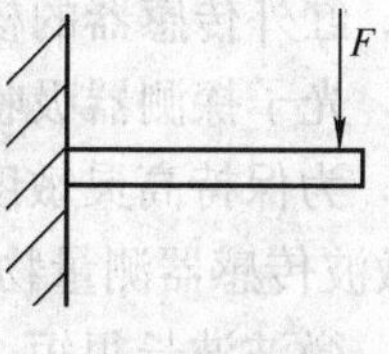

（1）若只用一个电阻应变片构成单臂测量电桥，求电桥输出电压及电桥非线性误差。

（2）若要求用两个电阻应变片测量，且既要保持与单臂测量电桥相同的电压灵敏度，又要实现温度补偿，请在图中标出两个应变片在悬臂梁上所贴的位置；绘出转换电桥，标明这两个应变片在桥臂中的位置。

图 6-2　悬臂梁测力装置示意图

（3）要使测量电桥电压灵敏度提高为单臂工作时的 4 倍，请在图中标出各应变片在悬臂梁上所贴的位置；绘出转换电桥，标明各应变片在各桥臂中的位置；并给出此时电桥输出电压及电桥非线性误差的大小。

综合试题二

一、单项选择题（本大题共 10 小题，每小题 2 分，共 20 分）

在每小题列出的四个选项中只有一个选项是符合题目要求的，请将正确选项前的字母填在题后的括号内。错选、多选和未选均不得分。

1. 以下传感器中属于按传感器的工作原理命名的是（　　）。
   A. 应变式传感器　　　　　　　　　　B. 速度传感器
   C. 化学型传感器　　　　　　　　　　D. 能量控制型传感器

2. 对于传感器的动态特性，下面哪种说法不正确（　　）。
   A. 液注式水银温度计可看作一个一阶系统
   B. 动态误差反映的是慢性延迟所引起的附加误差
   C. 时间常数越大，一阶传感器的频率响应越好
   D. 提高二阶传感器的固有频率，可减小动态误差并扩大频率响应的范围

3. 直流电桥的平衡条件为（　　）。
   A. 相邻桥臂阻值乘积相等　　　　　　B. 相对桥臂阻值乘积相等
   C. 相对桥臂阻值比值相等　　　　　　D. 相邻桥臂阻值之和相等

4. 霍尔元件不等电位电动势产生的主要原因不包括（　　）。
   A. 霍尔电极安装位置不对称或不在同一等电位上
   B. 半导体材料不均匀造成电阻率不均匀或几何尺寸不均匀
   C. 周围环境温度变化
   D. 激励电极接触不良造成激励电流不均匀分配

5. 数值孔径 NA 是光纤的一个重要参数，以下说法不正确的是（　　）。

    A. 数值孔径反映了光纤的集光能力

    B. 光纤的数值孔径与其几何尺寸有关

    C. 数值孔径越大，光纤与光源的耦合越容易

    D. 数值孔径越大，光信号的畸变也越大

6. 关于红外传感器，下述说法不正确的是（　　　　）。

    A. 红外传感器是利用红外辐射实现相关物理量测量的一种传感器

    B. 红外传感器的核心器件是红外探测器

    C. 光子探测器吸收红外能量后将直接产生电效应

    D. 为保持高灵敏度，热探测器一般需要低温冷却

7. 微波传感器测量物体含水量主要利用下述微波的哪一个特点？（　　　　）

    A. 微波波长很短，频率很高　　　　B. 水对微波的反射作用很强

    C. 微波的传输特性很好　　　　　　D. 水对微波的吸收作用很强

8. 采用图 6-3 所示的超声波传感器安装位置测量管道中流体的流量，图中 v 代表被测流体的流速，若已知超声波在静止流体中的传播速度为 c，以下说法不正确的是（　　　　）。

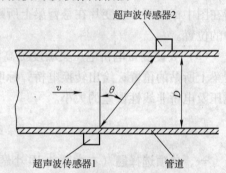

图 6-3　超声波传感器测流量原理图

    A. 若测得流体流速 v 后，根据管道流体的截面积，可求得被测流体流量

    B. 若 1 为发生器，2 为接收器，则超声波在流体中传播速度为 $c + v\cos\theta$

    C. 若 1 为接收器，2 为发生器，则超声波在流体中传播速度为 $c - v\sin\theta$

    D. 若采用时差法测流量，则测量精度主要取决于 Δt 的测量精度

9. 采用 50 线/mm 的计量光栅测量线位移，若指示光栅上的莫尔条纹移动了 12 条，则被测线位移为（　　　　）mm。

    A. 0.02　　　　　B. 0.12　　　　　C. 0.24　　　　　D. 0.48

10. 当氧化型气体吸附到 P 型半导体材料上时，将导致半导体材料（　　　　）。

    A. 载流子数增加，电阻减小　　　　B. 载流子数减少，电阻减小

    C. 载流子数增加，电阻增大　　　　D. 载流子数减少，电阻增大

二、简答题（本大题共 5 小题，每小题 6 分，共 30 分）

1. 什么是传感器？传感器的共性是什么？

2. 试分析图 6-4 所示差动整流电路的整流原理，若将其作为螺线管式差动变压器的测量电路，如何根据输出电压来判断衔铁的位置？

3. 什么是正压电效应？什么是逆压电效应？什么是纵向压电效应？什么是横向压电效应？

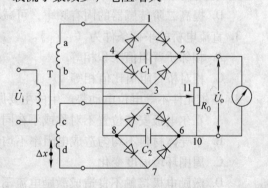

图 6-4　差动整流电路原理图

4. 采用热电阻测量温度时，常用的引线方式主要有哪几种？试述这几种引线方式各自的特点及适用场合。

5. 什么是光电效应和光电器件？常用的光电器件有哪几大类？试解释这几类光电器件各自的工作基础并举例。

三、分析计算题（本大题共 4 小题，任选 3 小题，每小题 10 分，共 30 分）

1. 通过某检测装置测得的一组输入输出数据如表 6-3 所示。试用最小二乘法拟合直线，并求其线性度和灵敏度。

表 6-3　某检测装置获取的一组测量数据

x	1	2	3	4
y	2.2	4.1	5.8	8.0

2. 一个以空气为介质的平板电容式传感器结构如图 6-5 所示，其中 $a = 10\text{mm}$，$b = 16\text{mm}$，两极板间距 $d = 1\text{mm}$。测量时，若上极板在原始位置（$\Delta x = 0\text{mm}$）上向左平移了 2mm（即 $\Delta x = 2\text{mm}$），求该传感器的电容变化量、电容相对变化量和位移相对灵敏度 K_0。（已知空气的相对介电常数 $\varepsilon_r = 1\text{F/m}$，真空时的介电常数 $\varepsilon_0 = 8.854 \times 10^{-12}\text{F/m}$）

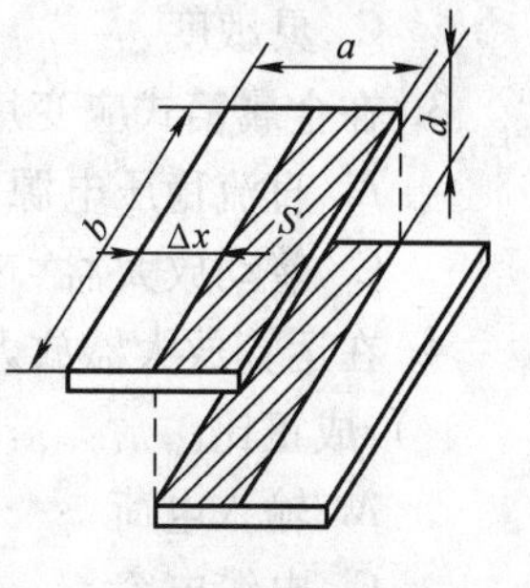

3. 镍铬-镍硅热电偶，工作时冷端温度为 30℃，测得热电动势 $E(t, t_0) = 38.560\text{mV}$，求被测介质实际温度。（$E(30, 0) = 1.203\text{mV}$，该型热电偶的分度表见表 6-4）

图 6-5　平板电容式传感器结构

表 6-4　镍铬-镍硅热电偶分度表（部分）

工作端温度/℃	0	20	40	60	70	80	90
	热电动势/mV						
900	37.325	38.122	38.915	39.703	40.096	40.488	40.897

4. 利用一个六位循环码盘测量角位移，其最小分辨率是多少？如果要求每个最小分辨率对应的码盘圆弧长度最大为 0.01mm，则码盘半径应有多大？若码盘输出数码为"101101"，初始位置对应数码为"110100"，则码盘实际转过的角度是多少？

四、综合设计分析题（本大题共 20 分）

图 6-6 为一圆柱形弹性元件的应变式测力传感器结构示意图。已知弹性元件横截面积为 S，弹性模量为 E，应变片初始电阻值（在外力 $F = 0$ 时）均相等，电阻丝灵敏系数为 K_0，泊松比为 μ。

1. 设计适当的测量电路（要求采用全桥电路），画出相应电路图，并推导桥路输出电压 U_0 和外力 F 之间的函数关系式。（提示：$\Delta R \ll R$，推导过程中可做适当近似处理）

2. 分析说明该传感器测力的工作原理（配合所设计的测量电路）。

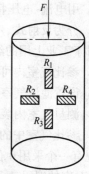

图 6-6　圆柱形的应变式测力传感器结构示意图

综合试题三

一、单项选择题（本大题共 10 小题，每小题 2 分，共 20 分）

在每小题列出的四个选项中只有一个选项是符合题目要求的，请将正确选项前的字母填在题后的括号内。错选、多选和未选均不得分。

1. 在整个测量过程中，如果影响和决定误差大小的全部因素（条件）始终保持不变，对同一被测量进行多次重复测量，这样的测量称为（　　）。
   A. 组合测量　　　　　　　　　　B. 静态测量
   C. 等精度测量　　　　　　　　　D. 零位式测量

2. 属于传感器动态特性指标的是（　　）。
   A. 重复性　　　　　　　　　　　B. 固有频率
   C. 灵敏度　　　　　　　　　　　D. 漂移

3. 在金属箔式应变片差动单桥测力实验中不需要的实验设备是（　　）。
   A. 直流稳压电源　　　　　　　　B. 低通滤波器
   C. 差动放大器　　　　　　　　　D. 电压表

4. 在运算放大器放大倍数很大时，压电传感器输入电路中的电荷放大器的输出电压与（　　）成正比。
   A. 输入电荷　　　　　　　　　　B. 反馈电容
   C. 电缆电容　　　　　　　　　　D. 放大倍数

5. 下列光电器件中，基于光电导效应工作的是（　　）。
   A. 光电管　　　　　　　　　　　B. 光敏电阻
   C. 光电倍增管　　　　　　　　　D. 光电池

6. 构成 CCD 的基本单元是（　　）。
   A. P 型硅　　　　　　　　　　　B. PN 结
   C. 光敏二极管　　　　　　　　　D. MOS 电容器

7. 下列关于微波传感器的说法中正确的是（　　）。
   A. 不能用普通电子管与晶体管构成微波振荡器
   B. 不能用特殊结构的天线发射微波
   C. 用电流-电压特性呈线性的电子元件做探测微波的敏感探头
   D. 分为反射式、遮断式和绕射式三类

8. 对于工业上用的红外线气体分析仪，下面说法中错误的是（　　）。
   A. 参比气室内可装 N_2
   B. 设置滤波气室是为了消除干扰气体的影响
   C. 测量气室内装被分析气体
   D. 参比气室中的气体要吸收红外线

9. 现有一个采用 4 位循环码码盘的光电式编码器，码盘的起始位置对应的编码是 0011，终止位置对应的编码是 1111，则该码盘转动的角度可能会是（　　）。
   A. 60°　　　　　B. 90°　　　　　C. 180°　　　　　D. 270°

10. 用热电阻测温时，热电阻在电桥中采用三线制接法的目的是（　　）。

    A. 接线方便

    B. 减小引线电阻变化产生的测量误差

    C. 减小桥路中其他电阻对热电阻的影响

    D. 减小桥路中电源对热电阻的影响

二、简答题（本大题共 5 小题，每小题 6 分，共 30 分）

1. 试述传感器的定义、共性及组成。

2. 简述变极距型电容传感器的工作原理（要求给出必要的公式推导过程）。

3. 什么是霍尔效应？为什么说只有半导体材料才适于制造霍尔片？

4. 简述光纤传感器的组成和工作原理。

5. 透射式光栅传感器的莫尔条纹是怎样产生的？条纹间距、栅距和夹角的关系是什么？

三、分析计算题（本大题共 4 小题，任选 3 小题，每小题 10 分，共 30 分）

1. 某电路的电压数值方程为 $U = I_1 R_1 + I_2 R_2$

当电流 $I_1 = 2\text{A}$，$I_2 = 1\text{A}$ 时，测得电压 U 为 50V；

当电流 $I_1 = 3\text{A}$，$I_2 = 2\text{A}$ 时，测得电压 U 为 80V；

当电流 $I_1 = 4\text{A}$，$I_2 = 3\text{A}$ 时，测得电压 U 为 120V；

试用最小二乘法求电阻 R_1、R_2 的值。

2. 当被测介质温度为 t_1，测温传感器示值温度为 t_2 时，有下列方程式成立：

$$t_1 = t_2 + \tau_0 \frac{dt_2}{d\tau}$$

当被测介质温度从 25℃ 突然变化到 300℃ 时，测温传感器时间常数 $\tau_0 = 120\text{s}$，试确定经过 480s 后的动态误差。

3. 电阻应变片阻值为 120Ω，灵敏系数 $K = 2$，沿纵向粘贴于直径为 0.05m 的圆形钢柱表面，钢材的弹性模量 $E = 2 \times 10^{11} \text{N/m}^2$，$\mu = 0.3$。

试求：（1）钢柱受 $9.8 \times 10^4 \text{N}$ 拉力作用时，应变片电阻的变化量 ΔR 和相对变化量 $\frac{\Delta R}{R}$；

（2）若应变片沿钢柱圆周方向粘贴，问受同样拉力作用时应变片电阻的相对变化量为多少？

4. 已知分度号为 S 的热电偶冷端温度为 $t_0 = 20℃$，现测得热电动势为 11.710mV，求被测温度为多少度？（$E(20, 0) = 0.113\text{mV}$，该型热电偶的分度表见表 6-5）

表 6-5　S 型热电偶分度表（部分）

工作端温度/℃	0	20	40	60	70	80	90
	热电动势/mV						
1100	10.754	10.991	11.229	11.467	11.587	11.707	11.827

四、综合设计分析题（本大题共 20 分）

若需要用差动变压器式加速度传感器来测量某测试平台振动的加速度，请你：

（1）设计出该测量系统的框图，并作必要的标注或说明；

（2）画出你所选用的差动变压器式加速度传感器的原理图，并简述其基本工作原理；

（3）给出差动变压器式加速度的测量电路图，并从工作原理上详细阐明它是如何实现既能测量加速度大小，又能辨别加速度方向的。

综合试题四

一、单项选择题（本大题共 10 小题，每小题 2 分，共 20 分）

在每小题列出的四个选项中只有一个选项是符合题目要求的，请将正确选项前的字母填在题后的括号内。错选、多选和未选均不得分。

1. 传感技术与信息学科紧密相连，是（　　）和自动转换技术的总称。
    A. 自动调节　　　　　　　　B. 自动测量
    C. 自动检测　　　　　　　　D. 信息获取

2. 已知某传感器属于一阶环节，现用于测量 100Hz 的正弦信号，如幅值误差限制在 ±10% 范围内，时间常数 τ 应不大于（　　）。
    A. 1.2　　　　B. 1.44　　　　C. 628　　　　D. 0.0019

3. 关于压电式传感器中压电元件的连接，以下说法正确的是（　　）。
    A. 与单片相比，并联时电荷量增加 1 倍、电容量增加 1 倍、输出电压不变
    B. 与单片相比，串联时电荷量增加 1 倍、电容量增加 1 倍、输出电压增大 1 倍
    C. 与单片相比，并联时电荷量不变、电容量减半、输出电压增大 1 倍
    D. 与单片相比，串联时电荷量不变、电容量减半、输出电压不变

4. 磁电式传感器测量电路中引入微分电路是为了测量（　　）。
    A. 位移　　　　B. 速度　　　　C. 加速度　　　　D. 磁场强度

5. 硫化镉光敏电阻的伏安特性如图 6-7 所示，以下说法正确的是（　　）。

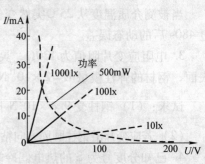

图 6-7　硫化镉光敏电阻的伏安特性

    A. 在一定照度下，流过硫化镉光敏电阻的电流与其两端电压的关系是不确定的
    B. 照度越小，硫化镉光敏电阻的阻值越小
    C. 100lx 照度时，硫化镉光敏电阻的阻值约为 5kΩ
    D. 照度越大，电流越小

6. 用 N 型材料 SnO_2 制成的气敏电阻在空气中经加热处于稳定状态后，与氧气接触后（　　）。
    A. 电阻值变大
    B. 电阻值变小
    C. 电阻值不变
    D. 不确定

7. 采用图 6-3 所示的超声波传感器安装位置测量管道中流体的流量，图中 v 代表流体的流速，如果 $\theta = 0$，以下说法正确的是（　　）。
    A. 不能实现对管道中流体流量的测量
    B. 可测出管道中流体的流量等于 0
    C. 可测出管道中流体的流量很大
    D. $\theta = 0$ 不影响对管道中流体流量的测量

8. 微波湿度传感器的工作原理是基于（　　）。
    A. 微波的波长很短

B. 天线具有特殊结构使发射的微波具有尖锐的方向性

C. 微波遇到障碍物易于反射

D. 水对微波的吸收作用很强

9. 依赖于"铁电体"的极化强度与温度有关的特性制成的传感器是（　　）。

A. 热电阻型热探测器　　　　　　　B. 热释电型红外传感器

C. 热电偶　　　　　　　　　　　　D. 光子探测器

10. 一个 6 位的二进制光电式编码器，其测量精度约为（　　）。

A. 5.6°　　　　　　B. 0.17°　　　　　　C. 0.016°　　　　　　D. 60°

二、简答题（本大题共 5 小题，每小题 6 分，共 30 分）

1. 传感器技术在检测系统中有什么地位和作用？

2. 试对图 6-8 利用霍尔式传感器实现转速测量进行解释。

3. 简述什么是光电导效应？光生伏特效应？外光电效应？这些光电效应的典型光电器件各自有哪些？

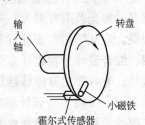

4. 简述光栅莫尔条纹测量位移的三个主要特点。

5. 画出利用热电偶测量两点间温度差的线路图，并解释其工作原理。

图 6-8　霍尔式传感器转速测量原理图

三、分析计算题（本大题共 4 小题，任选 3 小题，每小题 10 分，共 30 分）

1. 试求表 6-6 中数据的线性度：

（1）端点线性度；

（2）最小二乘线性度。

表 6-6　一组基础数据

x	1	2	3	4	5
y	2.20	4.00	5.98	7.90	10.10

2. 有一吊车的拉力传感器如图 6-9 所示。其中电阻应变片 R_1、R_2、R_3、R_4 贴在等截面轴上。已知 R_1、R_2、R_3、R_4 标称阻值均为 120Ω，桥路电压为 2V，重物质量为 m，其引起 R_1、R_2 变化增量为 1.2Ω。

（1）画出应变片组成的电桥电路。

（2）计算出测得的输出电压和电桥输出灵敏度。

（3）说明 R_3、R_4 起到什么作用？

3. 图 6-10 为一简单电感式传感器。磁路取为中心磁路，不计漏磁，设铁心及衔铁的相对磁导率为 10^4，空气的相对磁导率为 1，真空的磁导率为 $4\pi \times 10^{-7}\mathrm{H \cdot m^{-1}}$，试计算气隙长度为 0mm 及为 2mm 时的电感量。（图中所注尺寸单位均为 mm）

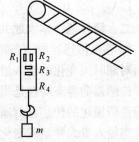

图 6-9　吊车拉力传感器结构

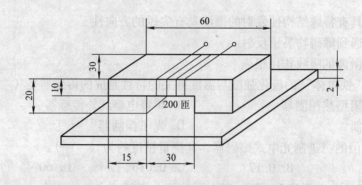

图 6-10   电感式传感器结构

4. 已知某光纤传感器从空气中耦合光线进入光纤中，光纤的 $n_1 = 1.5$，$n_2 = \sqrt{2}$，则该光纤传感器的集光范围有多大？并说明为了减小光纤传输损耗，应从哪些方面进行考虑？

四、综合设计分析题（本大题共 20 分）

差动式电容加速度传感器结构如图 6-11 所示。它有两个固定极板（与壳体绝缘），中间有一用弹簧片支撑的质量块，此质量块的两个端面经过磨平抛光后作为动极板（与壳体电连接）。

设计适当的测量电路，详细说明该结构配合测量电路实现加速度测量的工作原理，所有结论的得出必须要有理论依据（给出必要的公式推导）。

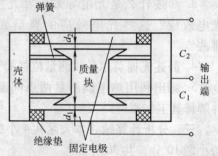

图 6-11   差动式电容加速度传感器结构

6.2   参考答案

综合试题一参考答案

一、单项选择题（本大题共 10 小题，每小题 2 分，共 20 分）

1. A   2. B   3. C   4. C   5. D   6. A   7. D   8. A   9. A   10. B

二、简答题（本大题共 5 小题，每小题 6 分，共 30 分）

1. 答：传感器的动态特性是指传感器对动态激励（输入）的响应（输出）特性，即其输出对随时间变化的输入量的响应特性。

传感器的静态特性是指它在稳态（静态或准静态）信号作用下的输入 - 输出关系。静态特性所描述的传感器的输入、输出关系式中不含有时间变量。

当输入量为常量或变化极慢时只研究静态特性就能够满足通常的需要。

当输入量随时间变化时一般要研究传感器的动态特性。

实现不失真测量的条件是

幅频特性：$A(\omega) = |H(j\omega)| = A$（常数）

相频特性：$\varphi(\omega) = -\omega t_0$（线性）

2. 答：线圈中自感量：$L = \dfrac{\varphi}{I} = \dfrac{W\phi}{I} = \dfrac{W^2}{R_m}$

磁路总磁阻：$R_m \approx \dfrac{2\delta}{\mu_0 A_0} = \dfrac{2x_1}{\mu S} + \dfrac{2x_2}{\mu S} = \dfrac{2l}{\mu S}$

空气隙 x_1 和 x_2 各自变而其和不变，其他变量都不变，所以自感量 L 不变。

3. 答：石英晶体是单晶结构，且不同晶向具有各异的物理特性。石英晶体受外力作用而变形时，产生压电效应。

压电陶瓷是人工制造的多晶体压电材料，原始的压电陶瓷材料并不具有压电性，必须在一定温度下做极化处理，才能使其呈现出压电性。

压电陶瓷的压电系数比石英晶体大得多（即压电效应更明显），因此用它做成的压电式传感器的灵敏度较高。但其稳定性、机械强度等不如石英晶体。

4. 答：当载流导体或半导体处于与电流相垂直的磁场中时，在其两端将产生电位差，这一现象被称为霍尔效应。

霍尔电动势 $U_H = E_H b = vBb = -\dfrac{IB}{ned} = R_H \dfrac{IB}{d} = K_H IB$

霍尔电动势与霍尔电场 E_H、载流导体或半导体的宽度 b、载流导体或半导体的厚度 d、电子平均运动速度 v、磁场感应强度 B、电流 I 有关。

霍尔传感器的灵敏度 $K_H = \dfrac{R_H}{d} = -\dfrac{1}{ned}$。为了提高霍尔传感器的灵敏度，霍尔元件常制成薄片形。又因为霍尔元件的灵敏度与载流子浓度成反比，所以可采用自由电子浓度较低的材料作霍尔元件。

5. 答：光导纤维是利用光的全反射现象进行导光的。

光纤的数值孔径：$NA = \sin\theta_c = \sqrt{n_1^2 - n_2^2}$

θ_c——临界角

n_1——纤芯折射率

n_2——包层折射率

数值孔径是光纤的一个重要参数，它能反映光纤的集光能力，光纤的 NA 越大，表明它可以在较大入射角范围内输入全反射光，集光能力就越强，光纤与光源的耦合越容易，且保证实现全反射向前传播。但 NA 越大，光信号的畸变也越大，所以要适当选择 NA 的大小。

三、分析计算题（本大题共 4 小题，任选 3 小题，每小题 10 分，共 30 分）

1. 解：误差方程 $r_{ti} - r_0(1 + \alpha t_i) = v_i$　$i = 1, 2, 3, 4$

令 $x_1 = r_0$，$x_2 = \alpha r_0$，

系数矩阵 $A = \begin{bmatrix} 1 & 20.0 \\ 1 & 30.0 \\ 1 & 40.0 \\ 1 & 50.0 \end{bmatrix}$，直接测得值矩阵 $L = \begin{bmatrix} 76.5 \\ 80.0 \\ 82.5 \\ 85.0 \end{bmatrix}$，被测量估计矩阵 $\hat{X} = \begin{bmatrix} x_1 \\ x_2 \end{bmatrix}$

由最小二乘法：$A'A\hat{X} = A'L$，则

$$A'A = \begin{bmatrix} 1 & 1 & 1 & 1 \\ 20.0 & 30.0 & 40.0 & 50.0 \end{bmatrix} \begin{bmatrix} 1 & 20.0 \\ 1 & 30.0 \\ 1 & 40.0 \\ 1 & 50.0 \end{bmatrix} = \begin{bmatrix} 4 & 140 \\ 140 & 5400 \end{bmatrix}$$

$$A'L = \begin{bmatrix} 1 & 1 & 1 & 1 \\ 20.0 & 30.0 & 40.0 & 50.0 \end{bmatrix} \begin{bmatrix} 76.5 \\ 80.0 \\ 82.5 \\ 85.0 \end{bmatrix} = \begin{bmatrix} 324 \\ 11480 \end{bmatrix}$$

$\because |A'A| = 2000 \neq 0$

$\therefore (A'A)^{-1} = \dfrac{1}{|A'A|} \begin{bmatrix} A_{11} & A_{12} \\ A_{21} & A_{22} \end{bmatrix} = \dfrac{1}{2000} \begin{bmatrix} 5400 & -140 \\ -140 & 4 \end{bmatrix}$

$\therefore \hat{X} = [A'A]^{-1}A'L = \dfrac{1}{2000} \begin{bmatrix} 5400 & -140 \\ -140 & 4 \end{bmatrix} \begin{bmatrix} 324 \\ 11480 \end{bmatrix} = \begin{bmatrix} 71.2 \\ 0.28 \end{bmatrix}$

$\therefore r_0 = x_1 = 71.2\Omega$

$\alpha = \dfrac{x_2}{r_0} = \dfrac{0.28}{71.2}/℃ = 3.93 \times 10^{-3}/℃$

2. 解：(1) 电容式传感器的电容量：$C = \dfrac{\varepsilon_0 \varepsilon_r A}{d}$，则初始电容量

$$C_0 = \frac{\varepsilon_0 \varepsilon_r A}{d_0} = \frac{8.854 \times 10^{-12} \times 10^{-6} \times \pi \times 25 \times 10^3}{0.5} pF = 1.39 pF$$

间隙变化后的电容量

$$C' = \frac{\varepsilon_0 \varepsilon_r A}{d_0 + \Delta d} = \frac{8.854 \times 10^{-12} \times 10^{-6} \times \pi \times 25 \times 10^6}{500 + 10} pF = 1.36 pF$$

则电容变化量：$\Delta C = C_0 - C' = (1.39 - 1.36) pF = 0.03 pF$。

(2) 灵敏度 $K_u = \dfrac{U_o}{\Delta C} = 100 \dfrac{mV}{pF}$，所以 $U_o = \Delta C \times 100 \dfrac{mV}{pF}$

$$U_o = \varepsilon_0 \varepsilon_r A \left(\frac{1}{d_0} - \frac{1}{d_0 + \Delta d} \right) \times 100$$

则

$$= 8.854 \times 10^{-12} \times 10^{-6} \pi \times 25 \times 10^6 \times \left(\frac{1}{500} - \frac{1}{501} \right) \times 100 mV = 2.78 mV$$

3. 解：由分度表查得 $E(30℃, 0℃) = 1.203 mV$，$E(400℃, 0℃) = 16.395 mV$。

由中间温度定律 $E(t, t_0) = E(t, t_c) + E(t_c, t_0)$ 有

$E(400℃, 30℃) = E(400℃, 0℃) - E(30℃, 0℃) = (16.395 - 1.203) mV = 15.192 mV$

由分度表查得 $E(250℃, 0℃) = 10.151 mV$，$E(260℃, 0℃) = 10.560 mV$。

由插值法 $t_M = t_L + \dfrac{E_M - E_L}{E_H - E_L} (t_H - t_L)$ 得

$$t_M = \left(250 + \frac{10.275 - 10.151}{10.560 - 10.151} \times 10 \right)℃ = 253℃$$

4. 解：该循环码为 4 位码盘，则该码盘的最小分辨率为 $\theta = \dfrac{360°}{2^4} = 22.5°$。

循环码"1010"对应的二进制码为"1100"；二进制码"1100"对应的十进制数是
"12"；则码盘实际转过的角度是 $12 \times 22.5° = 270°$。

$\dfrac{2\pi R}{360°} = \dfrac{1}{22.5°}$，则码盘半径 $R = 2.55\text{mm}$。

四、综合设计分析题（本大题共 20 分）

解：（1）设用电阻应变片 R_1 作测量电桥的测量臂，其他桥臂电阻初值为 100Ω。

$\because \dfrac{\Delta R_1}{R_1} = K\varepsilon$

$\therefore \Delta R_1 = K\varepsilon R_1 = 2 \times 1000\mu\text{m/m} \times 100\Omega = 0.2\Omega$

$\therefore \dfrac{\Delta R_1}{R_1} = \dfrac{0.2}{100} = 0.2\%$

设当 R_1 有 ΔR_1 的变化时，电桥输出电压为 U_{o1}

$$U_{o1} = \left(\dfrac{R_1 + \Delta R_1}{2R_1 + \Delta R_1} - \dfrac{1}{2}\right)E = 3 \times \left(\dfrac{100 + 0.2}{200 + 0.2} - \dfrac{1}{2}\right)\text{V} = 0.0015\text{V}$$

非线性误差：$\qquad r_L = \dfrac{\Delta R_1/2R_1}{1 + \Delta R_1/2R_1} \times 100\% = 0.1\%$。

（2）应该在悬臂梁的正（或反）面沿梁的轴向贴测量应变片 R_1，沿与梁的轴向垂直的方向
贴温度补偿应变片 R_2，使得测量应变片和温度补偿应变片处于同一温度场中，如图 6-12 所示。

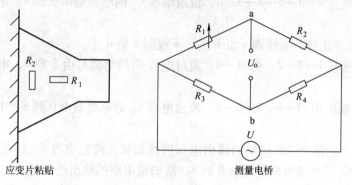

应变片粘贴　　　　　　　　　　测量电桥

图 6-12　两应变片粘贴方法与测量电路

（3）要使电桥电压灵敏度为单臂工作时的四倍，则应该在悬臂梁的正反面对应贴上四
个相同的应变片，两个受拉应变，两个受压应变，形成全桥差动电桥，如图 6-13 所示。

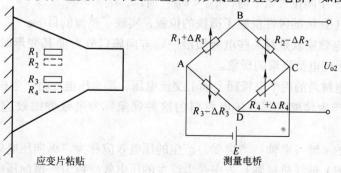

应变片粘贴　　　　　　　　　　测量电桥

图 6-13　四个应变片粘贴方法与测量电路

此时，$U_{02} = E \dfrac{\Delta R_1}{R_1} = 0.006\text{V}$

$r'_L = 0$

综合试题二参考答案

一、单项选择题（本大题共 10 小题，每小题 2 分，共 20 分）

1. A　　2. C　　3. B　　4. C　　5. B　　6. D　　7. D　　8. B　　9. C　　10. A

二、简答题（本大题共 5 小题，每小题 6 分，共 30 分）

1. 答：传感器是能够感受被测量并按照一定规律转换成可用输出信号的器件或装置。传感器是实现传感功能的基本部件。

传感器的共性就是利用物理定律和物质的物理、化学或生物特性，将非电量（如位移、速度、加速度、力等）转换成电量（电压、电流、电容、电阻等）。

2. 答：该差动整流电路是把差动变压器的两个二次输出电压分别整流，然后再将整流后的电压的差值作为输出，具体整流原理如下：

A. 当 U_i 上正下负时，上线圈 a 正 b 负，下线圈 c 正 d 负。

上线圈：电流从 a—1—2—4—3—b，流过电容 C_1 的电流是由 2 到 4，电容 C_1 上的电压为 U_{24}；

下线圈：电流从 c—5—6—8—7—d，流过电容 C_2 的电流是由 6 到 8，电容 C_2 上的电压为 U_{68}。

B. 当 U_i 上负下正时，上线圈 a 负 b 正，下线圈 c 负 d 正。

上线圈：电流从 b—3—2—4—1—a，流过电容 C_1 的电流是由 2 到 4，电容 C_1 上的电压为 U_{24}；

下线圈：电流从 d—7—6—8—5—c，流过电容 C_2 的电流是由 6 到 8，电容 C_2 上的电压为 U_{68}。

由此可知，不论两个二次绕组的输出电压极性如何，流经电容 C_1 的电流方向总是从 2 到 4，流经电容 C_2 的电流方向总是从 6 到 8，故整流电路的输出电压为：

$$U_0 = U_{26} = U_{24} + U_{86} = U_{24} - U_{68}$$

① 当衔铁位于中间位置时，$U_{24} = U_{68}$，所以，$U_0 = 0$

② 当衔铁位于中间位置以上时，$U_{24} > U_{68}$，所以，$U_0 > 0$

③ 当衔铁位于中间位置以下时，$U_{24} < U_{68}$，所以，$U_0 < 0$

如此，输出电压 U_0 的极性反映了衔铁的位置，实现了整流的目的。

3. 答：正压电效应就是对某些电介质沿一定方向施以外力使其变形时，其内部将产生极化现象而使其出现电荷集聚的现象。

当在片状压电材料的两个电极面上加上交流电压，那么压电片将产生机械振动，即压电片在电极方向上产生伸缩变形，压电材料的这种现象称为电致伸缩效应，也称为逆压电效应。

沿石英晶体的 x 轴（电轴）方向受力产生的压电效应称为"纵向压电效应"。

沿石英晶体的 y 轴（机械轴）方向受力产生的压电效应称为"横向压电效应"。

4. 答：热电阻常用的引线方式主要有：两线制、三线制和四线制。

　　两线制的特点是结构简单、费用低，但是引线电阻及其变化会带来附加误差。主要适用于引线不长、测温精度要求较低的场合。

　　三线制的特点是可较好地减小引线电阻的影响，主要适用于大多数工业测量场合。

　　四线制的特点是精度高，能完全消除引线电阻对测量的影响，主要适用于实验室等高精度测量场合。

　　5. 答：所谓光电效应，是指物体吸收了具有一定能量的光子后所产生的电效应。根据光电效应原理工作的光电转换器件称为光电器件。

　　常用的光电器件主要有外光电效应器件和内光电效应器件两大类。

　　外光电效应器件的工作基础基于外光电效应。所谓外光电效应，是指在光线作用下，电子逸出物体表面的现象。相应光电器件主要有光电管和光电倍增管。

　　内光电效应器件的工作基础是基于内光电效应。所谓内光电效应，是指在光线作用下，物体的导电性能发生变化或产生光生电动势的现象，它可分为光导效应和光生伏特效应。内光电效应器件主要有光敏电阻、光电池、光敏二极管和光敏晶体管。

三、分析计算题（本大题共 4 小题，任选 3 小题，每小题 10 分，共 30 分）

　　1. 解：设拟合直线方程为 $y = a_0 + a_1 x$

　　由已知输入输出数据，根据最小二乘法，有

$$L = \begin{bmatrix} 2.2 \\ 4.1 \\ 5.8 \\ 8.0 \end{bmatrix}, \quad A = \begin{bmatrix} 1 & 1 \\ 1 & 2 \\ 1 & 3 \\ 1 & 4 \end{bmatrix}, \quad X = \begin{bmatrix} a_0 \\ a_1 \end{bmatrix}$$

　　根据最小二乘法有

$$X = (A'A)^{-1}A'L = \begin{bmatrix} 0.25 \\ 1.91 \end{bmatrix}$$

$\therefore a_0 = 0.25, \ a_1 = 1.91$

$\therefore$ 拟合直线为 $y = 0.25 + 1.91x$

$\therefore$ 输入 x：1　　　　2　　　　　3　　　　　4

　　　输出 y：2.2　　　4.1　　　　5.8　　　　8.0

　　理论值 $\hat{y}$：2.16　　4.07　　　5.98　　　7.89

$\Delta L = |y - \hat{y}|$：0.04　　0.03　　　0.18　　　0.11

$\therefore \Delta L_{\max} = 0.18$

$\therefore$ 非线性误差为

$$\gamma_L = \pm \frac{\Delta L_{\max}}{Y_{FS}} \times 100\% = \pm \frac{0.18}{8} \times 100\% = \pm 2.25\%$$

灵敏度为：$S_n = \dfrac{dy}{dx} = 1.91$。

　　2. 解：电容变化量为

$$\Delta C = C - C_0 = \frac{\varepsilon_r \varepsilon_0 (a - \Delta x) b}{d} - \frac{\varepsilon_r \varepsilon_0 ab}{d} = -\frac{\varepsilon_r \varepsilon_0 \Delta x b}{d}$$

$$= -\frac{1 \times 8.854 \times 10^{-12} \times 2 \times 10^{-3} \times 16 \times 10^{-3}}{1 \times 10^{-3}} F = -2.83 \times 10^{-13} F$$

即电容减小了 2.83×10^{-13}F。

电容相对变化量为

$$\frac{\Delta C}{C_0} = \frac{\dfrac{\varepsilon_r \varepsilon_0 \Delta x b}{d}}{\dfrac{\varepsilon_r \varepsilon_0 ab}{d}} = \frac{\Delta x}{a} = \frac{2 \times 10^{-3}}{10 \times 10^{-3}} = 0.2$$

位移相对灵敏度为

$$K_0 = \frac{\dfrac{\Delta C}{C_0}}{\Delta x} = \frac{\dfrac{\Delta x}{a}}{\Delta x} = \frac{1}{a} = \frac{1}{10 \times 10^{-3}} = 100$$

3. 解：由已知条件可知：$t_0 = 30℃$，$E(t, t_0) = 38.560\text{mV}$

∴ 根据中间温度定律

$$E(t, t_0) = E(t, 0) - E(t_0, 0) = E(t, 0) - E(30, 0) = 38.560\text{mV}$$

∴ $E(t, 0) = 38.560 + E(30, 0) = (38.560 + 1.203)\text{mV} = 39.763\text{mV}$

∵ $39.703\text{mV} < 39.763\text{mV} < 40.096\text{mV}$

∴ $E_M = 39.763\text{mV}$，$E_L = 39.703\text{mV}$，$E_H = 40.096\text{mV}$

$$t_L = 960℃，\quad t_H = 970℃$$

∴ 被测介质实际温度为

$$t = t_L + \frac{E_M - E_L}{E_H - E_L}(t_H - t_L)$$

$$= \left[960 + \frac{39.763 - 39.703}{40.096 - 39.703} \times (970 - 960)\right]℃ = 961.527℃$$

4. 解：∵ 该循环码盘为六位循环码盘

∴ 最小分辨率为：$\theta = \dfrac{360°}{2^6} = 5.625°$。

设码盘半径为 r，因为 $5.625°$ 的角度对应圆弧长度为 0.01mm，所以有

$$\frac{360°}{2\pi r} = \frac{5.625°}{0.01}$$

$$r = \frac{360 \times 0.01}{2\pi \times 5.625} \approx 0.1\text{mm}$$

又由于码盘输出循环码为 101101，将其转换为二进制码为 110110，对应十进制数为 54。同理，由于初始位置对循环码为 110100，将其转换为二进制码为 100111，对应十进制数为 39。

∴ 码盘实际转过的角度为

$$\theta_x = (54 - 39)\theta = 15\theta = 15 \times 5.625° = 84.375°$$

四、综合设计分析题（本大题共 20 分）

解：1. 全桥电路如图 6-14 所示。

∴ 电桥输出电压为

$$U_o = \left(\frac{R_1}{R_1 + R_4} - \frac{R_2}{R_2 + R_3}\right)U_i = \frac{R_1 R_3 - R_2 R_4}{(R_1 + R_4)(R_2 + R_3)}U_i$$

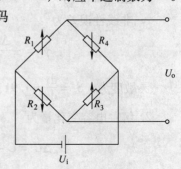

图 6-14　全桥电路

初始状态（$F=0$）时，$R_1 = R_2 = R_3 = R_4 = R_0$

∴ $U_o = 0$

当 $F \neq 0$ 时，$R_1 = R_0 + \Delta R_1$，$R_2 = R_0 + \Delta R_2$，$R_3 = R_0 + \Delta R_3$，$R_4 = R_0 + \Delta R_4$

∴ $U_o = \dfrac{(R_0 + \Delta R_1)(R_0 + \Delta R_3) - (R_0 + \Delta R_2)(R_0 + \Delta R_4)}{(R_0 + \Delta R_1 + R_0 + \Delta R_4)(R_0 + \Delta R_2 + R_0 + \Delta R_3)} U_i$

∵ $\Delta R \ll R$

∴ 对上式作近似处理，略去分母中 ΔR 项及分子中 ΔR 高次项，则

$$U_o = \frac{R_0^2 + R_0 \Delta R_1 + R_0 \Delta R_3 - R_0^2 - R_0 \Delta R_2 - R_0 \Delta R_4}{4R_0^2} U_i$$

$$= \frac{\Delta R_1 + \Delta R_3 - \Delta R_2 - \Delta R_4}{4R_0} U_i$$

设轴向应变为 ε_x，则径向应变为 $-\mu \varepsilon_x$，

由传感器结构示意图可知，当传感器受力 F 时，应变片 R_1 和 R_3 产生的应变为 $\varepsilon_1 = \varepsilon_3 = \varepsilon_x$。而应变片 R_2 和 R_4 的应变为 $\varepsilon_2 = \varepsilon_4 = -\mu \varepsilon_x$。

又∵ 应力 $\sigma = \dfrac{F}{S}$

∴ 应变 $\varepsilon_x = \dfrac{\sigma}{E} = \dfrac{F}{ES}$

∴ $\Delta R_1 = \Delta R_3 = R_0 K_0 \varepsilon_x = R_0 K_0 \dfrac{F}{ES}$

$\Delta R_2 = \Delta R_4 = -R_0 K_0 \mu \varepsilon_x = -R_0 K_0 \mu \dfrac{F}{ES}$

代入 U_o 计算式中可得

$$U_o = \frac{2R_0 K_0 \dfrac{F}{ES} + 2R_0 K_0 \mu \dfrac{F}{ES}}{4R_0} U_i$$

$$= \frac{U_i}{2} K_0 \frac{F}{ES}(1 + \mu)$$

$$= \frac{(1 + \mu) K_0 U_i}{2ES} F$$

2. 工作原理：当传感器弹性元件受到沿轴向的外力 F 作用时，将产生一定形变从而引起粘贴在弹性元件上的四个应变片（两个沿轴向粘贴，另两个沿径向粘贴）发生相应应变，致使其中两个应变片阻值增加，另两个应变片阻值减小。将四个应变片接入所设计的全桥电路中，经推导，测量电路输出电压

$$U_o = \frac{(1 + \mu) K_0 U_i}{2ES} F$$

由上式可见，当 μ、K_0、E、S 及桥路电源电压 U_i 一定时，输出电压 U_o 与外力 F 成正比，即输出电压 U_o 的大小反映了被测力 F 的大小，如此实现了对外力 F 的测量。

综合试题三参考答案

一、单项选择题（本大题共 10 小题，每小题 2 分，共 20 分）

1. C   2. B   3. B   4. A   5. B   6. D   7. A   8. D   9. C   10. B

二、简答题（本大题共 5 小题，每小题 6 分，共 30 分）

1. 答：①传感器的定义：能感受被测量并按照一定规律转换成可用输出信号的器件或装置；②传感器的共性：利用物理定律和物质的物理、化学或生物特性，将非电量（如位移、速度、加速度、力等）转换为电量（电压、电流、电容、电阻等）；③传感器的组成：传感器主要由敏感元件和转换元件组成。

2. 答：当传感器的 ε_r 和 S 为常数，初始极距为 d_0 时，其初始电容量 C_0 为

$$C_0 = \frac{\varepsilon_0 \varepsilon_r S}{d_0} \tag{1}$$

若电容器极板间距离由初始值 d_0 缩小了 Δd，电容量增大了 ΔC，则有

$$C = C_0 + \Delta C = \frac{\varepsilon_0 \varepsilon_r S}{d_0 - \Delta d} = \frac{C_0}{1 - \dfrac{\Delta d}{d_0}} = \frac{C_0 \left(1 + \dfrac{\Delta d}{d_0}\right)}{1 - \left(\dfrac{\Delta d}{d_0}\right)^2} \tag{2}$$

由（2）式可知，传感器的输出是非线性的。

若 $\Delta d / d_0 \ll 1$ 时，$1 - (\Delta d / d_0)^2 \approx 1$，则式（2）可简化为 $C = C_0 + C_0 \dfrac{\Delta d}{d_0}$，此时 C 与 Δd 近似呈线性关系。

所以，在 $\Delta d / d_0$ 很小时，变极距型电容式传感器的输出（电容）与输入（位移）有近似的线性关系。

3. 答：当置于磁场中的静止载流导体中的电流方向与磁场方向不一致时，载流导体上平行于电流和磁场方向上的两个面之间产生电动势，这种现象称霍尔效应。

霍尔常数 R_H 等于霍尔片材料的电阻率 ρ 与电子迁移率 μ 的乘积，即 $R_H = \mu \rho$。若想增强霍尔效应，则需要有较大的霍尔系数 R_H，因此要求霍尔片材料有较大的电阻率和载流子迁移率。一般金属材料载流子迁移率很高，但电阻率很小；而绝缘材料电阻率极高，但载流子迁移率极低，故只有半导体材料才适于制造霍尔片。

4. 答：光纤传感器由光源、（光纤或非光纤的）敏感元件、光纤、光探测器、信号处理系统等组成。

其工作原理：由光源发出的光通过源光纤引到敏感元件，被测参数（温度、压力、应变、振动等）作用于敏感元件，在光的调制区内，使光的某一性质（光强、波长/频率、相位、偏振态）受到被测量的调制，调制后的光信号经过接收光纤耦合到光探测器，将光信号转换为电信号，最后经过信号处理得到所需要的被测量。

5. 答：（1）把两块栅距相等的光栅（光栅 1、光栅 2）叠合在一起，中间留有很小的间隙，并使两者的栅线之间形成一个很小的夹角 θ，这样就可以看到在近于垂直栅线的方向上出现明暗相间的条纹，这些条纹叫莫尔条纹。在 d—d 线上，两块光栅的栅线重合，透光面积最大，形成条纹的亮带，它是由一系列四棱形图案构成的；在 f—f 线上，两块光栅的栅线错开，形成条纹的暗带。它是由一些黑色叉线图案组成的。因此莫尔条纹的形成是由两块

光栅的遮光和透光效应形成的。

（2）莫尔条纹的间距 B_H 与两光栅线纹夹角 θ 之间的关系为

$$B_H = \frac{W/2}{\sin\dfrac{\theta}{2}} \approx \frac{W}{\theta}$$

三、分析计算题（本大题共 4 小题，任选 3 小题，每小题 10 分，共 30 分）

1. 解：令 $x_1 = R_1$，$x_2 = R_2$

系数矩阵 $A = \begin{bmatrix} 2 & 1 \\ 3 & 2 \\ 4 & 3 \end{bmatrix}$，直接测得值矩阵 $L = \begin{bmatrix} 50 \\ 80 \\ 120 \end{bmatrix}$，被测量估计矩阵 $\hat{X} = \begin{bmatrix} x_1 \\ x_2 \end{bmatrix}$。

由最小二乘法，$\hat{X} = [A'A]^{-1}A'L = \begin{bmatrix} 13.33 \\ 21.67 \end{bmatrix}$

$\therefore R_1 = x_1 = 13.33\Omega$，$R_2 = x_2 = 21.67\Omega$。

2. 解：把输入看作从 0～275 的阶跃输入信号，则

$$x(t) = 0, t \leq 0, x(t) = 275, t > 0$$

输入信号的拉普拉斯变换为 $X(s) = \dfrac{275}{s}$。

又 $\because \tau_0 \dfrac{\mathrm{d}t_2}{\mathrm{d}\tau} + t_2 = t_1$

即 $(\tau_0 s + 1)t_2 s = t_1(s)$

$\therefore H(s) = \dfrac{t_2(s)}{t_1(s)} = \dfrac{1}{\tau_0 s + 1}$

$\therefore Y(s) = H(s)X(s) = \dfrac{1}{\tau_0 s + 1}\dfrac{275}{s}$

进行拉普拉斯反变换后，有 $y(t) = 275(1 - e^{-\frac{t}{120}})$

$\therefore$ 动态误差 $\Delta = y(480) - 275 = -275e^{-\frac{480}{120}}℃ = -5.04℃$

3. 解：（1）$\because \dfrac{\Delta R}{R} = K\varepsilon_x$ 且 $\varepsilon_x = \dfrac{F}{SE}$

$\therefore \dfrac{\Delta R}{R_x} = K\dfrac{F}{\pi r^2 E} = \dfrac{2 \times 9.8 \times 10^4}{3.14 \times \left(\dfrac{0.05}{2}\right)^2 \times 2 \times 10^{11}} = 0.05\%$

$\Delta R = 0.05\% R_x = 120 \times 0.05\%\Omega = 0.06\Omega$

（2）$\dfrac{\Delta R_y}{R_y} = \varepsilon_y = -\mu\varepsilon_x = -0.3 \times 0.05\% = -0.015\%$

4. 解：$E(t, t_0) = 11.710\text{mV}$

$E(t, 0℃) = E(t, t_0) + E(t_0, 0℃)$

$11.710\text{mV} = E(t, 0℃) - E(20℃, 0) = E(t, 0℃) - 0.113\text{mV}$

所以 $E(t, 0℃) = 11.823\text{mV}$

查表：$E(1180℃, 0℃) = 11.707\text{mV}$，$E(1190℃, 0℃) = 11.827\text{mV}$

所以 $t_M = t_L + \dfrac{E_M - E_L}{E_H - E_L}(t_H - t_L) = 1180℃ + \dfrac{11.823 - 11.707}{11.827 - 11.823} \times 10℃ = 1470℃$

四、综合设计分析题（本大题共 20 分）

解：（1）测试平台振动加速度的测量系统框图如图 6-15 所示。

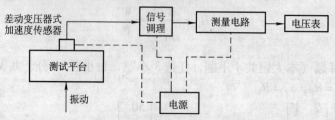

图 6-15　测试平台振动加速度的测量系统框图

（2）差动变压器式加速度传感器的原理如图 6-16 所示。

（3）差动变压器式加速度的测量电路图

为了达到能辨别移动方向和消除零点残余电压的目的，实际测量时，常常采用差动整流电路或相敏检波电路。

方法一：差动整流电路

把差动变压器的两个二次输出电压分别整流，然后将整流的电压或电流的差值作为输出。全波电压输出的差动整流电路如图 6-4 所示。

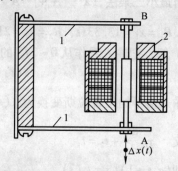

图 6-16　差动变压器式加速度传感器原理图
1—悬臂梁　2—差动变压器

从电路图可知，不论两个二次绕组的输出瞬时电压极性如何，流经电容 C_1 的电流方向总是从 2 到 4，流经电容 C_2 的电流方向总是从 6 到 8，故整流电路的输出电压为

$$\dot{U}_2 = \dot{U}_{24} - \dot{U}_{68}$$

当衔铁在零位时，因为 $U_{24} = U_{68}$，所以 $U_2 = 0$；当衔铁在零位以上时，因为 $U_{24} > U_{68}$，则 $U_2 > 0$；而当衔铁在零位以下时，则有 $U_{24} < U_{68}$，则 $U_2 < 0$。

所以 U_2 有效值的大小反映了位移的大小，从而可以反求加速度的大小；U_2 的正负表示衔铁位移的方向，即振动的加速度方向。

方法二：相敏检波电路

电路如图 6-17a 所示。输入信号 u_2（差动变压器式传感器输出的调幅波电压）通过变压器 T_1 加到环形电桥的一个对角线上。参考信号 u_s 通过变压器 T_2 加到环形电桥的另一个对角线上。输出信号 u_0 从变压器 T_1 与 T_2 的中心抽头引出。

平衡电阻 R 起限流作用，以避免二极管导通时变压器 T_2 的二次电流过大。R_L 为负载电阻。u_s 的幅值要远大于输入信号 u_2 的幅值，以便有效控制四个二极管的导通状态，且 u_s 和差动变压器式传感器的励磁电压 u_1 由同一振荡器供电，保证二者同频同相（或反相）。

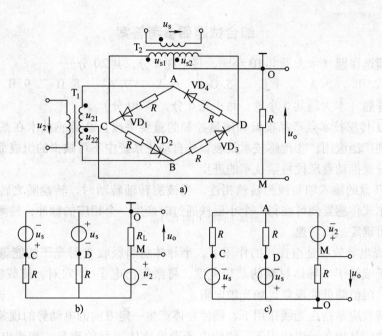

图 6-17　相敏检波电路

根据变压器的工作原理，考虑到 O、M 分别为变压器 T_1、T_2 的中心抽头，则：

$$u_{s1} = u_{s2} = \frac{u_s}{2n_2}$$

$$u_{21} = u_{22} = \frac{u_1}{2n_1}$$

采用电路分析的基本方法，可求得图 6-17b 所示电路的输出电压 u_o 的表达式

$$u_o = -\frac{R_L u_{22}}{\dfrac{R}{2} + R_L} = \frac{R_L u_1}{n_1(R + 2R_L)}$$

当 u_2 与 u_s 均为负半周时，二极管 VD_2、VD_3 截止，VD_1、VD_4 导通，其等效电路如图 6-17c 所示，输出电压 u_o 的表达式与上式相同。说明只要位移 $\Delta x > 0$，不论 u_2 与 u_s 是正半周还是负半周，负载电阻 R_L 两端得到的电压 u_o 始终为正。

当 $\Delta x < 0$ 时，u_2 与 u_s 为同频反相。

不论 u_2 与 u_s 是正半周还是负半周，负载电阻 R_L 两端得到的输出电压 u_o 表达式总是为

$$u_o = -\frac{R_L u_2}{n_1(R + 2R_L)}$$

即当衔铁在零点以下移动时，不论载波是正半周还是负半周，在负载电阻上得到的电压始终是负的。

综上所述，相敏检波电路的输出电压的变化规律反映了位移的变化规律，即：U_2 的有效值大小反映了位移的大小，从而可以反求加速度的大小；U_2 的正负表示衔铁位移的方向，即振动的加速度方向。

综合试题四参考答案

一、单项选择题（本大题共 10 小题，每小题 2 分，共 20 分）

1. C　　2. D　　3. A　　4. C　　5. C　　6. A　　7. A　　8. D　　9. B　　10. A

二、简答题（本大题共 5 小题，每小题 6 分，共 30 分）

1. 答：①传感技术是产品检验和质量控制的重要手段；②传感技术在系统安全经济运行监测中得到广泛应用；③传感技术及装置是自动化系统中不可缺少的组成部分；④传感技术的完善和发展推动着现代科学技术的进步。

2. 答：转盘的输入轴与被测转轴相连，当被测转轴转动时，转盘随之转动；固定在转盘附近的霍尔式传感器便可在每一个小磁铁通过时产生一个相应的脉冲；检测出单位时间的脉冲数，就可确定被测转速。

3. 答：光电导效应是指在光的作用下，半导体材料吸收入射光子的能量，如果入射光子的能量大于或等于半导体材料的禁带宽度，将激发出电子-空穴对，使载流子浓度增加，导电性增加，阻值降低的现象，如光敏电阻。

光生伏特效应是指在光线作用下，能使物体产生一定方向的电动势的现象，如光电池。

外光电效应是指在光线作用下，能使电子逸出物体表面的现象，如光电管（光电二极管、光电晶体管）、倍增管。

4. 答：光栅莫尔条纹测位移的三个主要特点：

（1）位移的放大作用

光栅每移动一个栅距 W 时，莫尔条纹移动一个宽度 B_H，莫尔条纹的间距 B_H 与两光栅夹角 θ 的关系为：

$$B_H = \frac{W/2}{\sin\dfrac{\theta}{2}} \approx \frac{W/2}{\theta/2} = \frac{W}{\theta}$$

由此可见，θ 越小，B_H 越大，B_H 相当于把 W 放大了 $1/\theta$ 倍。即光栅具有位移放大作用，从而可提高测量的灵敏度。

（2）莫尔条纹移动方向

当固定一个光栅，另一个光栅向右移动时，则莫尔条纹将向上移动；反之，如果另一个光栅向左移动，则莫尔条纹将向下移动。因此，莫尔条纹的移动方向有助于判别光栅的运动方向。

（3）误差的平均效应

莫尔条纹是由光栅的大量刻线形成的，对线纹的刻划误差有平均抵消作用。

5. 答：图 6-18 是测量两点间温度差（$t_1 - t_2$）的一种线路连接方法。将两个同型号的热电偶配用相同的补偿导线，其接线应使两热电偶反向串联（A 接 A、B 接 B），使得两热电动势方向相反，故输入仪表的是其差值，这一差值反映了两热电偶热端的温度差，从而仪表便可测得 t_1 和 t_2 间的温度差值。设回路总电动

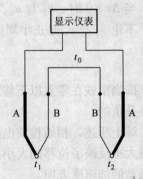

图 6-18　热电偶测量两点间温度差线路

势为 E_T，根据热电偶的工作原理可推得：

$$E_T = E_{AB}(t_1, t_0) - E_{AB}(t_2, t_0) = E_{AB}(t_1, t_2) = \frac{k}{q_0}(t_1 - t_2)\ln\frac{n_A}{n_B}$$

因此测得的回路总电动势反映的是两测量工作端的温度差 $t_1 - t_2$。为了减少测量误差，提高测量精度，应保证两热电偶的冷端温度相同（t_0）。

三、分析计算题（本大题共 4 小题，任选 3 小题，每小题 10 分，共 30 分）

1. 解：（1）端点线性度：

设拟合直线为：$y = kx + b$，

根据两个端点（1，2.20）和（5，10.10），则拟合直线斜率：

$$k = \frac{y_2 - y_1}{x_2 - x_1} = \frac{10.10 - 2.20}{5 - 1} = 1.975$$

∴ $1.975 \times 1 + b = 2.20$

∴ $b = 0.225$

∴ 端点拟合直线为 $y = 1.975x + 0.225$

x	1	2	3	4	5
$y_{实际}$	2.20	4.00	5.98	7.90	10.10
$y_{理论}$	2.20	4.175	6.15	8.125	10.10
$\Delta = y_{实际} - y_{理论}$	0	-0.175	-0.17	-0.225	0

∴ $\Delta L_{max} = -0.225$

∴ $\gamma_L = \pm\frac{\Delta L_{max}}{y_{FS}} \times 100\% = \pm\frac{0.225}{10.10} \times 100\% = \pm 2.23\%$

（2）最小二乘线性度：

设拟合直线方程为 $y = a_0 + a_1 x$

由已知输入输出数据，根据最小二乘法，有：

$$L = \begin{bmatrix} 2.20 \\ 4.00 \\ 5.98 \\ 7.90 \\ 10.10 \end{bmatrix}, \quad A = \begin{bmatrix} 1 & 1 \\ 1 & 2 \\ 1 & 3 \\ 1 & 4 \\ 1 & 5 \end{bmatrix}, \quad X = \begin{bmatrix} a_0 \\ a_1 \end{bmatrix}$$

∴ $X = (A'A)^{-1}A'L = \begin{bmatrix} 0.126 \\ 1.97 \end{bmatrix}$

∴ $a_0 = 0.126$，$a_1 = 1.97$

∴ 拟合直线为 $y = 0.126 + 1.97x$

∴ 输入 x：　　1　　　　2　　　　　3　　　　　4　　　　　5

　　输出 y：2.20　　　4.00　　　5.98　　　7.90　　　10.10

　　理论值 $\hat{y}$：2.096　　4.066　　6.036　　8.006　　9.976

$\Delta L = |y - \hat{y}|$：0.104　　0.066　　0.056　　0.106　　0.124

∴ $\Delta L_{max} = 0.124$

∴ 非线性误差为：

$$\gamma_L = \pm \frac{\Delta L_{max}}{Y_{FS}} \times 100\% = \pm \frac{0.124}{10.10} \times 100\% = \pm 1.23\%$$

2. 解：（1）应变片组成如图 6-19 所示的半桥电路。

$$U_o = E\left[\frac{(R_1 + \Delta R_1)}{(R_1 + \Delta R_1) + R_4} - \frac{R_3}{R_3 + (R_2 + \Delta R_2)}\right]$$

$$= \frac{E}{2}\frac{\Delta R}{R} = \frac{2V}{2} \times \frac{1.2\Omega}{120\Omega} = 0.01V$$

（2）$K_u = \frac{U_o}{\Delta R/R} = \frac{E}{2} = 1$

（3）R_3、R_4 可以进行温度补偿。

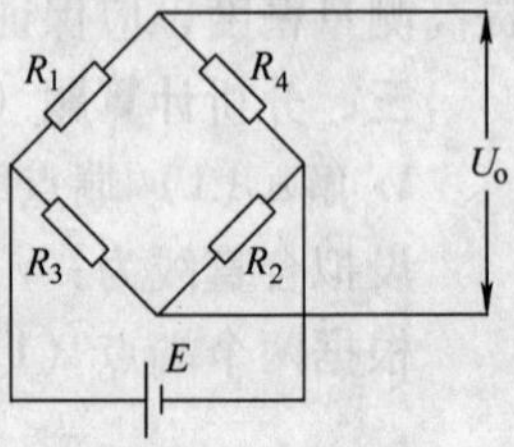

图 6-19　半桥电路

3. 解：∵ $R_m \approx \frac{2\delta}{\mu_0 S_0}$，∴ $L \approx \frac{W^2 \mu_0 S_0}{2\delta}$

又∵ $W = 200$ 匝，$\mu_0 = 4\pi \times 10^{-7} H/m$，$S_0 = 30 \times 10^{-3} mm \times 15 \times 10^{-3} mm$

∴ 当 $\delta = 0$ 时，$L \approx \infty$

当 $\delta = 2 \times 10^{-3}$ 时，

$$L \approx \frac{200^2 \times 4\pi \times 10^{-7} \times 30 \times 10^{-3} \times 15 \times 10^{-3}}{2 \times 2 \times 10^{-3}} H \approx 0.005655H$$

4. 解：光纤传感器的集光范围取决于其数值孔径的大小，即：

$$NA = \sin\theta_c = \frac{\sqrt{n_1^2 - n_2^2}}{n_0}$$

根据题意有　　　　　　　　　$n_0 = 0$，$n_1 = 1.5$，$n_2 = \sqrt{2}$

所以有：

$$NA = \sin\theta_c = \frac{\sqrt{n_1^2 - n_2^2}}{n_0} = \sqrt{1.5^2 - 2} = 0.5$$

即 $\theta_c = 30°$

那么集光范围应为 $2\theta_c = 60°$

为了减小光纤传输损耗，应考虑材料吸收损耗、散射损耗和光波导弯曲损耗等。

四、综合设计分析题（本大题共 20 分）

解：根据题意，当传感器壳体随被测对象在垂直方向作直线加速运动时，质量块因惯性相对静止，因此将导致固定电极与动极板间的距离发生变化，一个增加、另一个减小。从而影响两个电容器的电容量，形成差动结构。

对于差动平板电容，通过分析有：

$$\frac{\Delta C}{C_0} \approx 2\frac{\Delta d}{d_0}$$

又根据位移与加速度的关系可得出：

$$S = \Delta d = \frac{1}{2}at^2$$

式中，S 为位移；a 为加速度；t 为运动时间。

联立上面两式得到：

$$\frac{\Delta C}{C_0} \approx 2\frac{\Delta d}{d_0} = \frac{at^2}{d_0}$$

由此可见，此电容增量正比于被测加速度。

测量电路可选用：

方法一：采用脉冲宽度调制电路

脉冲宽度调制电路如图 6-20 所示。图中 C_1、C_2 为差动式电容传感器。

双稳态触发器在某一状态有 $Q=1$（高电平）、$\overline{Q}=0$（低电平）。此时，A 点高电位，u_A 经 R_1 对电容 C_1 充电，使 u_M 升高。当忽略双稳态触发器的输出电阻，并认为二极管 VD_1 的反向电阻无穷大时，充电时间常数为 $\tau_1 = R_1C_1$。

充电直到 M 点电位高于参比电位 u_r，即 $u_M > u_r$，比较器 A_1 输出正跳变信号，激励触发器翻转，将使 $Q=0$（低电平）、$\overline{Q}=1$（高电平），这时 A 点为低电位，C_1 通过 VD_1 迅速放电至 0 电平；与此同时，B 点为高电位，通过 R_2 对 C_2 充电，时间常

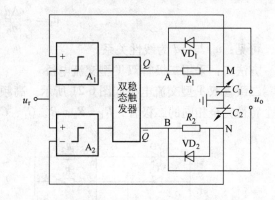

图 6-20　脉冲宽度调制电路原理图

数变为 $\tau_2 = R_2C_2$，直至 N 点电位高于参比电位 u_r，即 $u_N > u_r$，使比较器 A_2 输出正跳变信号，激励触发器发生翻转，重复前述过程。如此周而复始，Q 和 $\overline{Q}$ 端（即 A、B 两点间）输出方波。

对电容 C_1、C_2 分别充电至 u_r 时所需的时间分别为：

$$T_1 = R_1C_1\ln\frac{u_A}{u_A - u_r}$$

$$T_2 = R_2C_2\ln\frac{u_B}{u_B - u_r} = R_2C_2\ln\frac{u_A}{u_A - u_r}$$

当差动电容 $C_1 = C_2$ 时，由于 $R_1 = R_2$，因此，$T_1 = T_2$，两个电容器的充电过程完全一样，A、B 间的电压 u_{AB} 为对称的方波，其直流分量（平均电压值）为零。

当差动电容 $C_1 \ne C_2$ 时，假设 $C_1 > C_2$，则 C_1 充电过程的时间要延长、C_2 充电过程的时间要缩短，导致时间常数 $\tau_1 > \tau_2$，此时 u_{AB} 的方波不对称。当矩形电压波通过低通滤波器后，可得出 u_{AB} 的直流分量（平均电压值）不为 0，而应为：

$$u_0 = (u_{AB})_{DC} = u_A - u_B = \frac{T_1}{T_1 + T_2}u_{Am} - \frac{T_2}{T_1 + T_2}u_{Bm} = \frac{R_1C_1u_{Am} - R_2C_2u_{Bm}}{R_1C_1 + R_2C_2}$$

式中，u_{Am}、u_{Bm} 分别为 u_A、u_B 的幅值。

由于 $R_1 = R_2$，设 $u_{Am} = u_{Bm} = u_m$，则上式变为：

$$u_0 = (u_{AB})_{DC} = \frac{C_1 - C_2}{C_1 + C_2}u_m$$

对于变极距型：

$$u_0 = \frac{d_2 - d_1}{d_1 + d_2} u_{\mathrm{m}}$$

当差动电容 $C_1 = C_2 = C_0$ 时，即 $d_1 = d_2 = d_0$ 时，$u_0 = 0$；如果 C_1 不等于 C_2，假设 $C_1 > C_2$，即 $d_1 = d_0 - \Delta d$，$d_2 = d_0 + \Delta d$，则：

$$u_0 = +\frac{\Delta d}{d_0} u_{\mathrm{m}}$$

对于 $C_1 < C_2$，即 $d_1 = d_0 + \Delta d$，$d_2 = d_0 - \Delta d$，则：

$$u_0 = -\frac{\Delta d}{d_0} = u_{\mathrm{m}}$$

可见：u_0 与 Δd 为线性关系。

方法二：采用二极管双 T 型交流电桥

二级管双 T 型交流电桥如图 6-21 所示。高频电源 e 提供幅值为 E 的方波，VD_1、VD_2 为两个特性完全相同的二极管，$R_1 = R_2 = R$，C_1、C_2 为传感器的两个差动电容。

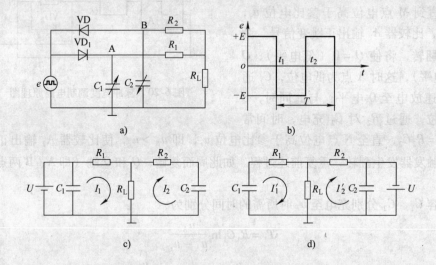

图 6-21　二极管双 T 型交流电桥

（1）当传感器没有输入时，$C_1 = C_2$

电路工作原理：当电源 e 为正半周时，VD_1 导通、VD_2 截止，即对电容 C_1 充电，其等效电路如图 6-21c 所示。然后在负半周时，电容 C_1 上的电荷通过电阻 R_1、负载电阻 R_L 放电，流过负载的电流为 I_1。在负半周内，VD_2 导通，VD_1 截止，对电容 C_2 充电，其等效电路如图 6-21d 所示。随后出现正半周时，C_2 通过电阻 R_2、负载电阻 R_L 放电，流过 R_L 的电流为 I_2。

根据上述条件，则电流 $I_1 = I_2$，且方向相反，在一个周期内流过 R_L 的平均电流为零。

（2）当传感器有输入时，$C_1 \neq C_2$

此时，$I_1 \neq I_2$，此时 R_L 上必定有信号输出，其输出在一个周期内的平均值为：

$$U_{\mathrm{o}} = I_L R_L = \frac{1}{T} \int_0^T [I_1(t) - I_2(t)] \mathrm{d}t \cdot R_L$$

$$\approx \frac{R(R+2R_L)}{(R+R_L)^2}R_L Ef(C_1-C_2)$$

式中，f 为电源频率。

在 R_L 已知的情况下，上式可改写为：

$$U_o \approx MEf(C_1-C_2)$$

式中：

$$M=\frac{R(R+2R_L)}{(R+R_L)^2}R_L（常数）$$

可知：输出电压 U_o 不仅与电源电压的幅值和频率有关，也与 T 型网络中的电容 C_1、C_2 的差值有关。当电源确定后（即电压的幅值 E 和频率 f 确定），输出电压 U_o 就是电容 C_1、C_2 的函数。

附　　录

附录 A　强化练习题参考答案

2.1　绪论

一、选择题

1. B　2. B　3. D　4. ABCD　5. ABC

二、填空题

1. 一定规律；敏感元件；转换元件；信号调节转换电路　2. 物理、化学或生物特性；非电量；电量　3. 传感技术

三、简答题

1. 答：传感器是能感受被测量并按照一定规律转换成可用输出信号的器件或装置。传感器的基本组成包括敏感元件和转换元件两部分。敏感元件是传感器中能直接感受（或响应）被测信息（非电量）的元件，起检测作用。转换元件则是指传感器中能将敏感元件感受（或响应）的信息转换为电信号的部分，起转换作用。

2. 答：①新原理的寻找；②新材料的开发应用；③采用新工艺；④新功能的开发应用，探索新功能，传感器的多功能化发展；⑤传感器的集成化发展；⑥传感器的智能化发展。

2.2　传感器的基本特性

一、选择题

1. B　2. C　3. B　4. C

二、填空题

1. 常数；线性　2. 60mV/mm　3. 8.5s

三、简答题

答：传感器的基本特性是指传感器的输入-输出关系特性。传感器的基本特性主要包括静态特性和动态特性。其中，静态特性是指传感器在稳态信号作用下的输入-输出关系，描述指标有线性度（非线性误差）、灵敏度、迟滞、重复性和漂移；动态特性是指传感器对动态激励（输入）的响应（输出）特性，即其输出对随时间变化的输入量的响应特性，主要描述指标有时间常数、延迟时间、上升时间、峰值时间、响应时间、超调量、幅频特性和相频特性。

四、计算题

1. 解：一阶传感器频率响应特性：$H(\mathrm{j}\omega) = \dfrac{1}{\tau(\mathrm{j}\omega) + 1}$

幅频特性：$A(\omega) = \dfrac{1}{\sqrt{1 + (\omega\tau)^2}}$

由题意有 $|A(\omega)-1| \leqslant 5\%$ ，即 $\left|\dfrac{1}{\sqrt{1+(\omega\tau)^2}}-1\right| \leqslant 5\%$

又 $\omega = \dfrac{2\pi}{T} = 2\pi f = 200\pi$

所以：$0 < \tau < 0.523\mathrm{ms}$

取 $\tau = 0.523\mathrm{ms}$，$\omega = 2\pi f = 2\pi \times 50 = 100\pi$

幅值误差：$\Delta A(\omega) = \dfrac{\dfrac{1}{\sqrt{1+(\omega\tau)^2}}-1}{1} \times 100\% = -1.32\%$

所以有 $-1.32\% \leqslant \Delta A(\omega) < 0$

相位误差：$\Delta\phi(\omega) = -\arctan(\omega\tau) = -9.3°$

所以有 $-9.3° \leqslant \Delta\phi(\omega) < 0$

2. 解：二阶系统 $A(\omega) = \left\{\left[1-\left(\dfrac{\omega}{\omega_n}\right)^2\right]^2 + 4\xi^2\left(\dfrac{\omega}{\omega_n}\right)^2\right\}^{-\frac{1}{2}}$

当 $\omega = \omega_n$ 时共振，则 $A(\omega)_{\max} = \dfrac{1}{2\xi} = \dfrac{1.4}{1}$，$\xi = 0.36$

所以：$\omega = \omega_n = 2\pi f = 2\pi \times 216 = 1357\mathrm{rad/s}$

3. 解：（1）迟滞误差：

$\because$ 迟滞误差 $\gamma_H = \pm\dfrac{1}{2}\dfrac{\Delta H_{\max}}{y_{FS}} \times 100\%$

A 第一次测量：由所给数据可得 $\Delta H_{\max} = 1.5$，$y_{FS} = 964.4$，

$\therefore \gamma_{H1} = \pm\dfrac{1}{2}\dfrac{\Delta H_{\max}}{y_{FS}} \times 100\% = \pm\dfrac{1}{2} \times \dfrac{1.5}{964.4} \times 100\% = \pm0.08\%$

B 第二次测量：由所给数据可得 $\Delta H_{\max} = 1.3$，$y_{FS} = 965.1$，

$\therefore \gamma_{H2} = \pm\dfrac{1}{2}\dfrac{\Delta H_{\max}}{y_{FS}} \times 100\% = \pm\dfrac{1}{2} \times \dfrac{1.3}{965.1} \times 100\% = \pm0.07\%$

C 第三次测量：由所给数据可得 $\Delta H_{\max} = 1.8$，$y_{FS} = 965.7$，

$\therefore \gamma_{H3} = \pm\dfrac{1}{2}\dfrac{\Delta H_{\max}}{y_{FS}} \times 100\% = \pm\dfrac{1}{2} \times \dfrac{1.8}{965.7} \times 100\% = \pm0.09\%$

（2）重复性误差：

由所给数据可得，

正行程：$\Delta R_{1\max} = 1.3$，反行程：$\Delta R_{2\max} = 1.3$

$\therefore \Delta R_{\max} = \max(\Delta R_{1\max}, \Delta R_{2\max}) = 1.3$

又 $y_{FS} = 965.7$

$\therefore$ 重复性误差 $\gamma_R = \pm\dfrac{\Delta R_{\max}}{y_{FS}} \times 100\% = \pm\dfrac{1.3}{965.7} \times 100\% = \pm0.13\%$

2.3 电阻式传感器

一、选择题

1. B 2. B 3. C 4. A 5. ABCD

二、填空题

1. 电阻值变化量　2. 应变；压阻　3. 应变；电阻；电阻应变敏感元件；感知应变；电阻应变敏感；将应变转换为电阻变化　4. 直流电桥；交流电桥　5. 提高桥臂比；半桥差动；全桥差动

三、简答题

1. 答：材料的电阻变化是由尺寸变化引起的，称为应变效应。

应变式传感器的基本工作原理：当被测物理量作用在弹性元件上，弹性元件在力、力矩或压力等作用下发生形变，变换成相应的应变或位移，然后传递给与之相连的应变片，将引起应变敏感元件的电阻值发生变化，通过转换电路变成电量输出。输出的电量大小反映了被测物理量的大小。

2. 答：温度误差产生原因包括两方面：

温度变化引起应变片敏感栅电阻变化而产生附加应变，试件材料与敏感栅材料的线膨胀系数不同，使应变片产生附加应变。

温度补偿方法基本上分为桥路补偿和应变片自补偿两大类。

3. 答：直流电桥适合供电电源是直流电的场合，交流电桥适合供电电源是交流的场合。

半桥电路比单桥电路灵敏度提高一倍，全桥电路比单桥电路灵敏度提高4倍，且二者均无非线性误差。

四、计算题

1. 解：$K = \dfrac{\Delta R/R}{\varepsilon}$

已知 $\Delta R = 1\Omega$，$\therefore \dfrac{\Delta R}{R} = \dfrac{1}{100}$

$\sigma = \dfrac{F}{A} = \dfrac{50 \times 10^3}{0.5 \times 10^{-4}} \text{N/m}^2 = 1 \times 10^9 \text{N/m}^2$

由 $\sigma = E\varepsilon$ 得 $\varepsilon = \dfrac{\sigma}{E} = \dfrac{1 \times 10^9}{2 \times 10^{11}} = 5 \times 10^{-3}$，

所以 $K = \dfrac{\Delta R/R}{\varepsilon} = \dfrac{1/100}{5 \times 10^{-3}} = 2$

2. 解：（1）如图 A-1 所示。

（2）圆筒截面积：

$A = \pi(R^2 - r^2) = 59.7 \times 10^{-6} \text{m}^2$

应变片 1、2、3、4 感受轴向应变：$\varepsilon_1 = \varepsilon_2 = \varepsilon_3 = \varepsilon_4 = \varepsilon_x$

应变片 5、6、7、8 感受周向应变：$\varepsilon_5 = \varepsilon_6 = \varepsilon_7 = \varepsilon_8 = \varepsilon_y$

满量程时：

$\Delta R_1 = \Delta R_2 = \Delta R_3 = \Delta R_4 = k\varepsilon_x R = k\dfrac{F}{AE}R$

$= 2.0 \times \dfrac{10 \times 10^3}{59.7 \times 10^{-6} \times 2.1 \times 10^{11}} \times 120\Omega \approx 0.191\Omega$

$\Delta R_5 = \Delta R_6 = \Delta R_7 = \Delta R_8 = -\mu\Delta R_1 = -0.3 \times 0.191\Omega$
$= -0.0573\Omega$

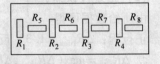
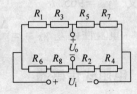

图 A-1　应变片粘贴位置及电路连接图

(3) 全受拉力：

$$U_o = U_i \left[\frac{(R_1 + \Delta R_1) + (R_3 + \Delta R_3)}{(R_1 + \Delta R_1) + (R_3 + \Delta R_3) + (R_3 + \Delta R_5) + (R_7 + \Delta R_7)} \right.$$

$$\left. - \frac{(R_6 + \Delta R_6) + (R_8 + \Delta R_8)}{(R_6 + \Delta R_6) + (R_8 + \Delta R_8) + (R_2 + \Delta R_2) + (R_4 + \Delta R_4)} \right]$$

$$= U_i \left[\frac{R_1 + \Delta R_1}{(R_1 + \Delta R_1) + (R_5 + \Delta R_5)} - \frac{R_6 + \Delta R_6}{(R_6 + \Delta R_6) + (R_2 + \Delta R_2)} \right]$$

代入数据可求得

$U_o \approx 1 \text{mV}$

3. 解：(1) $U_o = E \left[\frac{R_1 + \Delta R_1}{(R_1 + \Delta R_1) + R_2} - \frac{R_3}{R_3 + R_4} \right] = 4 \times \left(\frac{101}{201} - \frac{1}{2} \right) \text{V} \approx 0.00995 \text{V} \approx 0.01 \text{V}$

(2) $U_o = E \left[\frac{R_1 + \Delta R_1}{(R_1 \pm \Delta R_1) + (R_2 \pm \Delta R_2)} - \frac{R_3}{R_3 + R_4} \right] = 0$

(3) 当 R_1 受拉应变，R_2 受压应变时：

$$U_o = E \left[\frac{R_1 + \Delta R_1}{(R_1 + \Delta R_1) + (R_2 - \Delta R_2)} - \frac{R_3}{R_3 + R_4} \right] = 4 \times \left(\frac{101}{200} - \frac{1}{2} \right) \text{V} = 0.02 \text{V} = 20 \text{mV}$$

当 R_1 受压应变，R_2 受拉应变时：

$$U_o = E \left[\frac{R_1 - \Delta R_1}{(R_1 - \Delta R_1) + (R_2 + \Delta R_2)} - \frac{R_3}{R_3 + R_4} \right] = 4 \times \left(\frac{99}{200} - \frac{1}{2} \right) \text{V} = -0.02 \text{V} = -20 \text{mV}$$

4. 解：(1) $\frac{\Delta R_1}{R_1} = K\varepsilon = 1.64 \times 10^{-3}$

$\therefore \Delta R_1 = K\varepsilon R_1 = 0.1968\Omega$

(2) $U_o = \frac{E}{4} \frac{\Delta R_1}{R_1} = \frac{3}{4} \times 1.64 \times 10^{-3} \text{V} = 0.00123 \text{V}$

$$\gamma_L = \frac{\frac{\Delta R_1}{R_1}}{2 + \frac{\Delta R_1}{R_1}} = \frac{\Delta R_1}{2R_1 + \Delta R_1} = \frac{0.1968}{2 \times 120 + 0.1968} \approx 0.00082$$

(3) 采用差动电桥：

半桥差动：$U_o = \frac{E}{2} \frac{\Delta R_1}{R_1} = 2 \times 0.00123 \text{V} = 0.00246 \text{V}$，$\gamma_L = 0$

全桥差动：$U_o = E \frac{\Delta R_1}{R_1} = 4 \times 0.00123 \text{V} = 0.00492 \text{V}$，$\gamma_L = 0$

五、综合分析设计题

1. 解：按题意要求圆周方向贴 4 片相同应变片，如果组成等臂全桥电路，当 4 片全感受应变时，桥路输出信号为零。故在此种情况下，要求有补偿环境温度变化的功能，同时桥路输出电压还要足够大，应采取 2 片 R_1、R_3 贴在有应变的圆筒壁上做敏感元件，而另 2 片 R_2、R_4 贴在不感受应变的圆筒外壁上作为温补元件，如图 A-2a 所示。然后再将 4 个应变电阻接入如图 A-2b 所示桥臂位置上。此时被测压力变化时，R_1、R_3 随筒壁感受正应变量 $\varepsilon_1 >$

0、$\varepsilon_3 > 0$。并且 $\varepsilon_1 = \varepsilon_3$；$R_2$、$R_4$ 所处位置筒壁不产生应变，故 $\varepsilon_2 = \varepsilon_4 = 0$。桥路输出电压 U_o 只与敏感元件 R_1、R_3 有关，故把 R_1、R_3 放在相对桥臂上，可获得较高的电压灵敏度。则输出信号电压 U_o 为

$$U_o = \frac{1}{4}\left(\frac{\Delta R_1}{R_1} + \frac{\Delta R_3}{R_3}\right)U$$

$$= K\frac{(\varepsilon_1 + \varepsilon_3)}{4}U$$

$$= \frac{K}{2} \cdot \frac{(2-\mu)}{2(D-d)E}pU$$

$$= \frac{K}{4} \cdot \frac{(2-\mu)}{(D-d)E}pU$$

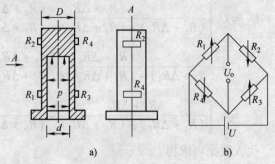

图 A-2 应变片粘贴位置示意图与电路连接图

另一方面 R_2、R_4 放于桥臂上与 R_1、R_3 组成全桥测量电路，当环境温度变化时产生的电阻变化量均相同，故对环境温度变化有补偿作用，使

$$\Delta U_{ot} = \frac{1}{4}\left[\frac{\Delta R_1 t}{R_1} - \frac{\Delta R_2 t}{R_2} + \frac{\Delta R_3 t}{R_3} - \frac{\Delta R_4 t}{R_4}\right]U = 0$$

2. 解：（1）采用图 A-3 所示全桥电路；

（2）当传感器弹性元件悬臂梁受到外力 F 作用时，将产生一定形变从而引起粘贴在其上的 4 个应变片（2 个受拉，另两个受压）发生相应应变，致使其中 2 个应变片阻值增加，另 2 个应变片阻值减小。将 4 个应变片接入所设计的全桥电路中，从而将电阻值的变化转换成为电桥电压输出，输出电压 U_o 的大小间接反映了被测外力 F 的大小，如此实现了对外力 F 的测量。

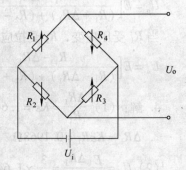

图 A-3 全桥差动电路

（3）$\varepsilon_x = \dfrac{6(l-x)}{WEt^2}F$

$$= \frac{6 \times (25 \times 10^{-2} - 0.5 \times 25 \times 10^{-2})}{6 \times 10^{-2} \times 70 \times 10^5 \times (3 \times 10^{-2})^2} \times 0.5 = 0.0992$$

$\therefore \dfrac{\Delta R}{R_0} = K\varepsilon_x = 2.1 \times 0.0992 = 0.21$

$\therefore$ 电阻变化量

$$\Delta R = 0.21R_0 = 0.21 \times 120\Omega = 25.2\Omega$$

$\therefore$ 四个应变片的电阻值变为：

$$R_1 = R_3 = R_0 + \Delta R = (120 + 25.2)\Omega = 145.2\Omega$$

$$R_2 = R_4 = R_0 - \Delta R = (120 - 25.2)\Omega = 94.8\Omega$$

（4）当桥路供电电压为直流 10V 时，则输出电压为：

$$U_o = \left(\frac{R_1}{R_1 + R_4} - \frac{R_2}{R_2 + R_3}\right)U_i$$

$$= \left(\frac{R_0 + \Delta R}{R_0 + \Delta R + R_0 - \Delta R} - \frac{R_0 - \Delta R}{R_0 - \Delta R + R_0 + \Delta R}\right)U_i$$

$$= \frac{\Delta R}{R_0} U_i = 0.21 \times 10V = 2.1V$$

非线性误差为：$\gamma_L = 0$

2.4　电感式传感器

一、选择题

1. C　2. D　3. ABCD　4. ABC

二、填空题

1. 电磁感应；线圈的自感系数；互感系数　2. 差动整流；相敏检波　3. 线圈；铁心；衔铁；变压器式交流电桥；谐振式测量电路　4. 变隙式；变面积式；螺线管式；线圈互感量；螺线管式　5. 调频；调幅；振幅测量；转速测量；无损探伤

三、简答题

1. 答：电涡流效应指的是这样一种现象：根据法拉第电磁感应定律，块状金属导体置于变化的磁场中或在磁场中作切割磁力线运动时，通过导体的磁通将发生变化，产生感应电动势，该电动势在导体内产生电流，并形成闭合曲线，状似水中的涡流，通常称为电涡流。

利用电涡流效应测量位移时，可使被测物的电阻率、磁导率、线圈与被测物的尺寸因子、线圈中激磁电流的频率保持不变，而只改变线圈与导体间的距离，这样测出的传感器线圈的阻抗变化，可以反应被测物位移的变化。

2. 答：（1）不同点：

1）自感式传感器把被测非电量的变化转换成自感系数的变化；

2）差动变压器式传感器把被测非电量的变化转换成互感系数的变化。

（2）相同点：两者都属于电感式传感器，都可以分为气隙型、截面型和螺管型。

3. 答：电感式传感器是建立在电磁感应基础上的，它将输入的物理量（如位移、振动、压力、流量、比重等）转换为线圈的自感系数 L 或互感系数 M 的变化，再通过测量电路将 L 或 M 的变化转换为电压或电流的变化，从而将非电量转换成电信号输出，实现对非电量的测量。

根据工作原理的不同，电感式传感器可分为变磁阻式（自感式）、变压器式和涡流式（互感式）等种类。

四、计算题

1. 解：$\Delta L = L_0 \dfrac{\Delta \delta}{\delta_0}$，$K = \dfrac{\Delta L}{\Delta \delta} = \dfrac{L_0}{\delta_0}$

$$L_0 = \frac{W^2 \mu_0 A_0}{2\delta_0} = \frac{3000^2 \times 4\pi \times 10^{-7} \times 1.5 \times 10^{-4}}{2 \times 0.5 \times 10^{-2}} H = 54\pi \times 10^{-3} H$$

所以：$K = \dfrac{54\pi \times 10^{-3}}{0.5 \times 10^{-2}} = 10.8\pi = 34$

做成差动结构形式灵敏度将提高一倍。

2. 解：（1）$\delta = \dfrac{1}{2} l_\delta = 0.4mm$

$$L = \frac{W^2 \mu_0 A_0}{2\delta} = \frac{2500^2 \times 4\pi \times 10^{-7} \times 16 \times 10^{-6}}{2 \times \frac{0.8}{2} \times 10^{-3}} \text{mH} = 157 \text{mH}$$

（2）$\Delta L = L_0 \frac{\Delta \delta}{\delta_0} \left[1 + \left(\frac{\Delta \delta}{\delta_0} \right) + \left(\frac{\Delta \delta}{\delta_0} \right)^2 + \cdots \right] = 157 \times \frac{0.08}{0.4} \left[1 + \frac{1}{5} + \frac{1}{25} + \cdots \right] \text{mH} = 39.25 \text{mH}$

（3）$R = \frac{\rho L}{A} = 464 \Omega$

（4）$Q = \frac{\omega L}{R}$, $\omega = 2\pi f$, $Q = \frac{2\pi \times 4000 \times 157 \times 10^{-3}}{464} = 8.5$

2.5 电容式传感器

一、选择题

1. B 2. B 3. C 4. AB 5. BD

二、填空题

1. 电容量 2. 反比 3. 线性；线性 4. 1；平方 5. 调频电路；运算放大电路；二极管双 T 型交流电桥；脉冲宽度调制电路

三、简答题

1. 答：根据电容式传感器的工作原理，可将其分为 3 种：变极板间距的变极距型、变极板覆盖面积的变面积型和变介质介电常数的变介质型。

变极板间距型电容式传感器的特点是电容量与极板间距成反比，适合测量位移量。

变极板覆盖面积型电容传感器的特点是电容量与面积改变量成正比，适合测量线位移和角位移。

变介质型电容传感器的特点是利用不同介质的介电常数各不相同，通过改变介质的介电常数实现对被测量的检测，并通过电容式传感器的电容量的变化反映出来。适合于介质的介电常数发生改变的场合。

2. 答：

（1）$U_o = 0$

（2）$U_o \approx \frac{R(R + 2R_L)}{(R + R_L)^2} R_L E f(C_1 - C_2)$，因为 $C_1 < C_2$ 所以 $U_o < 0$，输出负电压。

3. 答：当初始状态时，液面高度 $h = 0$，则 $C_0 = \frac{2\pi \varepsilon_1 l}{\ln \frac{R}{r}}$

当被测液面高度为 h 时，则

$$C = \frac{2\pi \varepsilon_1 (l - h)}{\ln \frac{R}{r}} + \frac{2\pi \varepsilon_2 h}{\ln \frac{R}{r}} = \frac{2\pi \varepsilon_1 l - 2\pi \varepsilon_1 h + 2\pi \varepsilon_2 h}{\ln \frac{R}{r}}$$

$$= \frac{2\pi \varepsilon_1 l}{\ln \frac{R}{r}} + \frac{2\pi h (\varepsilon_2 - \varepsilon_1)}{\ln \frac{R}{r}} = C_0 + \frac{2\pi (\varepsilon_2 - \varepsilon_1)}{\ln \frac{R}{r}} h$$

$$\therefore \Delta C = C - C_0 = \frac{2\pi (\varepsilon_2 - \varepsilon_1)}{\ln \frac{R}{r}} h$$

∴ 由此可见，电容变化量 ΔC 与液面高度 h 成正比，只要将电容变化量检测出来，就可间接获得被测液面高度。

四、计算题

1. 解：$\Delta C = \dfrac{\varepsilon_0 \varepsilon_r A}{d_0} \dfrac{\Delta d}{d_0} = \dfrac{8.854 \times 10^{-12} \times \pi \times 25 \times 10^{-6}}{0.09 \times 10^{-6}} \times 2 \times 10^{-6} \text{ F} = 0.0155 \text{pF}$

$0.0155 \text{pF} \times 100 \text{mV/pF} = 1.55 \text{mV}$

$N = 1.55 \times 5 = 7.75$ 格

2. 解：

$U_L = E f M (C_1 - C_0)$

$M = \dfrac{R(R + 2R_L)}{(R + R_L)^2} R_L$

∴ $U_L = \dfrac{R(R + 2R_L)}{(R + R_L)^2} R_L E f \Delta C$

∴ $U_L = \pm \dfrac{40(40 + 2 \times 20)}{(40 + 20)^2} \times 20 \times 10^3 \times 10^6 \times 10 \times (1 \times 10^{-12}) \text{ V} = 0.18 \text{V}$

3. 解：(1) $C_0 = \dfrac{\varepsilon_0 \varepsilon_r A}{d_0} = \dfrac{\varepsilon_0 A}{1 \times 10^{-3}} = 1000 \varepsilon_0 A$

$\Delta C = C_0 \dfrac{\Delta d}{d_0} = \dfrac{\varepsilon_0 \varepsilon_r A}{d_0} \dfrac{\Delta d}{d_0} = \dfrac{\varepsilon_0 A \times 0.1 \times 10^{-3}}{1 \times 10^{-6}} = 100 \varepsilon_0 A$

$K = \dfrac{\Delta C/C_0}{\Delta d} = \dfrac{100 \varepsilon_0 A/1000 \varepsilon_0 A}{0.1}/\text{mm} = 1/\text{mm}$

(2) 差动 $\Delta C = 2C_0 \dfrac{\Delta d}{d_0} = 200 \varepsilon_0 A$,

(3) 差动 $K = \dfrac{\Delta C/C_0}{\Delta d} = \dfrac{200 \varepsilon_0 A/1000 \varepsilon_0 A}{0.1}/\text{mm} = 2/\text{mm}$

$\delta = \left| \dfrac{\Delta d}{d_0} \right|^2 \times 100\% = \left| \dfrac{0.1}{1} \right|^2 \times 100\% = 1\%$

五、综合分析设计题

1. 解：(1) 工作原理：U_p 为交流信号源，在正、负半周内电流的流程如下

正半周：

F 点 $\to C_1 \to VD_1 \to C_3$、R_L(A 点)$\to$ B 点(I_1)

F 点 $\to C_2 \to VD_3 \to$ E 点 $\to R_0 \to$ B 点

负半周：

B 点 $\to C_3$、$R_L \to$ A 点 $\to VD_2 \to C_2 \to$ F 点(I_2)

B 点 $\to R_0 \to$ E 点 $\to VD_4 \to C_1 \to$ F 点

由以上分析可知：在一个周期内，流经负载 R_L 的电流 I_1 与 C_1 有关，I_2 与 C_2 有关。因此每个周期内流过负载电流是 $I_1 + I_2$ 的平均值，并随 C_1 和 C_2 而变化。输出电压 $\overline{U_{AB}}$ 可以反映 C_1 和 C_2 的大小。

(2) 输出端电压 U_{AB} 在 $C_1 = C_2$、$C_1 > C_2$、$C_1 < C_2$ 三种情况下波形如图 A-4 所示。

(3) $I_1 = j\omega C_1 U_p$

因 $C_3 \gg C_1$、$C_3 \gg C_2$，C_3 阻抗可忽略

则 $\quad I_2 = j\omega C_2 U_P$

$$\overline{U}_{AB} = (I_1 + I_2) Z_{AB}$$

$$= j\omega (C_1 - C_2) U_P \dfrac{R_L \dfrac{1}{j\omega C_3}}{R_L + \dfrac{1}{j\omega C_3}}$$

R_L 很大，所以分母 $\dfrac{1}{j\omega C_3}$ 可忽略

$$= j\omega (C_1 - C_2) U_P \dfrac{R_L \dfrac{1}{j\omega C_3}}{R_L}$$

$$= \dfrac{C_1 - C_2}{C_3} U_P$$

输出电压平均值 $\overline{U}_{AB} = K \dfrac{C_1 - C_2}{C_3} U_P$

式中，K 为滤波系数。

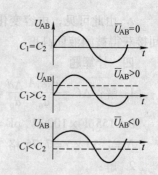

图A-4 三种情况的波形图

2.6 压电式传感器

一、选择题

1. A 2. B 3. C 4. D 5. ABCD

二、填空题

1. 电荷源 Q；电容器 C；电容 2. 有源；压电效应 3. 电荷 4. 电荷放大器；电压放大器 5. 正压电；逆压电

三、简答题

1. 答：并联接法在外力作用下正负电极上的电荷量增加了 1 倍，电容量也增加了 1 倍，输出电压与单片时相同。适宜测量慢变信号且以电荷作为输出量的场合。

串联接法上、下极板的电荷量与单片时相同，总电容量为单片时的一半，输出电压增大了 1 倍。适宜以电压作输出信号且测量电路输入阻抗很高的场合。

2. 答：传感器与电压放大器连接的电路，其输出电压与压电元件的输出电压成正比，但容易受电缆电容的影响。

传感器与电荷放大器连接的电路，其输出电压与压电元件的输出的电荷成正比，电缆电容的影响小。

3. 答：如作用在压电组件上的力是静态力，则电荷会泄露，无法进行测量。所以压电传感器通常都用来测量动态或瞬态参量。

四、计算题

解：（1）$S = S_P S_V S_X$

$$S_V = \dfrac{S}{S_P S_X} = \dfrac{0.5\,\text{mm/pa}}{5\,\text{pc/pa} \times 20\,\text{mm/V}} = 5\,\dfrac{\text{mV}}{\text{pc}}$$

（2）$x = S \times 40\,\text{pa} = 0.5\,\dfrac{\text{mm}}{\text{pa}} \times 40\,\text{pa} = 20\,\text{mm}$

2.7　磁敏式传感器

一、选择题

1. D　2. C　3. D

二、填空题

1. 磁电作用　2. 感应电动势　3. 霍尔效应　4. 不等位电势；寄生直流电动势　5. 霍尔片厚度

三、简答题

1. 答：恒磁通式传感器是指在测量过程中使导体（线圈）位置相对于恒定磁通变化而实现测量的一类磁电感应式传感器。

变磁通式磁电传感器主要是靠改变磁路的磁通大小来进行测量的，即通过改变测量磁路中气隙的大小，从而改变磁路的磁阻来实现测量的。

2. 答：磁电式传感器的误差主要有非线性误差和温度误差。

非线性误差的主要原因：当磁电式传感器在进行测量时，传感器线圈会有电流流过，这时线圈会产生一定的交变磁通，此交变磁通会叠加在永久磁铁产生的传感器工作磁通上，导致气隙磁通变化。

补偿非线性误差的方法：在传感器中加入补偿线圈，补偿线圈被通以一定的电流，适当选择补偿线圈的参数，使其产生的交变补偿磁通可以与传感器线圈本身产生的交变附加磁通相互抵消。

温度误差产生的原因主要是温度的变化。

温度误差补偿的方法是在结构允许的情况下，在传感器的磁铁下设置热磁分路。

3. 答：霍尔式位移传感器输出电动势 $U_H = K_H IB$。

在一定范围内，B 正比于位移 x，而霍尔电动势正比于 B，所以 U_H 正比于位移 x。

除了测量位移外，霍尔式传感器还可以测量转速、压力等。

四、计算题

解：$U_H = K_H IB = 22 \times 1.0 \times 10^{-3} \times 0.3\text{mV} = 6.6\text{mV}$

$$U_H = vBb, \quad vb = \frac{U_H}{B} = \frac{6.6\text{mV}}{0.3\text{T}} = 2.2 \times 10^{-4}\text{V/T}$$

$$I = nevbd, \quad 1 \times 10^{-3} = n \times 1.6 \times 10^{-19} \times 2.2 \times 10^{-4} \times 0.1 \times 10^{-2}$$

$$n = 2.84 \times 10^{20}/\text{m}^3$$

2.8　热电式传感器

一、选择题

1. A　2. D　3. D　4. A　5. ABCD　6. ABC

二、填空题

1. 接触电动势；温差电动势　2. 中间温度　3. 热电偶；热电阻　4. 电势；电阻；热电动势；电阻值　5. 铂；铜；中低；铜热　6. 三线制；两线制；四线制

三、简答题

1. 答：（1）铂电阻传感器：特点是精度高、稳定性好、性能可靠。主要作为标准电阻温度计使用，也常被用在工业测量中。此外，还被广泛地应用于温度的基准、标准的传递，是目前测温复现性最好的一种。

（2）铜电阻传感器：价钱较铂金属便宜。在测温范围比较小的情况下，有很好的稳定性。温度系数比较大，电阻值与温度之间接近线性关系。材料容易提纯，价格便宜。不足之处是测量精度较铂电阻稍低、电阻率小。

2. 答：在并联方式中，伏特表得到的电动势为 2 个热电偶的热电动势的平均电动势，即它已经自动得到了 2 个热电动势的平均值，查表即可得到两点的平均温度。该方法的优点：快速、高效、自动，误差小，精度高。缺点：当其中有一个热电偶损坏后，不易立即发现，且测得的热电动势实际上只是某一个热电偶的。

在串联方式中，伏特表得到的电动势为环路中 2 个热电偶的总热电动势，还要经过算术运算求平均值，再查表得到两点的平均温度。该方法的优点：当其中有一个热电偶损坏后，可以立即发现；可获得较大的热电动势并提高灵敏度。缺点：过程较复杂，时效性低，在计算中，易引入误差，精度不高。

3. 答：热电偶与热电阻均属于温度测量中的接触式测温，作用相同，都是测量物体的温度、精度及性能都与传感器材料特性有关。但是他们的原理与特点却不相同。热电偶是将温度变化转换为热电动势的测温元件，热电阻是将温度变化转换为电阻值变化的测温元件。热电偶的测温原理基于热电效应。将两种不同的导体或半导体连接成闭合回路，当两个接点处的温度不同时，回路中将产生热电动势，这种现象称为热电效应，又称为塞贝克效应。闭合回路中产生的热电动势由两种电动势组成：温差电动势和接触电动势。温差电动势是指同一导体的两端因温度不同而产生的电动势，不同的导体具有不同的电子密度，所以他们产生的电动势也不相同，而接触电动势是指两种不同的导体相接触时，因为他们的电子密度不同而产生的一定的电子扩散，当它们达到一定的平衡后所形成的电动势。接触电动势的大小取决于两种不同导体的材料性质以及它们接触点的温度。另外，热电偶的电信号需要一种特殊的导线来进行传递，这种导线称为补偿导线。热电阻的测温原理是基于导体或半导体的电阻值随着温度的变化而变化的特性。其优点有很多：可以远传电信号，灵敏度高，稳定性强，互换性以及准确性都比较好。但是其需要电源激励，不能够瞬时测量温度的变化。热电阻不需要补偿导线，而且比热电偶便宜。

四、计算题

1. 解：$R_t = R_0 \exp\left(\dfrac{B}{t} - \dfrac{B}{t_0}\right)$

$10 \times 10^3 = 200 \times 10^3 \exp(B/373.15 - B/273.15)$

$B = 1072$

当 $t = 20℃$ 时，$R_{20} = 20 \times 10^3 \exp(B/293.15 - B/273.15) = 153\text{k}\Omega$

2. 解：$e(t_1, t_2) = e_E(t_1, t_0) - e_K(t_2, t_0)$

$\qquad = e_E(420, 30) - e_K(t_2, 30)$

$\qquad = [e_E(420, 0) - e_E(30, 0)] - [e_K(t_2, 0) - e_K(30, 0)]$

所以，查题目提供的两个表可得：

$e(420, t_2) = 30.546 - 1.801 - [e_K(t_2, 0) - 1.203]$

$\qquad\quad = 15.132$

$\therefore e_K(t_2,0) = 14.816 \text{mv}$

$\therefore t_2 = 363.9℃$

$\therefore \Delta t = t_1 - t_2 = (420 - 363.9)℃ = 56.1℃$

3. 解：不对。因为仪表机械零位在 0℃ 与冷端 30℃ 的温度不一致，而仪表刻度是以冷端为 0℃ 刻度的，故此时指示值不是换热器的真实温度。不能用指示温度与冷端温度之和表示实际温度，而要采用热电动势之和计算、查表，得到实际温度 t 值。

实际热电动势为实际温度 $t℃$ 与冷端 30℃ 产生的热电动势，即

$$E(t,0) = E(t,30) + E(30,0) = (28.943 + 1.801)\text{mV} = 30.744\text{mV}$$

查热电动势表可得到换热器内的正确温度值。

2.9 光电式传感器

一、选择题

1. B 2. D 3. D 4. AB 5. ABC 6. D 7. C 8. AC

二、填空题

1. 电荷 2. 光的全反射 3. 光电效应传感器；光纤传感器 4. 透射式；反射式 5. 外光电；光电管、光电倍增管；光导；光敏电阻； 6. 22.5° 7. 光栅栅距 8. 编码器；脉冲数字传感器 9. 直线式；旋转式；线位移；角位移 10. 莫尔条纹；角位移。

三、简答题

1. 答：光电式传感器（或称光敏传感器）：利用光电器件把光信号转换成电信号（电压、电流、电阻等）的装置。

光电式传感器的基本工作原理是基于光电效应的，即因光照引起物体的电学特性而改变的现象。

2. 答：如图 A-5 所示。CCD 器件基本结构是一系列彼此非常靠近的 MOS 光敏元，这些光敏元使用同一半导体衬底；氧化层均匀、连续；相邻金属电极间隔极小。任何可移动的电荷都将力图向表面势大的位置移动。为了保证信号电荷按确定的方向和路线转移，在 MOS 光敏元阵列上所加的各路电压脉冲要求严格满足相位要求。

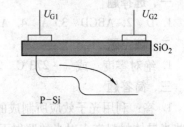

图 A-5 相邻 MOS 光敏元电荷转移原理

3. 答：光在同一种介质中是直线传播的，当光线以不同的角度入射到光纤端面时，在端面发生折射进入光纤后，又入射到折射率较大的光密介质（纤芯）与折射率较小的光疏介质（包层）的交界面，光线在该处有一部分投射到光疏介质，一部分反射回光密介质。对光纤的要求是包层和纤芯的折射率不同，且纤芯的折射率大于包层的折射率。对入射角的要求是入射角小于临界角。

4. 答：计量光栅传感器的结构包括两个部分：光电转换装置和光栅数显表，其中前者又包括以下四个部分：①主光栅（又称标尺光栅），均匀地刻划有透光和不透光的线条；②指示光栅，刻有与主光栅同样刻线密度的条纹；③光路系统，包括光源和透镜；④光电元件。计量光栅主要利用了莫尔条纹现象。主光栅与指示光栅的栅线叠合在一起，中间保持很小的夹角 θ，在大致垂直于栅线的方向上会出现明暗相间的条纹，称为莫尔条纹。光栅测量

原理就是以移动的莫尔条纹的数量来确定位移量，其分辨率为光栅栅距。

5. 答：数字式传感器是能够直接将非电量转换为数字量的传感器。

数字式传感器与模拟式传感器相比，具有测量精度和分辨率高、稳定性好、抗干扰能力强、便于与微机接口和适宜远距离传输的优点。

四、计算题

1. 解：$\sin\theta_c = \dfrac{1}{n_0}\sqrt{n_1^2 - n_2^2} = \sqrt{n_1^2 - n_2^2}$

$NA = \sin\theta_c = \sqrt{n_1^2 - n_2^2} = \sqrt{1.46^2 - 1.45^2} = 0.17$

$\theta_c = \arcsin\sqrt{n_1^2 - n_2^2} = \arcsin 0.17 = 9.8\text{rad}$

2. 解：（1）由光栅密度 50 线/mm，可知其光栅栅距

$$W = \frac{1}{50}\text{mm} = 0.02\text{mm}$$

根据公式可求莫尔条纹间距 $B_H = \dfrac{W}{\theta}$

式中，θ 为主光栅与指标光栅夹角。

$$B_H = \frac{W}{\theta} = \frac{0.02}{0.01}\text{mm} = 2\text{mm}$$

（2）光栅运动速度与光敏二极管的响应时间成反比，即

$$v = \frac{W}{t} = \frac{0.02}{10^{-6}}\text{m/s} = 20\text{m/s}$$

所以最大允许速度为 20m/s。

2.10 辐射与波式传感器

一、选择题

1. D 2. ABCD 3. A 4. ABCD 5. B 6. ABC

二、填空题

1. 绝对零度 或 −273℃ 2. 分米波；厘米波；毫米波 3. 反射

三、简答题

1. 答：利用光子效应所制成的红外传感器，统称光子传感器。即，光子传感器是利用某些半导体材料在入射光的照射下，产生光子效应，使材料电学性质发生变化。通过测量电学性质的变化，可以知道红外辐射的强弱。

光子传感器的主要特点：灵敏度高、响应速度快、具有较高的响应频率。但一般需在低温下工作，探测波段较窄。

根据光子传感器的工作原理，一般可分为内光电和外光电传感器两种，后者又分为光电导传感器、光生伏特传感器和光磁电传感器三种。

2. 答：微波传感器是利用微波特性来检测某些物理量的器件或装置。由发射天线发出微波，此波遇到被测物体时将被吸收或反射，使微波功率发生变化，通过接收天线将接收到的微波信号转换成低频电信号，再经过后续的信号调理、电路处理等环节，即可显示出被测量。按照微波传感器的工作原理，可将其分为反射式和遮断式两种。反射式微波传感器是通

过检测被测物反射回来的微波功率或经过的时间间隔来测量被测量的。通常它可以测量物体的位置、位移等参数。遮断式微波传感器是通过检测接收天线收到的微波功率的大小来判断发射天线与接收天线之间有无被测物体和被测物体的厚度、含水量等参数的。

3. 答：超声波测厚是根据超声波脉冲反射原理来进行厚度测量的，当探头发射的超声波脉冲通过被测物体到达材料分界面时，脉冲被反射回探头，通过精确测量超声波在材料中传播的时间来确定被测材料的厚度。凡能使超声波以恒定速度在其内部传播的物体均可采用此原理测量。

2.11　化学传感器

一、选择题

1. A　2. B　3. C　4. D　5. AD

二、填空题

1. 电阻式；非电阻式　2. 电阻值；电容值　3. 电解质式；陶瓷式；高分子式

三、简答题

1. 答：①对被测气体具有较高的灵敏度，能有效地检测允许范围内的气体浓度并能及时给出报警、显示和控制信号；②对被测气体以外的共存气体或物质不敏感；③性能稳定，重复性好；④动态特性好，对检测信号响应迅速；⑤使用寿命长；⑥制造成本低，使用、维护方便。

2. 答：使用寿命长，长期稳定性好、灵敏度高，感湿特性曲线的线性度好、使用范围宽，湿度温度系数小、响应时间短、湿滞回差小、能在有害气氛的恶劣环境中使用。器件的一致性和互换性好，易于批量生产器件，感湿特征量、应在易测范围以内。

2.12　生物传感器

一、选择题

1. ABCD　2. ABCD

二、填空题

1. 生物分子的特异性识别；生物放大　2. 高特异性；高灵敏度　3. 酶传感器；微生物传感器；组织传感器；细胞器传感器；免疫传感器

三、简答题

答：1）测定范围广。根据生物反应的奇异性和多样性，从理论上讲可以制造出测定所有生物物质的多种多样的生物传感器。

2）不需要样品的预处理，样品的被测组分的分离和检测同时完成。

3）克服了过去酶法分析试剂费用高昂和化学分析繁琐的缺点。

4）这类生物传感器是在无试剂条件下工作的（缓冲液除外），测定过程简单、快速。

5）准确度和灵敏度高。一般相对误差不超过1%。

6）由于体积小巧，可连续在线监测、联机操作、直接显示与读出测试结果，容易实现自动分析。

7）专一性强，只对特定物质起反应，而且不受颜色、浊度的影响。

8）可进入生物体内。

9）传感器连同测定仪的成本很低，便于推广普及。

2.13 新型传感器

一、选择题

1. B   2. ABCD   3. B   4. C

二、填空题

1. 微处理器；传感器   2. 微处理机；逻辑思维与判断功能   3. 模糊推理与知识集成
4. 微传感器；微执行器；信号处理和控制电路   5. 超精密加工及特种加工；表面微加工；
体微加工；LIGA 技术   6. 网络；网络   7. 信号采集单元；数据处理单元；网络接口单元
8. 现场总线；以太网（Ethernet）协议。

二、简答题

1. 答：高精度；宽量程；多功能；高可靠性；高稳定性；高分辨率；高信噪比；高性
价比；自适应性强；超小型化；微功率。

2. 答：（1）提高测量精度；（2）增加功能；（3）提高自动化程度。

3. 答：如图 A-6 所示。

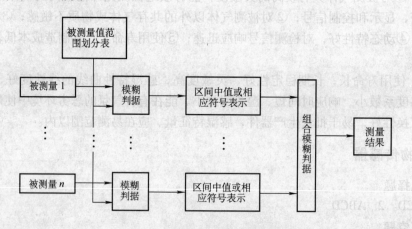

图 A-6　模糊传感器的一般结构

4. 答：（1）空间占有率小；（2）灵
敏度高，响应速度快；（3）便于集成化
和多功能化；（4）可靠性提高；（5）消
耗电力小，节省资源和能量；（6）价格
低廉。

5. 答：主要目标是定义一整套通用的
通信接口，使变送器能够独立于网络与现
有基于微处理器的系统，仪器仪表和现场
总线网络相连，并最终实现变送器到网络
的互换性与互操作性。

6. 答：如图 A-7 所示。

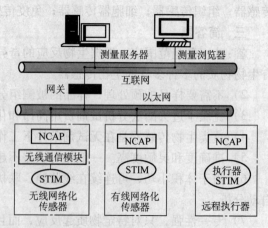

图 A-7　网络传感器测控系统的结构

2.14　参数检测

一、选择题

1. AB　2. A　3. CD　4. D

二、填空题

1. 确定被检测值　2. 速度式；容积式；质量式。

三、简答题

1. 答：力学法、热学法、电学法、声学法、光学法、磁学法、射线法。

2. 答：直读式、浮力式、差压式、电学式、核辐射式、声学式或其他形式。

3. 答：转速检测的主要方法与特点如表 A-1 所示。

表 A-1　转速检测方法及其特点

测量方法		转速仪	测量原理	应用范围	特点
模拟法	机械式	离心式	利用质量块的离心力与转速的平方成正比；利用容器中液体的离心力产生的压力或液面变化	30～24000r/min 中、低速	简单、价格低廉、应用广泛，但准确度较低
		粘液式	利用旋转体在粘液中旋转时传递的扭矩变化测速	中、低速	简单，但易受温度的影响
	电气式	发电机式	利用直流或交流发电机的电压与转速成正比关系	～1000r/min 中、低速	可远距离指示，应用广，易受温度影响
		电容式	利用电容充放电回路产生与转速成正比例的电流	中、高速	简单、可远距离指示
		电涡流式	利用旋转盘在磁场内使电涡流产生变化测转速	中、高速	简单、价格低廉，多用于机动车
计数法	机械式	齿轮式	通过齿轮转动数字轮	中、低速 ～10000r/min	简单、价格低廉，与秒表并用
		钟表式	通过齿轮转动加入计时器		
	光电式	光电式	利用来自旋转体上的光线，使光电管产生电脉冲	中、高速 30～48000r/min	简单、没有扭矩损失
	电气式	电磁式	利用磁、电等转换器将转速变化转换成电脉冲	中、高速	简单、数字传输
同步法	机械式	目测式	转动带槽圆盘，目测与旋转体同步的转速	中、高速	简单、价格低廉
	频闪式	闪光式	利用频闪光测旋转体频率	中、高速	简单、可远距离指示、数字测量

4. 答：检测技术的发展主要表现为四个方面：测量质量不断提高；新型测量技术不断涌现；测量系统的智能化、自动化水平不断提高；测量系统的网络化。

2.15 微弱信号检测

一、选择题

1. AC 2. B 3. ABCD 4. AB 5. A 6. ABC

二、填空题

1. 其信号幅度的绝对值很小、信噪比很低（远小于 1） 2. 噪声产生的原因和规律；提取和测量 3. 信号周期性和噪声随机性；自相关或互相关函数值 4. 稳定性；随机性。

三、简答题

1. 答：实现自相关检测的原理如图 A-8 所示。

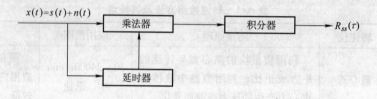

图 A-8　自相关检测原理框图

设输入信号 $x(t)$ 由被测信号 $s(t)$ 和噪声 $n(t)$ 组成，即：$x(t) = s(t) + n(t)$。

$x(t)$ 同时输入到相关接收机的两个通道，其中一个通过延时器使其延迟一段时间 τ。经过延迟的 $x(t-\tau)$ 和没有经过延迟的 $x(t)$ 均送入乘法器中，乘法器输出的乘积经积分器积分后输出平均值，从而得到相关函数曲线上一点的相关值。如果改变延迟时间 τ，重复前述计算就能得到相关函数 $R(\tau)$ 与 τ 的关系曲线，即得到自相关输出为：

$$R_{xx}(\tau) = \lim_{T \to \infty} \frac{1}{2T} \int_{-T}^{T} x(t)x(t-\tau)\,\mathrm{d}t = R_{ss}(\tau) + R_{sn}(\tau) + R_{ns}(\tau) + R_{nn}(\tau)$$

根据互相关函数的性质，信号 $s(t)$ 与噪声 $n(t)$ 不相关，且噪声的平均值应为 0，于是有：$R_{sn}(\tau) = 0, R_{ns}(\tau) = 0$。且随着 τ 的增大，$R_{nn}(\tau) \to 0$，即对于足够大的 τ，可得 $R_{xx}(\tau) = R_{ss}(\tau)$。这样，就得到了信号 $s(t)$ 的自相关函数 $R_{xx}(\tau)$，它包含着 $s(t)$ 的信息，从而可检测出有用信号。

2. 答：实现互相关检测的原理如图 A-9 所示。

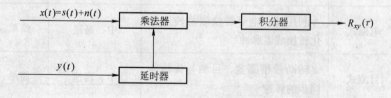

图 A-9　互相关检测原理框图

输入信号为两路：$x(t) = s(t) + n(t)$ 为被检测信号 $s(t)$ 中混入了观察噪声 $n(t)$，$y(t)$ 为已知参考信号，要求与被测信号相关（如同频），而与噪声无相关性。输入经延时、相乘、积分及平均运算后，得到互相关输出为：

$$R_{xy}(\tau) = \lim_{T \to \infty} \frac{1}{2T} \int_{-T}^{T} x(t) y(t - \tau) \, dt = R_{sy}(\tau) + R_{ny}(\tau)$$

由于参考信号 $y(t)$ 与信号 $s(t)$ 有某种相关性，而 $y(t)$ 与噪声 $n(t)$ 没有相关性，且噪声的平均值为0，只要 T 足够长，一定有 $R_{ny}(\tau) = 0$，则：

$$R_{xy}(\tau) = R_{sy}(\tau)$$

$R_{xy}(\tau)$ 中包含了信号 $s(t)$ 的信息，这样，就可实现对待测信号 $s(t)$ 的检测。

3. 答：相干检测的原理如图 A-10 所示。使输入待测的周期信号 $V_i(t)$ 与同频率的参考信号 $V_r(t)$ 在相关器（乘法器）中实现互相关，从而将淹没在噪声中的周期信号携带的信息检测出来。

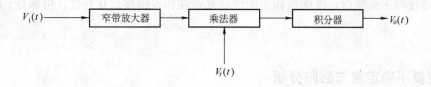

图 A-10　相干检测原理框图

2.16　软测量

一、选择题

1. ABCD　2. AC　3. BC

二、填空题

1. 可测变量；被估计变量；计算机软件　2. 较易在线测量的辅助变量；离线分析信息

3. 变量的类型；变量的数目；检测点位置的选择。

三、简答题

1. 答：①基于工艺机理分析的软测量建模；②基于回归分析的软测量建模；③基于人工神经网络的软测量建模；④基于模式识别的软测量建模；⑤基于模糊数学的软测量建模；⑥基于状态估计的软测量建模；⑦基于相关分析的软测量建模；⑧基于现代非线性信息处理技术的软测量建模。

2. 答：①能够测量目前由于技术或经济原因无法或难以用传感器直接检测的重要的过程参数；②打破了传统单输入、单输出的仪表格局；③能够在线获取被测对象微观的二维/三维时空分布信息，以满足许多复杂工业过程中场参数测量的需要；④可在同一仪表中实现软测量技术与控制技术的结合；⑤便于修改；⑥有助于提高控制性能。

3. 答：①无法直接检测被估计变量，直接检测被估计变量的自动化仪器仪表较贵或维护困难；②通过软测量技术所得到的过程变量的估计值必须在工艺过程所允许的精确度范围内；③能通过其他检测手段根据过程变量估计值对系统数学模型进行校验，并根据两者偏差确定数学模型是否需要校正；④被估计过程变量应具有灵敏性、精确性、鲁棒性等特点。

2.17 多传感器数据融合

一、选择题

1. ABC 2. ABC 3. AC

二、填空题

1. 最佳估计 2. 构造高性能智能化系统 3. 对被测对象的一致性解释与描述；决策和估计 4. 特征提取；分类；识别；参数估计；决策。

三、简答题

1. 答：数据融合的特性：①数据融合的时、空特性；②数据融合的系统性。

数据融合的主要优点：准确性和全面性；冗余性和容错性；互补性；可靠性；实时性和经济性。

2. 略。

2.18 测量不确定度与回归分析

一、选择题

1. ABCD 2. A 3. A 4. ABCD 5. A

二、填空题

1. 单峰性；有限性；对称性 2. ③引用误差 3. 系统误差 4. 2.0mm/℃ 5. 不确定性；分散性。

三、简答题

1. 答：测量误差主要来源于：1）测量环境误差；2）测量装置误差；3）测量方法误差；4）测量人员误差

2. 答：相同点：都是评价测量结果质量高低的重要指标，都可作为测量结果的精度评定参数。

区别：

（1）从定义上讲，误差是测量结果与真值之差，它以真值或约定真值为中心；测量不确定度是以被测量的估计值为中心。因此误差是一个理想的概念，一般不能准确知道，难以定量；而测量不确定度是反映人们对测量认识不足的程度，是可以定量评定的。

（2）在分类上，误差按自身特征和性质分为系统误差、随机误差和粗大误差，并可采取不同的措施来减小或消除各类误差对测量结果的影响。但由于各类误差之间并不存在绝对界限，故在分类判别和误差计算时不易准确掌握。

四、计算题

1. 解：误差方程 $l_{ti} - l_0(1 + \alpha t_i) = v_i$ $i = 1,2,3,4$

令 $x_1 = l_0$，$x_2 = \alpha l_0$

$$\text{系数矩阵 } A = \begin{bmatrix} 1 & 10.0 \\ 1 & 40.0 \\ 1 & 70.0 \\ 1 & 100.0 \end{bmatrix}, \text{直接测得值矩阵 } L = \begin{bmatrix} 20 \\ 21 \\ 23 \\ 24 \end{bmatrix},$$

被测量估计矩阵　$\hat{X} = \begin{bmatrix} x_1 \\ x_2 \end{bmatrix}$

由最小二乘法：$A'A\hat{X} = A'L$，则

$$A'A = \begin{bmatrix} 1 & 1 & 1 & 1 \\ 10 & 40 & 70 & 100 \end{bmatrix} \begin{bmatrix} 1 & 10 \\ 1 & 40 \\ 1 & 70 \\ 1 & 100 \end{bmatrix} = \begin{bmatrix} 4 & 220 \\ 220 & 16600 \end{bmatrix}$$

$$A'L = \begin{bmatrix} 1 & 1 & 1 & 1 \\ 10 & 40 & 70 & 100 \end{bmatrix} \begin{bmatrix} 20 \\ 21 \\ 23 \\ 24 \end{bmatrix} = \begin{bmatrix} 88 \\ 5050 \end{bmatrix}$$

$\because |A'A| = 18000 \neq 0$

$\therefore (A'A)^{-1} = \dfrac{1}{|A'A|} \begin{bmatrix} A_{11} & A_{12} \\ A_{21} & A_{22} \end{bmatrix} = \dfrac{1}{18000} \begin{bmatrix} 16600 & -220 \\ -220 & 4 \end{bmatrix}$

$\therefore \hat{X} = [A'A]^{-1} A'L = \dfrac{1}{18000} \begin{bmatrix} 16600 & -220 \\ -220 & 4 \end{bmatrix} \begin{bmatrix} 88 \\ 5050 \end{bmatrix} = \begin{bmatrix} 19.4333 \\ 0.0467 \end{bmatrix}$

$\therefore l_0 = x_1 = 19.43\text{mm}$

$\alpha = \dfrac{x_2}{l_0} = \dfrac{0.0467}{19.43}/℃ = 2.4 \times 10^{-3}/℃$

2. 解：并联后总电阻可表示为：

$$R = \frac{R_1 R_2}{R_1 + R_2} = \frac{500 \times 500}{500 + 500}\Omega = 250\Omega$$

根据绝对误差合成公式得到合成后的绝对误差为：

$$\Delta R = \sum_{i=1}^{n} \frac{\partial f}{\partial R_i}\Delta R_i = \left(\frac{R_2}{R_1 + R_2}\right)^2 \Delta R_1 + \left(\frac{R_1}{R_1 + R_2}\right)^2 \Delta R_2$$

$$= \frac{1}{4} \times (-2) + \frac{1}{4} \times 3\Omega = 0.25\Omega$$

根据绝对误差合成公式得到合成后的相对误差为：

$$\delta_R = \frac{\Delta R}{R} = \frac{0.25}{250} = 0.1\%$$

或：

$$\delta_R = \frac{R_2}{R_1 + R_2}\frac{\Delta R_1}{R_1} + \frac{R_1}{R_1 + R_2}\frac{\Delta R_2}{R_2} = \frac{R_2}{R_1 + R_2}\delta_{R_1} + \frac{R_1}{R_1 + R_2}\delta_{R_2}$$

$$= \frac{500}{500 + 500} \times \frac{-2}{500} + \frac{500}{500 + 500} \times \frac{3}{500} = 0.1\%$$

2.19　虚拟仪器

一、选择题

1. ABC　2. AB

二、填空题

1. 计算机；测试软件　2. 通用仪器硬件平台；应用软件。

三、简答题

1. 答：①数据分辨率和精度；②最高采样速度；③通道数通道数；④数据总线接口类型；⑤是否需要隔离；⑥板卡本身是否带有微处理器；⑦是否有标定功能；⑧支持的软件驱动程序及其软件平台。

2. 答：①制定程序的基本方案；②创建用户图形界面；③程序源代码的编制；④创建工程文件并运行。

2.20　自动检测系统

一、选择题

1. ABCD　2. ABC　3. BCD　4. ABCD

二、填空题

1. 计算机　2. 微处理器；输入输出接口　3. 实现人机对话　4. 主程序；中断服务程序；应用功能程序　5. 标度变换。

三、简答题

1. 答：自动检测系统的设计一般分以下几个主要步骤：系统需求分析、系统总体设计、采样速率的确定、标度变换、硬件设计、软件设计、系统集成和系统维护等。

2. 答：一般要遵循以下七个原则：①从整体到局部的原则；②环节最少原则；③经济性原则；④可靠性原则；⑤精度匹配原则；⑥抗干扰能力；⑦标准化与通用性原则。

3. 答：自动检测系统正朝着通用化与标准化、集成化与模块化、综合化与系统化、网络化、高可靠性、高精度化、高智能化等方向发展。

四、计算题

1. 解：根据题意，温度20℃时检测得到的模拟电压是1V，因此，其对应的数字量为：

$$N_0 = 255 \times \frac{1}{5} = 51$$

温度80℃时检测得到的模拟电压是5V，因此，其对应的数字量为：

$$N_m = 0FFH = 255$$

因此，对应数字量0B7H = 183的标度转换结果为：

$$y = y_0 + (y_m - y_0)\frac{x - N_0}{N_m - N_0}$$

$$= \left[20 + (80 - 20) \times \frac{183 - 51}{255 - 51} \right]℃$$

$$= 58.82℃$$

2. 解：由题意可知，采用两个完全相同的恒流源I_0分别给测温热电阻R_T与标准参考电阻R_f（其值为100Ω）供电。调节差分放大器使得测量温度为0℃时放大器的输出为0V。当测量温度为100℃时，送入差分放大器的电压差值为：

$$\Delta U = I_0 R_T - I_0 R_f = I_0 R_0 (1 + At) - I_0 R_f$$

$$= I_0 R_f A t$$

经差分放大器放大后的输出电压（满量程输出）为：

$$U_m = k\Delta U = kI_0R_fAt$$
$$= 50 \times 3.0 \times 10^{-3} \times 100 \times 3.85 \times 10^{-3} \times 100V$$
$$= 5.775V$$

由上面的分析可知：要测量 $0 \sim 100$℃的温度，放大器输出电压范围在 $0 \sim 5.775V$ 之间。通常 A/D 转换器的量程范围为 $0 \sim 5V$ 或 $0 \sim 10V$，因此，可选择量程为 $0 \sim 10V$ 的 A/D 转换器。

为了达到 0.01℃的温度测量分辨率，要求 A/D 转换器能够分辨的最小电压值为：

$$\Delta U_{min} = kI_0R_fAt$$
$$= 50 \times 3.0 \times 10^{-3} \times 100 \times 3.85 \times 10^{-3} \times 0.01V$$
$$= 0.0005775V$$

由于：

$$10V/0.0005775V \approx 17316$$
$$2^{14} = 16384 < 17316 < 65536 = 2^{16}$$

因此，A/D 转换器应采用 16 位的。由于温度信号是一个缓慢变化的信号，因此不要求 A/D 转换器有很高的转换速度，可采用逐位逼近式 A/D 转换器。

附录 B　如何学习传感器与检测技术

"传感器与检测技术"是现代科技的前沿技术，是制造业自动化和信息化的基础，是第二代因特网和未来"泛在网络"信息来源的重要支撑性技术，是适合于机电、自动化、航空、航海和航天等专业的基础课程。传感器与检测技术涉及到各种物理量、化学量、生物量等量的测量、变换和处理，是一门应用十分广泛，对工农业生产、国防等具有十分重要意义的课程。该课程涉及到物理学、化学、测试计量学、电子学、机械学、通信、计算机、自动控制、仪器仪表等众多学科，其理论性和实践性都很强。学好这门专业基础课，对学生今后的工作将起到十分重要的作用。因此，国内外高校都非常重视这门课程的教学工作。

"传感器与检测技术"课程在内容上包括检测技术领域的一些基本概念及测量方法、误差分析与测量数据处理、传感器的一般特性分析、各种常用传感器（如电阻式、电感式、电容式、压电式、磁电式、热电式、光电式等）的工作原理、结构、非线性误差补偿、测量电路与应用实例的介绍，该课程既注重理论基础知识的积累，又注重实用工程测控技术和先进科学方法的培育，学好该课程对学生的毕业设计、电子设计竞赛、课程设计以及其他课外科技活动都会有很大的帮助，能够较好地锻炼学生分析和解决工程实际问题的能力。

"传感器与检测技术"课程的基本特点：涉及的知识面广，既有深刻的理论阐述，又有诸多实践经验的归纳，理论与实践结合紧密、综合性较强。如何学习"传感器与检测技术"这门课，才会取得一个较为理想的结果呢？许多"过来人"的经验也许值得你参考：

1）怀着浓厚的学习兴趣，拟定一个合理的学习计划是必要的，这会对整个学习过程有一个非常重要的主导和推动作用。

2）具备良好的相关知识基础会让学习更轻松，如电路、数理统计、计算机知识等。

3）上课注意听讲将收到事半功倍的效果。

4）传感器与实际联系非常紧密，从实际应用出发，考虑传感器的原理、用途、使用场合、注意事项、数据分析方法等，尽量做到学以致用，能分析实际工作或生活中常见的各类传感器。

5）在学习过程中，将各种传感器进行分类比较，学会总结与归纳，这样，不同类别传感器的基本特性、工作原理、测量电路和应用方法等将更加容易掌握。

当然，良好的教学是一个漫长的过程。精心组织教学内容，教学方法灵活多变，详略处理恰当，融知识性与趣味性于一体，加强交流与沟通……这些都是公认的、具有普适性的好方法，在这些方法的导引下，好的学习效果是值得期待的。

有这样一个故事。学生 A 在做一个课题研究时，遇到一个非常棘手的问题，他百思不得其解，无奈只有向自己的导师求助。导师没有正面给出解决问题的方法，而是将这个问题交给了学生 B 处理。几天过后，学生 B 终于成功解决了这个棘手的问题。于是导师让学生 B 参与到学生 A 的研究课题中，让他们共同完成。期末，这个研究课题圆满完成，导师给了学生 B 和学生 A 同样的分数。学生 B 不解的问："我解决了学生 A 无从下手的问题，我对这个课题的贡献更大，到头来，为什么给我们相同的分数呢？"。导师严肃的回答："没错，年轻人，在你的帮助下，你们出色的完成了这个课题的任务，可对任何一个学科来说，提出问题的价值等于甚至大于解决问题的价值，你一直都跟着学生 A 的思路走，毫无创造性突破，你应该对你的分数感到欣慰"。

还有一个故事。新的学期来到了，计算机专业的学生正在聆听教授带给他们的第一堂编程课。"好的，每个人准备一张纸，将你们渴望编写的程序的名称以及该程序实现的大致功能写下来交给我"。几天后，在教授的编程课上，每个学生的编程计划都已交到了教授手里。有的是编写游戏的，有的是做数据管理的，有的干脆做起了各式各样的插件……看着琳琅满目的程序，教授发话了："同学们，你们有信心完成你们各自的程序并确保按计划交给我吗？"。"当然能！"，大家异口同声地回答。"那好，这门编程课的教学任务已经完成，你们可以离开教室了，但不要忘了你们的承诺。期间，我很乐意帮助你们找到解决你们各自遇到的问题的方法。"

实际上，学习是一项复杂的劳动，即使针对相同的学习内容，学习方法、学习途径、学习效果都会因人而异，很难用简单的话语准确无误地表达什么是学习"传感器与检测技术"这门课程的好方法。但有一点是肯定的，即知识需要活学活用，知识和知识创新都来源于实践，也应该回归实践、指导实践，具有较强实践性特征的"传感器与检测技术"尤其如此！只有扎实理论基础知识，强化实践动手能力，充分训练自己的综合分析问题和解决问题的能力，才能达到一种较为理想的学习效果。

如果我们给自己拟定一个大的学习方向和一个现实的学习目标，从生活实际出发，留意身边的各种传感器与检测技术的应用实例，并怀着探索的激情和追求真理的精神，不断提出问题，思考解决的方法，甚至对现有的应用方案大胆提出改造、优化或创新型设计思路，带着一系列待解的问题来学习"传感器与检测技术"方面的知识，那么，我们将会对被研究对象有更深刻的理解，逐步进入浩瀚的"传感器与检测技术"的知识海洋，并深深地体会到探索与进步的过程中无穷的惊喜与乐趣！

参 考 文 献

[1] 胡向东，刘京诚，余成波，等. 传感器与检测技术 [M]. 北京：机械工业出版社，2009.

[2] 梁森，欧阳三泰，王侃夫. 自动检测技术及应用 [M]. 北京：机械工业出版社，2008.

[3] 林德杰. 电气测试技术 [M]. 3 版. 北京：机械工业出版社，2008.

[4] 林玉池，毕玉玲，马凤鸣. 测控技术与仪器实践能力训练教程 [M]. 北京：机械工业出版社，2005.

[5] 王煜东. 传感器及应用 [M]. 2 版. 北京：机械工业出版社，2008.

[6] 胡向东，徐洋，冯志宇，等. 智能检测技术与系统 [M]. 北京：高等教育出版社，2008.

[7] 常健生. 检测与转换技术 [M]. 3 版. 北京：机械工业出版社，2004.

[8] 强锡富. 传感器 [M]. 3 版. 北京：机械工业出版社，2004.

[9] 何希才. 传感器及其应用实例 [M]. 北京：机械工业出版社，2004.

[10] 李邓化，彭书华，许晓飞. 智能检测技术及仪器 [M]. 北京：科学出版社，2007.

[11] Nikolay V Kirianaki，等. 智能传感器数据采集与信号处理 [M]. 北京：化学工业出版社，2006.

[12] 方彦军，程继红. 检测技术与系统 [M]. 北京：中国电力出版社，2006.

[13] 教育部高等学校自动化专业教学指导分委员会. 自动化学科专业发展战略研究报告 [M]. 北京：高等教育出版社，2007.